folio
junior

Mes remerciements à l'association *Durrell Wildlife
Conservation Trust*, de Jersey, pour toute l'aide
que ses membres m'ont apportée pendant
que je préparais ce livre.
Michael Morpurgo

Titre original : *Running Wild*
Édition originale publiée par HarperCollins Publishers Ltd, Londres, 2009
© Michael Morpurgo, 2009, pour le texte
© Sarah Young, 2009, pour les illustrations
© Gallimard Jeunesse, 2010, pour la traduction
© Gallimard Jeunesse, 2012, pour la présente édition

Michael Morpurgo

Enfant de la jungle

Illustrations de Sarah Young

Traduit de l'anglais
par Diane Ménard

GALLIMARD JEUNESSE

Pour Ella, Lottie, Charlie,
et en mémoire de leur grand-père, Eddie.

1
Un revirement soudain

Les vagues murmuraient le long de la plage. Au-dessous de moi, l'éléphant continuait de marcher sur le sable doux et silencieux. Plus nous avancions sur la plage en nous éloignant de l'hôtel, en nous éloignant des cris lointains des nageurs dans la mer, plus c'était calme. J'aimais le balancement tranquille du pas de l'éléphant. Je fermai les yeux et respirai la paix qui m'entourait. J'étais à un million de kilomètres de tout ce qui s'était passé, de tout ce qui m'avait amené ici.

Et tandis que j'étais là, sur le dos de l'éléphant, me balançant au soleil, la plaisanterie que papa racontait sur cet animal me revint à l'esprit. D'habitude, je ne me souviens jamais des blagues, mais je m'étais toujours rappelé celle-là, peut-être parce que papa la racontait très souvent. Je la connaissais mot pour mot, exactement comme il la disait.

– Tu connais celle de l'éléphant et des bananes, Will ? commençait-il, et sans attendre la réponse, il poursuivait : Un homme et un jeune garçon sont assis face à face dans le compartiment d'un train – ils voyagent entre Salisbury et Londres. Sur ses genoux, l'homme a posé un énorme sac en papier rempli de bananes. Mais bientôt, l'enfant remarque quelque chose d'étrange. L'homme ne mange pas les bananes. Toutes les deux ou trois minutes, il se lève, ouvre la fenêtre, et en jette une au-dehors. Le garçon, bien sûr, ne comprend pas pourquoi l'homme agit ainsi. Il s'efforce de le deviner. Et finalement, il se décide à le lui demander.

– Excusez-moi, dit-il, pourriez-vous m'expliquer pourquoi vous jetez toutes ces bananes par la fenêtre ?

– Pour éloigner les éléphants, répond l'homme. Car ce sont des animaux très dangereux, tu sais.

– Mais il n'y a pas d'éléphants par ici, dit le garçon.

– Bien sûr qu'il n'y en a pas, réplique l'homme en jetant une autre banane par la fenêtre. Mais c'est grâce à mes bananes. Si j'arrêtais de leur en lancer, il y en aurait des millions, des trillions ! Ce sont des animaux très dangereux, tu sais.

J'adorais cette blague, surtout lorsque papa la racontait, parce qu'il était toujours secoué de rire avant même d'arriver au bout, et que j'aimais entendre le rire de mon père. Chaque fois qu'il était avec nous, c'était son rire qui emplissait la maison, qui lui redonnait vie.

Je ne voulais pas me laisser entraîner par ces pensées, car je savais où elles me mèneraient, et je ne voulais pas aller dans cette direction. J'essayai donc de m'obliger à penser plutôt à un voyage en train, un voyage en train auquel papa n'avait pas participé. Je voulais le tenir en dehors du tableau. Je ne voulais pas me rappeler, pas maintenant, pas de nouveau. Mais les souvenirs du voyage en train avec maman remontèrent en désordre, sans que je puisse les contrôler, et sans suite logique, comme cela m'arrive souvent, car les souvenirs se transformeront toujours en autres souvenirs, j'imagine – ils ne peuvent s'en empêcher.

J'ai toujours voulu que les voyages en train durent éternellement, et surtout celui-ci. J'aimais les trains, le bruit des rails, le cliquetis, le rythme des roues sur les rails. J'aimais appuyer mon front contre la vitre froide, et suivre du doigt une goutte d'eau isolée qui descendait le long de la fenêtre. Je contemplais la campagne qui défilait, les vaches, les chevaux éparpillés dans les prés, les nuages de sansonnets qui tourbillonnaient dans le vent, un vol d'oies haut dans le ciel éclairé par le soleil du soir.

J'essayais aussi de voir des animaux sauvages, des renards, des lapins, ou même un cerf. Apercevoir simplement l'un d'eux était un enchantement pour moi, le point culminant de tout voyage en train, car ils ne s'enfuyaient presque jamais. Ils me regardaient à leur tour depuis leur monde sauvage, peut-être étaient-ils intéressés, en tout cas ils n'étaient pas inquiets. C'était comme s'ils essayaient de me dire : « Ça nous est égal que tu sois là, du moment que tu ne fais que passer, du moment que tu nous laisses tranquilles. » J'avais toujours désiré faire partie de leur monde. Pour moi, cette vision fugitive n'était jamais suffisante, elle s'évanouissait trop vite.

Au cours de ce voyage en train, cependant, je n'avais pas vu de renard, ni de cerf, ni même de lapin, et c'était parce que je ne les avais pas cherchés. J'avais l'esprit ailleurs. Et cela malgré moi. Au-dehors tout n'était pour moi qu'un mélange flou de ciel gris, de champs verts, ponctués avec une régularité monotone par le défilement de poteaux télégra-

phiques qui passaient interminablement devant mes yeux. Rien de tout cela ne m'intéressait. Je voulais que ce voyage en train dure à jamais, non pas qu'il m'ait apporté le moindre plaisir, mais simplement parce que je ne voulais pas aller là où je devais aller. Je ne voulais pas arriver à destination.

Je jetai un coup d'œil à maman assise à côté de moi, qui ne me rendit pas mon regard. Je voyais qu'elle était perdue dans ses pensées, et je savais très bien ce qu'elles étaient. Je savais qu'elles étaient semblables aux miennes et qu'il valait mieux ne pas les interrompre. Je regrettai une fois de plus d'avoir crié contre elle au petit déjeuner ce matin-là. Je n'aurais pas dû, mais c'était à cause du choc, de la soudaineté. Elle avait simplement dit tout d'un coup, sans le moindre avertissement :

– Nous allons rentrer à la maison, Will, dès que nous aurons fait les valises. Grand-mère nous accompagnera à la gare en voiture.

J'avais essayé de discuter, mais elle avait refusé de m'écouter. C'est à ce moment-là que je m'étais mis à crier, et que j'avais couru vers la grange, grimpant tout en haut de la meule de foin. J'étais resté là à bouder, jusqu'à ce que grand-père vienne, me trouve, et me ramène. Maman était bouleversée, m'avait-il dit, et il ne fallait pas la démoraliser encore davantage, pas après ce qui était arrivé. Il avait raison, bien sûr. Ce n'était pas ce que j'avais voulu faire, mais j'avais tellement envie de rester à la ferme pour Noël avec mes grands-parents ! C'était la maison où papa avait grandi, l'endroit où nous avions toujours passé Noël, que papa ait été à la maison en permission, ou pas.

Pour être franc, cependant, ce n'était pas la seule raison pour laquelle je m'étais mis en colère. La vérité était que tout m'effrayait dans l'idée de rentrer à la maison, et qui plus est, je savais que maman ressentait la même chose. C'est pourquoi il était si mystérieux pour moi qu'elle soit soudain si impatiente de partir. Il y avait autre chose encore que je n'arrivais pas à comprendre. Avant d'en parler ce matin-là pendant le petit déjeuner, elle n'y avait jamais fait allusion. Cela ne lui ressemblait pas. Maman discutait toujours longuement des choses avec moi. Après tout, n'était-ce pas elle qui, quelques semaines plus tôt, avait insisté en disant que c'était une excellente d'idée d'aller chez grand-père et grand-mère, de quitter la maison, les souvenirs, les fantômes ? N'était-ce pas elle qui m'avait expliqué qu'en ces moments-là nous devrions être avec eux de toute façon ; ne traversaient-ils pas la même épreuve que nous, et ne serait-ce pas mieux pour nous que d'être tous ensemble ? Alors, pourquoi ce revirement soudain ?

Je regardais d'un air absent à travers la fenêtre du train, essayant de réfléchir à tout ça. Je pensais que c'était peut-être parce qu'elle en avait eu assez de grand-mère. Il est vrai qu'il n'était pas facile de s'entendre avec elle. Elle aimait organiser les choses, dire sans cesse à chacun ce qu'il devait faire, ce qu'il ne devait pas faire, et même ce qu'il devait penser. Grand-mère avait des idées arrêtées sur tout, et ça pouvait devenir un peu pénible parfois, agaçant. Mais comme maman me le disait toujours, elle était comme ça, et il fallait le supporter, comme le faisait grand-père.

Non, nous ne partions sûrement pas à cause de grand-mère. Cela n'aurait eu aucun sens. Pourtant, si ce n'était pas à cause d'elle, quelle pouvait bien être la raison de ce départ ? Ce n'était pas grand-père, ce n'était pas la ferme. Aucun doute là-dessus. Pour maman, pour moi, pour nous tous, la ferme avait toujours été le plus bel endroit du monde, elle était l'idée même que je me faisais du paradis. J'adorais être là, par n'importe quel temps. Je me levais avec grand-père avant l'heure du petit déjeuner pour aller traire les vaches, nourrir les veaux, puis libérer les poules et les oies sur le chemin en rentrant prendre le petit déjeuner à la maison. Ensuite, je montais sur le tracteur, toujours avec grand-père, et parfois je le conduisais moi-même quand nous étions suffisamment loin de la ferme pour que grand-mère ne puisse pas nous apercevoir. Nous allions voir les moutons, nous comptions les agneaux, ou nous réparions les clôtures lorsque c'était nécessaire. Nous faisions tout ce qu'il fallait faire, tous les deux ensemble.

Grand-père était une vraie encyclopédie ambulante

de la nature. Il connaissait tous les chants d'oiseau, toutes les plantes. Il tenait même une rubrique hebdomadaire sur la nature dans le journal local, il savait donc de quoi il parlait, et j'adorais l'écouter. Un après-midi, alors que grand-père et moi rentrions prendre le thé, grand-mère dit :

– Tu es heureux comme un prince à la ferme, n'est-ce pas, Will ? Si je te laissais faire, je suis sûre que tu garderais tes bottes pour dormir. Tu es exactement comme ton grand-père.

Elle avait raison sur ce point. D'abord, grand-père ne parlait pas beaucoup, et moi non plus. Nous nous connaissions si bien l'un l'autre que nous n'en avions probablement pas besoin. Grand-père n'avait jamais fait allusion à ce qui s'était passé, sauf une fois, alors que nous étions allés nous laver les mains après avoir trait les vaches.

– J'ai quelque chose à te dire, Will, avait-il commencé. Voilà ce que je pense, et j'y ai beaucoup pensé. En fait, ces dernières semaines, je n'ai pas pensé à grand-chose d'autre. Lorsqu'on se coupe, la première chose qu'on fait, c'est de nettoyer sa blessure et d'y mettre un sparadrap, n'est-ce pas ? Puis on la laisse cicatriser – si tu vois ce que je veux dire. On ne passe pas son temps à enlever le pansement pour regarder sa plaie, ce qui ne servirait qu'à rappeler la douleur qu'on a éprouvée. Et on ne passe pas non plus son temps à se demander pourquoi c'est arrivé, parce que ça n'arrangerait rien. Parfois – et je sais que ce n'est pas l'avis de certaines personnes, ces temps-ci – parfois, quand on a mal, je crois que moins on en dit, mieux ça vaut. Alors toi et moi, Will, nous n'en parlerons plus, à moins que tu le veuilles vraiment.

Mais je ne le voulais pas, et aucun de nous n'aborda plus le sujet. De son côté, grand-mère n'en parlait quasiment pas, en tout cas, pas devant moi. C'était devenu comme un pacte tacite entre nous tous de ne rien dire, et j'en étais très content. Je savais très bien qu'ils le faisaient pour moi, pour m'éviter de souffrir. Ils s'efforçaient autant qu'ils le pouvaient de chasser ces pensées de mon esprit.

Le problème, c'est que c'était toujours là, quelque part au fond de la tête, en dépit de tout ce que mes grands-parents faisaient pour nous tenir occupés et essayer de nous rendre heureux. Et nous étions heureux, aussi heureux qu'il était possible de l'être, dans ces circonstances, en tout cas. Mais chaque fois que la soirée se terminait, que le moment venait pour moi de monter me coucher, je redoutais la nuit qui s'annonçait. Un coup d'œil au visage de maman me disait que nous partagions la même appréhension.

Que je garde ma lampe de chevet allumée ou pas ne faisait aucune différence. Quand j'étais allongé là dans mon lit, tout ressurgissait dans ma tête : la douleur en moi, la pitié, et pire encore, les terribles questions sur le sens que cela avait. J'avais hâte que le sommeil vienne, pour oublier, pour ne plus ruminer et retourner sans cesse les choses dans ma tête. Mais plus j'aspirais au sommeil, plus il s'éloignait. Je restais couché là, à écouter le murmure des conversations en bas dans la cuisine.

Quand j'essayais, j'entendais la plus grande partie de ce qu'ils disaient. Je ne voulais pas écouter aux portes, mais parfois, je ne pouvais m'en empêcher. J'entendais maman sangloter à nouveau, et grand-mère aussi, quelquefois. Bientôt je me mettais à pleurer moi aussi, et lorsque j'avais commencé, je savais que je n'arriverais plus à m'arrêter jusqu'à ce que je m'endorme, car ce que maman disait en bas dans la cuisine me semblait être un écho très proche de ce que je ressentais.

C'étaient ses mots à elle que j'entendais de nouveau dans ma tête à présent, tandis que j'avançais le long de la plage sur le dos de l'éléphant. Devant nous, un grand lézard ou iguane s'enfuit précipitamment sur le sable et disparut à l'ombre des palmiers. Un aigle de mer volait au-dessus de l'eau. Il y avait beaucoup de choses à voir, mais mes souvenirs ne me laissaient pas en paix. Je faisais tout ce que je pouvais pour m'obliger à vivre dans l'immédiat, à profiter de la joie du moment, de la beauté de cet étrange paradis, et j'y arrivais parfois, mais pas très longtemps. Je décidai donc que si je devais revivre tout ça dans ma tête, je ne choisirais que les bons moments : lorsque je conduisais le tracteur avec grand-père, lorsque

nous nous arrêtions devant un agneau nouveau-né, et que nous le caressions pour insuffler en lui la chaleur de la vie, lorsque nous avions vu, tôt le matin, le renard traverser la prairie.

Mais tout ce qui me revenait à l'esprit, c'était ce que j'avais entendu maman dire dans la cuisine quelques jours auparavant. Ses paroles continuaient de marteler mon cœur comme si je les entendais pour la première fois.

– Pourquoi a-t-il fallu qu'il nous quitte ? Qu'est-ce que je vais bien pouvoir raconter à Will, grand-mère ? Comment en parler à un garçon de neuf ans ? Comment lui expliquer la stupidité de tout ça ? Et pendant tout ce temps, il a fallu que je fasse bonne figure devant lui, alors que je n'avais qu'une seule envie : hurler. Je sais qu'il était votre fils, grand-mère. Je sais que je ne devrais pas dire ça, et je sais que je ne devrais pas le ressentir. Mais je le ressens quand même. J'aime votre fils. Je l'ai aimé depuis le premier jour où j'ai posé les yeux sur lui. Et en même temps je suis tellement en colère contre lui que parfois, je me surprends presque à le haïr. N'est-ce pas terrible ? À la maison, il faut toujours que je fasse comme si c'était pour une bonne cause, comme si j'étais fière de lui, comme si j'étais courageuse, comme si j'affrontais cette situation. Eh bien oui, je suis fière de lui, mais je n'arrive pas à faire front, je ne suis pas courageuse, et ce n'était pas une bonne cause. Dites-moi pourquoi. Est-ce que quelqu'un me dira un jour pourquoi ? Pourquoi il devait aller là-bas ? Pourquoi il fallait que ce soit lui ?

Lorsqu'ils montèrent se coucher un peu plus tard, et que maman vint m'embrasser pour me souhaiter une bonne nuit comme d'habitude, je fis semblant de dormir. Je pleurais des larmes silencieuses, et quand maman ressortit, elles continuèrent de couler. Elles continuèrent de couler jusqu'à l'aube. Cette nuit-là, je crus que j'allais me noyer dans le chagrin.

Je savais que si j'évoquais constamment ces souvenirs, je ne ferais que revivre sans cesse la même douleur. J'essayai d'empêcher mon esprit de ressasser ces pensées. À partir de maintenant, je ne me souviendrais que des moments merveilleux, des moments magiques dont je savais qu'ils me remonteraient le moral, qu'ils éloigneraient tout chagrin, qu'ils me feraient sourire. Je pensais que ça marcherait. Je sentais presque le bras de ma mère autour de mes épaules, la fraîcheur de sa main, tandis qu'elle lissait mes cheveux au-dessus de mon oreille. Mais je me souvins alors qu'elle avait fait exactement le même geste à la maison, le dernier jour où nous avions été tous les trois ensemble.

Je revoyais tout dans ma tête à présent, tel que ça s'était passé : papa qui s'éloignait sur le chemin dans son uniforme, maman à côté de moi le regardant partir, me tenant par l'épaule, me lissant les cheveux. Après lui avoir adressé des signes de la main, nous étions restés sur le seuil, dans nos robes de chambre, en regardant la voiturette du laitier avancer dans un bourdonnement le long de la rue.

– Ne t'en fais pas, Will, m'avait-elle dit. Ton père est déjà allé là-bas deux fois. Il s'en sortira très bien. Il sera rentré à la maison avant qu'on ait le temps de dire ouf, tu verras.

– Ouf, avais-je dit.

Lorsque je l'avais regardée quelques instants plus tard, j'avais vu que je l'avais fait sourire à travers ses larmes, et j'avais compris que j'avais trouvé le mot qu'il fallait.

Un mois plus tard environ, il y eut un après-midi dont chaque instant restait profondément gravé dans ma mémoire. En dépit de tous mes efforts pour m'en empêcher, je le revivais, tandis que j'avançais sur le dos de l'éléphant à des milliers de kilomètres de chez moi, à des milliers de kilomètres de l'endroit où cela s'était produit. C'était un dimanche pluvieux. Nous étions affalés sur le canapé devant la télévision en train de regarder *Shrek 2*, pour la dixième fois au moins. C'était mon film préféré – papa m'avait offert le DVD pour mon anniversaire deux mois plus tôt. Nous avions toujours autant de plaisir à revoir le film, anticipant chaque moment de folie, chaque gag hilarant. La sonnette retentit.

– Allons bon, qu'est-ce que c'est encore ? dit maman.

Elle appuya sur la touche « pause », se leva d'un air las du canapé, et alla voir qui avait sonné. Moi, ça ne m'intéressait pas du tout, je voulais simplement continuer à regarder *Shrek*. Il y eut des chuchotements dans l'entrée. J'entendis des bruits de pas dans le couloir qui donne dans la cuisine. La porte se ferma. Quels que soient les visiteurs, maman n'allait pas revenir dans le salon avant un bon bout de temps. Je pressai alors la touche « play », et me réinstallai pour continuer à voir le film. Ce fut seulement à la fin, environ une heure plus tard, qu'il me sembla un peu bizarre que maman ne soit pas encore revenue – je savais qu'elle aimait *Shrek* presque autant que moi. Je me levai donc pour aller la chercher.

Elle était assise seule à la table de la cuisine, la tête baissée, les mains serrées autour d'une tasse de thé. Elle ne leva pas la tête lorsque j'entrai, et ne parla pas pendant un moment. Je vis alors que quelque chose n'allait pas.

– Qui était-ce ? lui demandai-je. Qui a sonné ? C'était qui ?

– Viens t'asseoir, Will, répondit-elle, d'une voix si douce et si lointaine que j'avais du mal à l'entendre.

Lorsqu'elle leva les yeux, je vis qu'ils étaient rougis par les larmes.

– C'est ton papa, Will. Je t'ai dit où il se rendait, n'est-ce pas ? Nous avons trouvé l'Irak sur la carte, nous avons trouvé le pays où il était, n'est-ce pas ? Eh bien, une bombe a explosé au bord de la route, et il était dans une Land Rover…

Elle tendit les bras par-dessus la table, et prit mes mains dans les siennes.

– Il est mort, Will.

Je restai assis à côté d'elle en silence pendant quelques instants. Puis j'allai m'asseoir sur ses genoux, car je savais que c'était ce dont elle avait besoin, ce dont j'avais besoin moi aussi. Nous ne pleurions pas. Nous nous serrions simplement l'un contre l'autre, aussi fort que possible. J'avais l'impression que d'une certaine façon, nous essayions tous les deux de chasser la douleur en nous serrant ainsi. Plus tard, ce soir-là, nous restâmes allongés côte à côte dans mon lit en nous tenant la main. Elle ne dit rien, pas un mot, et moi non plus pendant un long moment. Puis je lui posai la seule question qui n'avait cessé de me tourmenter pendant toute la soirée :

– Pourquoi, maman, pourquoi fallait-il qu'il aille à la guerre ?

Elle mit un certain temps à répondre.

– Parce que c'est un soldat, Will, dit-elle. Lorsque des pays entrent en guerre, ce sont les soldats qui se battent. Il en a toujours été ainsi. C'est leur mission.

– Je sais, maman. Papa m'en a parlé, répondis-je. Mais pourquoi cette guerre-là ?

Elle ne me répondit pas.

2
Regarde-moi,
j'ai besoin d'un sourire

Le jeune *mahout* qui guidait l'éléphant, en lui prenant parfois l'oreille, parfois la trompe, portait une longue chemise blanche qui ondulait autour de lui. L'éléphant essayait sans cesse d'enrouler sa trompe autour des pans de la chemise, et de tirer. Le *mahout* n'y faisait pas attention, et continuait de marcher, sans arrêter de parler à voix basse à l'éléphant, de façon confidentielle. J'avais très envie de savoir ce qu'il lui disait, mais je n'osais pas demander. Il me paraissait assez amical, me souriant chaque fois qu'il se retournait et levait les yeux vers moi pour voir si j'allais bien. Mais il ne semblait pas vouloir parler, et de toute manière, je n'étais pas sûr qu'il comprenne l'anglais. Je savais, cependant, que si nous ne parlions pas, je serais de nouveau seul avec mes pensées, et je ne le voulais pas. En plus, j'avais vraiment envie d'en savoir davantage sur cet éléphant qui me transportait. Je décidai de prendre le risque, et me lançai.

– Comment s'appelle-t-il ? lui demandai-je.

– Cet éléphant n'est pas un, mais une, me dit-il, dans un anglais presque parfait. Oona. Elle s'appelle Oona, si tu veux savoir. Elle a douze ans, et c'est comme une sœur pour moi. Je la connais depuis le jour de ma naissance.

Une fois que le jeune homme avait commencé à parler, il semblait ne plus vouloir s'arrêter. Il parlait très vite, trop vite, sans jamais se retourner vers moi, il n'était donc pas facile de comprendre ce qu'il disait. Il fallait que je prête l'oreille.

Il continua, essayant pendant tout ce temps d'arracher son pan de chemise à la trompe de l'éléphante.

– Cette éléphante, elle aime beaucoup cette chemise, elle aime aussi les gens. Oona est très amicale, très intelligente aussi, et pas sage. Il peut même lui arriver de ne pas être sage du tout, tu ne peux pas imaginer. Parfois, elle veut courir quand je ne veux pas, et une fois qu'elle court, il est très difficile de l'arrêter. Quand elle s'est arrêtée, il n'est pas facile de la faire repartir. Tu sais ce qu'Oona préfère ? Je vais te le dire. Elle aime la mer. Mais c'est étrange. Pas aujourd'hui. Aujourd'hui, elle n'aime pas la mer. Peut-être qu'elle ne se sent pas bien. Je l'ai emmenée vers l'océan tôt ce matin, pour qu'elle nage, comme d'habitude, mais elle n'a pas voulu entrer dans l'eau.

Elle n'a même pas voulu s'en approcher. Elle est restée là à regarder l'océan comme si elle ne l'avait jamais vu auparavant. Je lui ai dit que la mer n'avait pas changé depuis hier, que c'était toujours la même, mais elle ne voulait toujours pas y entrer. Il y a une chose dont je suis sûr : on ne peut pas obliger Oona à faire ce qu'elle ne veut pas faire.

Il parvint enfin à libérer sa chemise.

– Merci, Oona, c'est très gentil à toi, dit-il, en lui

caressant l'oreille. Tu vois, elle va mieux maintenant, et c'est peut-être parce qu'elle t'aime bien. Je le vois quand je la regarde dans les yeux. C'est comme ça que parlent les éléphants, avec leurs yeux. C'est vrai, tu sais.

Je ne posai plus de questions, car j'étais tellement content que je ne pensais plus à autre chose. Je savourais chaque instant de cette promenade. L'éléphante, je le remarquai alors, avait une peau étrangement tachetée, avec une sorte de pigmentation rose sous le gris. Un éléphant rose ! J'éclatai de rire, et l'éléphante lança sa trompe en avant comme si elle avait compris la plaisanterie, et ne l'appréciait pas beaucoup.

Tout ce que je voyais était nouveau et passionnant à mes yeux, la couleur d'un bleu profond de l'océan sans vagues d'un côté, le vert sombre de la jungle de l'autre, là où les arbres arrivaient jusqu'au sable. Derrière les arbres, j'apercevais les collines qui montaient de plus en plus haut dans le lointain jusqu'à disparaître dans les nuages. Devant moi, l'étroite bande de sable blanc semblait ne jamais finir. J'espérais que ma promenade non plus ne finirait jamais. Je me dis que maman avait peut-être raison, que c'était l'endroit idéal pour oublier. Mais je n'oubliais pas. Je ne pouvais pas.

Maman et moi, nous avions vécu comme des somnambules pendant cette période, supportant tout à la fois, les coups de téléphone, les faire-part, les gerbes de fleurs par dizaines laissées devant la porte. Le journal télévisé montrait toujours la même photo de papa en uniforme, jamais tel qu'il était à la maison.

Puis il y avait eu le voyage silencieux jusqu'à l'aéroport, avec mes grands-parents assis à l'avant de la voiture. À côté de moi, à l'arrière, maman n'avait cessé de regarder dehors pendant tout le trajet. Mais de temps en temps, elle me serrait la main pour me rassurer, et je lui répondais de la même façon. C'était devenu un signe secret entre nous, une sorte de code confidentiel. Une pression signifiait : « Je suis là. Nous traverserons cette épreuve ensemble. » Deux pressions : « Regarde-moi, j'ai besoin d'un sourire. »

Sur le tarmac de l'aérodrome balayé par le vent, nous nous étions tenus côte à côte en regardant l'avion atterrir et rouler sur la piste jusqu'à ce qu'il s'arrête. Quelqu'un jouait de la cornemuse, tandis que le cercueil recouvert d'un drapeau était sorti de l'avion lentement, très lentement, par des soldats du régiment de mon père. Après, il y avait eu d'autres longues journées de tristesse silencieuse, avec mes grands-parents qui étaient restés à la maison et faisaient tout pour nous, grand-mère préparant des repas que nous n'avions pas envie de manger, grand-père occupé dans le jardin à tailler les haies, à tondre la pelouse, et à arracher les mauvaises herbes des massifs de fleurs, grand-mère s'affairant sans cesse dans la maison, lavant, nettoyant, astiquant, repassant. La sonnerie du téléphone, la sonnette de la porte retentissaient, et il fallait répondre à chaque fois. Il fallait tenir à distance un grand nombre de visiteurs. C'est grand-père qui s'en chargeait. Il fallait aussi aller faire les courses. Il s'en occupait également. Parfois, nous y allions ensemble, et j'aimais bien ça. C'était l'occasion de sortir de la maison.

Pour l'enterrement, les gens s'étaient massés le long des rues, et l'église était pleine. Un joueur de cornemuse interpréta une triste mélodie à côté de la tombe, sous la pluie qui tombait, puis les soldats tirèrent une salve en l'air. L'écho des coups de feu sembla durer indéfiniment. Ensuite, tandis que la foule s'éloignait, je vis que tout le monde tenait son chapeau dans le vent pour qu'il ne s'envole pas, à l'exception des soldats dont les bérets tenaient sur leur tête, je me demandais comment. Dès que je levais les yeux, je voyais des gens qui me regardaient fixement. Voulaient-ils voir si je pleurais ? Eh bien non, je ne pleurerais pas, aussi longtemps que maman resterait là à côté de moi et me serrerait la main une fois, deux fois.

Après, pendant la réunion de famille et d'amis à la maison, ils semblaient tous parler à voix basse devant leur tasse de thé. J'avais hâte que ça se termine. Je voulais qu'ils s'en aillent. Je voulais rester tranquille à la maison avec maman. Grand-père et grand-mère furent les derniers à partir. Ils avaient été merveilleux, je le savais, mais je vis que maman était aussi soulagée que moi lorsque vint le moment de leur dire au revoir un peu plus tard dans la soirée. Debout sur le seuil, nous les regardâmes s'éloigner.

Deux pressions de la main et un sourire. C'était fini.

Mais pas vraiment. Le blouson que papa mettait pour aller à la pêche était accroché dans le vestibule, son écharpe de Chelsea autour des épaules. Ses bottes étaient restées près de la porte de derrière, encore couvertes de la boue de la dernière promenade que nous avions faite tous ensemble le long de la rivière pour aller au pub. Ce jour-là, il m'avait acheté un sachet de chips à l'oignon et au fromage, et par la suite il y avait eu une petite dispute à ce sujet, car maman avait trouvé le sachet vide dans la poche de mon anorak – elle ne supportait pas que je mange ce genre de choses.

Chaque fois que nous allions à Stamford Bridge pour voir jouer Chelsea, papa et moi mangions toujours un pâté en croûte avec des chips au même pub, en restant dehors quand il faisait beau, et tout le monde était habillé en bleu. Puis, nous marchions jusqu'au stade. Toute la rue était un fleuve bleu, et nous faisions partie de ce fleuve. J'aimais ce rituel, lorsque nous allions au match, autant que le jeu lui-même. Tôt ou tard, après notre retour à la maison, maman demandait ce que nous avions pris pour le déjeuner, nous le lui disions toujours, avouant d'un air penaud, et elle nous réprimandait alors tous les deux. J'adorais qu'elle nous gronde ensemble, ça faisait partie du tout, de mes sorties avec papa pour aller voir un match de foot.

La canne à pêche de mon père était posée dans un coin près du congélateur, à sa place habituelle, et son ukulélé était resté là où il l'avait laissé sur le piano. À côté, il y avait la photo de papa qui me souriait en tenant fièrement le brochet de dix livres qu'il avait attrapé. Souvent, lorsqu'il n'était pas là, qu'il était en mission quelque part en Grande-Bretagne ou dans un pays étranger – et ces temps derniers cela avait été souvent le cas –, je caressais la photo du bout des doigts. Parfois, quand j'étais sûr d'être seul, je me mettais même à lui parler, à lui raconter mes ennuis. La photo avait toujours été pour moi une icône précieuse, un talisman. Mais à présent, je faisais tout ce que je pouvais pour éviter de la regarder, car je savais que ça me rendrait de nouveau triste. Je m'en voulais un peu, mais je préférais m'en vouloir que d'être triste. Il y avait tant de tristesse en moi que je n'aurais pu en supporter davantage.

Certains jours, je me réveillais le matin en pensant et en croyant que tout cela n'était qu'un cauchemar, que papa serait en train de prendre son petit déjeuner comme d'habitude lorsque je descendrais l'escalier, qu'il m'accompagnerait à l'école comme toujours. Puis je me souvenais, et je me rendais compte que ce n'était pas un cauchemar, que je n'avais pas rêvé, et que le pire était vraiment arrivé.

J'étais retourné à l'école une semaine environ après l'enterrement. Tout le monde était gentil avec moi, trop gentil. Je voyais bien que personne ne voulait réellement me parler. Même Charlie, Tonk et Bart, mes meilleurs amis – ils l'avaient toujours été –, même eux gardaient leurs distances. Ils semblaient ne pas savoir quoi me dire. Plus rien n'était comme avant. Les choses, les gens, tout me mettait mal à l'aise. Les professeurs débordaient de gentillesse, M. Mackenzie aussi, le prof principal – Big Mac, comme nous l'appelions. Il était la douceur même, et ce n'était pas naturel. Plus personne n'était naturel. Tout le monde faisait semblant. Je me sentais seul, j'avais l'impression de ne plus avoir ma place ici.

Un matin, je décidai que je ne pouvais vraiment plus le supporter. Je levai le doigt en classe, et demandai si je pouvais aller aux toilettes. Mais je n'y allai pas, je sortis de l'école et rentrai à la maison. Maman n'était pas là, et la porte était verrouillée. Je m'assis sur le perron et l'attendis. C'est là que Big Mac me trouva lorsqu'il vint me chercher. Même à ce moment-là, il ne se mit pas en colère. On appela maman à son travail à l'hôpital. Elle était bouleversée, je le voyais bien, elle me dit à quel point tout le monde s'était inquiété, mais elle non plus n'était pas furieuse contre moi. J'avais presque espéré qu'elle le serait. Ce ne fut pas la seule fois où je pris la fuite.

Un après-midi, maman vint me chercher devant l'école, en uniforme d'infirmière. D'habitude, je rentrais tout seul à la maison après les cours, je compris donc qu'il se passait quelque chose. Elle avait des nouvelles, déclara-t-elle, de bonnes nouvelles. Grand-mère était revenue chez nous, et cette fois, sans grand-père. Je n'en fus pas content du tout. Et encore moins quand grand-mère ne cessa de me répéter à l'heure du thé que je devais manger mon toast « comme un gentil garçon ». C'est à ce moment-là que maman m'annonça la nouvelle.

— Nous avons réfléchi, grand-mère et moi, nous en avons parlé, Will, commença-t-elle. Et nous avons décidé que tu avais besoin de temps pour te remettre, que je t'avais peut-être renvoyé à l'école trop tôt, que nous avons peut-être précipité les choses, tous les deux. Les gens ont été très gentils, très délicats. M. Mackenzie à l'école a tout de suite été d'accord, la direction de l'hôpital également. Ils pensent que nous devrions partir quelque temps. Ils ont dit que nous pouvions prendre un congé aussi long que nous le voulions et revenir quand nous serions prêts à le faire.

Tout cela me convenait à merveille mais, lorsque grand-mère intervint, ce fut encore mieux, car elle m'annonça qu'elle avait tout arrangé et que nous irions à la ferme pendant un mois environ.

— J'en ai parlé à ta mère, poursuivit-elle, je lui ai dit qu'il n'était pas question de refuser. Vous resterez pour Noël, et aussi longtemps que vous voudrez par la suite, aussi longtemps qu'il le faudra.

Maman et moi avions alors échangé un regard, un sourire, car de toute façon grand-mère ne supportait pas qu'on lui refuse quelque chose.

– Grand-mère pense que ce sera un bon changement pour nous deux, que c'est exactement ce qu'il nous faut. Qu'est-ce que tu en dis, Will ?

– C'est très bien, répondis-je, en haussant les épaules.

Mais j'étais fou de joie.

Chaque moment de notre séjour avait été merveilleux, à l'exception d'une visite surprise chez le médecin pour une piqûre que maman jugeait importante.

– Il faut la faire à tous les enfants de ton âge, avait-elle expliqué.

Je protestai, mais je voyais bien que je n'obtiendrais rien. Dans le cabinet du médecin, je détournai le regard lorsque l'aiguille s'enfonça dans ma peau, mais il n'empêche que ça me fit horriblement mal. En dehors de cet épisode, cependant, et malgré l'habituel caractère autoritaire de grand-mère, je passai un très bon moment.

Ce fut donc une surprise totale pour moi quand maman m'annonça soudain que finalement, nous n'allions pas rester chez mes grands-parents pour Noël, que les valises étaient déjà prêtes, et que nous rentrerions à la maison par le train ce matin-là. Grand-mère nous conduirait à la gare.

Lorsque le train arriva dans notre ville, nous

prîmes un taxi pour rentrer, ce qui me parut un peu étrange, car maman avait toujours considéré que prendre un taxi, c'était gaspiller de l'argent, que c'était beaucoup trop cher. Quand il s'arrêta devant la maison, elle se tourna vers moi, et me dit de rester où j'étais, qu'elle allait revenir très vite. Elle demanda au chauffeur de l'attendre une ou deux minutes. Elle semblait soudain surexcitée, presque comme si elle essayait d'étouffer un rire.

– Où vas-tu, maman ? lui demandai-je, mais elle était déjà descendue de la voiture, et courait dans l'allée qui menait à la maison.

Elle ne me répondit pas. Je ne comprenais rien à ce qui se passait.

Je n'eus pas à attendre longtemps avant qu'elle ressorte, chargée d'une lourde valise.

– Pouvez-vous nous ramener à la gare, s'il vous plaît ? demanda-t-elle au chauffeur de taxi.

– Je veux bien vous emmener sur la lune, ma petite dame, si vous payez le prix, dit-il.

– Nous n'allons pas sur la lune, nous allons moins loin, répondit maman, le souffle court, en remontant dans le taxi.

Elle me demanda alors de fermer les yeux. Lorsque je les rouvris, elle brandissait deux passeports sous mon nez, un grand sourire aux lèvres.

– C'est une idée de grand-mère, annonça-t-elle, et je te promets, Will, que c'est la meilleure idée qu'elle ait jamais eue – en fait, je crois que ça vient de grand-père. Quoi qu'il en soit, ils ont pensé l'un comme l'autre que ce serait une très bonne chose pour nous de passer Noël ailleurs, rien que nous deux, dans un endroit inhabituel, un endroit où nous pourrions oublier… tu sais, quelque part à des milliers de kilomètres d'ici.

Elle sortit une brochure de son sac, et l'agita devant mes yeux.

– Regarde, Will ! Voilà l'hôtel. Voilà la plage. Voilà la mer, voilà le sable ! Et tu sais où ça se trouve ? En Indonésie, le pays d'où vient ma famille. Je ne suis jamais allée là-bas, et maintenant j'y vais, et tu viens avec moi. Elle en réserve des surprises, ta grand-mère ! Elle ne m'a jamais demandé mon avis. D'ailleurs, elle n'en aurait jamais eu l'idée, n'est-ce pas ? Elle a simplement décidé d'acheter les billets et de réserver une chambre à l'hôtel. « C'est un cadeau de Noël de grand-père et moi, m'a-t-elle dit. Partez et amusez-vous ! »

Le visage de maman rayonnait de joie, à présent.

– Tout ce dont nous avions besoin, c'étaient ces piqûres – tu te souviens, Will ? – puis nos passeports, nos vêtements d'été, et maintenant, on s'en va !

– Quoi, maintenant ? On y va maintenant ?

– Tout de suite.

– Et l'école ?

– Plus d'école pour l'instant. Ne t'inquiète pas, j'ai demandé à M. Mackenzie. Il est d'accord. Facile, Will !

Elle avait repris une des vieilles plaisanteries de papa. C'était la première fois qu'on riait depuis très longtemps. Le rire se transforma bientôt en larmes. Je découvris alors que pleurer ensemble était bien mieux que pleurer seul. Nous nous serrions l'un contre l'autre à l'arrière du taxi, laissant libre cours à notre chagrin.

À la gare, le chauffeur de taxi nous aida à porter les valises. Il ne voulut pas qu'on le paye.

– C'est pour moi, dit-il, en prenant maman par la main et en l'aidant à sortir de la voiture. Il m'a fallu un certain temps pour comprendre qui vous étiez. J'étais dans la foule devant l'église le jour de l'enterrement. Je vous ai vus, vous et le petit. J'ai été soldat, moi aussi, dans les Malouines. Ça fait un bout de temps, mais on n'oublie pas ces choses-là. J'ai perdu mon meilleur ami là-bas. Vous allez passer de bonnes vacances maintenant, et je crois bien que vous le méritez.

J'avais déjà pris l'avion plusieurs fois auparavant, pour aller en Suisse. Mais cet avion-là était énorme. Il roula lourdement sur la piste pendant un temps fou avant de décoller. À un moment, je crus même qu'il n'y arriverait jamais. J'avais un écran devant moi, et je pouvais choisir le film que je voulais. Je regardai de nouveau *Shrek 2*. Lorsque ce fut terminé, je pris la brochure de maman. Je l'ouvris. La première photo que je vis fut celle d'un orang-outan qui me regardait avec de grands yeux et un air pensif.

Une image terrible jaillit alors dans mon esprit. Je l'avais peut-être vue à la télévision ou dans un magazine sur la nature, probablement le *National Geographic* – nous en avions toute une pile dans les toilettes, à la maison. C'était la photo d'un orang-outan épouvanté qui se cramponnait désespérément au sommet d'un arbre calciné, tandis que la forêt tout autour de lui s'en allait en fumée.

Je tournai rapidement la page, ne voulant pas me rappeler ce souvenir plus longtemps. C'est alors que je vis l'image d'un éléphant qui marchait le long d'une plage, monté par un jeune garçon qui n'était pas plus âgé que moi. Je ne pus retenir mon enthousiasme.

– Maman, m'écriai-je, regarde ça ! Il y a des éléphants, et on peut monter dessus !

Mais elle était profondément endormie, et ne manifestait aucune envie de se réveiller.

Certaines des personnes qui figuraient dans la brochure ressemblaient beaucoup à maman, remarquai-je. Elle ne me parlait pas souvent de l'Indonésie, mais j'avais toujours su que c'était de là que venait sa famille. Elle était suisse également, raison pour laquelle nous étions allés plusieurs fois là-bas voir mes autres grands-parents. « Sucre d'orge à tous les parfums », voilà comment papa m'appelait. « Un peu indonésien, un peu suisse, et un peu écossais comme moi. Ce qu'il y a de mieux au monde, voilà ce que tu es, Will », disait-il.

J'avais toujours été très fier d'avoir une mère qui ne ressemblait pas à celles de mes amis. Sa peau d'un beau miel doré était lisse, douce, et ses cheveux étaient d'un noir brillant. J'aurais préféré lui ressembler, mais je suis plutôt du côté de mon père, le teint un peu rosé, et une épaisse crinière blonde couleur de chaume, « comme du blé mûr », disait mon grand-père.

Je ne pouvais pas m'en empêcher. C'était quelque chose que je faisais souvent. J'essayais de me représenter papa tel qu'il était lorsque je l'avais vu la dernière fois, mais tout ce qui me revenait à l'esprit, c'était la photo de lui dont je me souvenais le mieux, celle qui était posée sur le piano et sur laquelle il tenait le brochet. Je savais que le souvenir d'une photo n'était pas un vrai souvenir. Je me promis de nouveau de repenser à mon père plus souvent, même si c'était très douloureux pour moi. Comment garder le contact avec lui, sinon ? Je voulais le revoir sourire, entendre le son de sa voix. Me souvenir de lui était la seule façon d'y parvenir. Je craignais qu'en ne pensant pas à lui assez souvent, je finisse par l'oublier. J'avais besoin de me souvenir mais, en même temps, ça me perturbait. Et ça me perturbait là, dans l'avion, c'est pourquoi j'avais reporté mon attention sur la brochure touristique. Il y avait plus d'éléphants à chaque page. Les éléphants, estimai-je, étaient décidément ce qu'il y avait de mieux.

Et maintenant, en ce moment même, j'en montais réellement un sur la plage. J'aurais voulu avoir le téléphone portable de maman sur moi. J'aurais eu très envie d'appeler grand-père et de lui dire ce que je faisais. Je prononçai à haute voix les premiers mots qui me vinrent en tête : « Tu ne vas pas me croire, grand-père ! » Je tendis les bras au-dessus de ma tête, levai le visage vers le soleil, et hurlai de joie. Le *mahout* se retourna et éclata de rire avec moi.

Je crois que j'ai toujours aimé les éléphants depuis que je suis tout petit, sans doute depuis mes premiers livres de Babar. Mieux que tout, j'ai aimé l'histoire du bébé éléphant dont le nez avait été tiré, tiré par un crocodile jusqu'à ce qu'il devienne une véritable trompe, « dans le gros gris grand gras fleuve Limpopo, bordé partout d'arbres à fièvre ». Grand-père me l'avait lue si souvent avant de me coucher que j'en connaissais plusieurs passages par cœur. J'ai toujours aimé les cours de sciences de la nature, du moment qu'on y parle des éléphants.

Et maintenant, j'y étais, j'étais sur l'un d'eux, et c'était moi qui faisais mon propre cours ! Je lançai un nouveau cri, en donnant un coup de poing en l'air. Loin au-dessus de moi, probablement à dix mille mètres d'altitude, pensai-je, volait un avion semblable à une flèche d'argent qui laissait derrière lui une traînée de condensation longue et droite.

– Moi aussi j'étais là-haut, dis-je au *mahout*.

Mais il ne semblait pas m'écouter. Il regardait vers la mer. Il paraissait distrait par quelque chose. Je m'adressai alors à Oona :

– J'étais dans un avion exactement comme ça, j'étais avec maman, lui dis-je. Et il y avait un éléphant exactement comme toi dans la brochure. Peut-être même que c'était toi.

Je me rappelai que maman m'avait réveillé, qu'elle était penchée sur moi et écartait mes cheveux de mes yeux.

– J'aurais dû te couper les cheveux chez grand-mère, avait-elle dit. Je le ferai quand nous arriverons à l'hôtel. Ils sont trop longs. Tu as l'air d'un gosse des rues.

– Mam, avais-je répondu, en la fixant de mon regard le plus décidé. Quand nous arriverons là-bas, je ne vais certainement pas perdre mon temps à me laisser bêtement couper les cheveux. Tu sais ce que je vais faire ? Je vais tout de suite aller me promener à dos d'éléphant.

Je lui avais montré la brochure.

– Regarde ça !

– Ce n'est pas dangereux ?

– Bien sûr que non, maman ! Alors, je peux ?

– On verra. J'imagine que ça doit être assez cher. Il va falloir qu'on fasse attention à l'argent, tu sais.

L'hôtel était sur la plage, aussi beau que dans la brochure. Il y avait également un éléphant, nous dit-on, qui parfois emmenait les clients en promenades d'une heure le long de la plage aller-retour. Chaque jour, je cherchais cet éléphant des yeux. Mais à ma grande déception, il n'était jamais là. J'avais des compensations largement suffisantes, cependant. Nous avions passé une semaine entière à traîner sur la plage, à nager, à faire un peu de plongée avec un masque et un tuba. Une semaine à m'amuser au soleil, ce qui était finalement le meilleur moyen d'oublier. Puis, le jour de Noël, maman m'avait annoncé que je n'aurais pas de cadeau, cette année. À la place, j'aurais droit à une promenade à dos d'éléphant. Elle avait tout arrangé pour le lendemain, le 26 décembre.

Voilà comment, ce jour-là, je me retrouvai perché sur un éléphant, assis sur une sorte de trône moelleux – d'après maman ça s'appelait un *howdah*, ou quelque chose comme ça. Il y avait une barre en bois qui faisait le tour pour se tenir. Mais lorsque l'éléphant se mit en chemin, il avança avec une telle douceur que je n'eus aucun besoin de me tenir. Je me promenais ainsi le long de la plage sur mon trône, regardant de haut le monde autour de moi. J'avais l'impression d'être un roi, de là où j'étais, un empereur, ou un sultan, sauf que maman gâcha quelque peu cette illusion en trottinant à côté de moi pour prendre des photos avec son téléphone portable et les envoyer à mes grands-parents. Je fis le clown devant l'objectif, mimant des gestes impériaux.

– Salut, grand-père, salut, grand-mère. Ici, le roi Will. Que penses-tu de mon nouveau tracteur, grand-père ?

Je criais toute sorte de bêtises. C'était encore mieux

que tout ce que j'avais imaginé. J'avais l'impression d'être le roi du monde.

— Vous êtes heureuse là-haut, Majesté ? me demanda maman avec un sourire radieux.

— Ça peut aller, lui répondis-je.

— Fais bien attention de garder ton chapeau, Will, et ta chemise aussi. Il ne faudrait pas que tu attrapes une insolation, ou un coup de soleil !

Elle n'arrêtait pas de me parler.

— Tu as de la crème solaire, tu as la bouteille d'eau que je t'ai donnée, n'est-ce pas ? Il fait chaud, et il va faire de plus en plus chaud.

— Oui, maman. Tout ira bien.

J'essayais de ne pas manifester mon irritation.

— Tout ira bien, je t'assure, maman. Je te retrouve à mon retour.

— Ne tombe pas, me cria-t-elle. Tiens-toi bien. C'est un long chemin. Tu es sûr que ça va aller, là-haut ?

Je n'aimais pas qu'elle fasse tant d'histoires, surtout devant le *mahout*. Je lui adressai un signe de la main à la fois pour lui dire au revoir, et pour qu'elle s'en aille.

— Ne t'en fais pas, maman, lui dis-je. Va donc te baigner. C'est super, mam, vraiment super !

Et c'était vrai. Je n'avais jamais fait une promenade aussi extraordinaire, ni aussi facile, à une telle altitude. Je me souvenais de l'âne sur la plage de Weston-super-mare, de son petit pas cahoteux, ainsi que de Minky, la jument haflinger sur laquelle j'étais monté un jour à Guarda, en Suisse, et qui avait l'habitude de passer brusquement au trot quand l'envie lui en prenait, me secouant si brusquement de haut en bas sur la selle qu'après je ne pouvais plus m'asseoir. Cette éléphante était lente, douce, digne. Je ne sais pas ce qu'elle utilisait comme amortisseurs, mais ils étaient fantastiques. Je n'avais rien d'autre à faire que suivre son mouvement, me balancer à son rythme. C'était vraiment du gâteau. J'avais presque l'impression de flotter. Me promener à dos d'éléphant me semblait aussi naturel que respirer.

J'avais été tellement absorbé par mes pensées, si enthousiasmé par cette éléphante et par tout ce qui m'entourait, que ce fut seulement en cet instant que je repensai à maman. Je me retournai sur mon *howdah* pour la regarder. Je vis des dizaines de baigneurs dans l'eau juste devant l'hôtel. J'essayai de repérer son bikini rouge ou le sarong bleu clair que papa lui avait offert, mais nous avions déjà parcouru une longue distance, et je ne parvins pas à la distinguer parmi les autres. La mer était si calme à présent qu'elle semblait presque irréelle. J'avais l'impression qu'elle avait inspiré et qu'elle retenait son souffle en attendant que quelque chose se produise, quelque chose de terrifiant. Tout d'un coup, je me sentis inquiet moi aussi, et je me retournai sans cesse en cherchant maman des yeux. Je ne la voyais toujours pas. Je sentis monter en moi une véritable panique.

Je ne savais pas pourquoi, mais je n'avais plus qu'une envie : revenir. Je voulais être avec elle. Il fallait que je sois sûr qu'elle allait bien.

Ce fut le moment que choisit Oona pour s'arrêter sans prévenir. Elle regardait vers la mer, et je sentais la tension dans son corps tout entier. Sa respiration était bruyante, saccadée. Puis elle leva sa trompe et se mit à souffler vers la mer, en remuant la tête comme s'il y avait quelque chose, quelque chose là-bas qui l'épouvantait. Le *mahout* essayait de la calmer, mais elle ne lui prêtait aucune attention.

Je regardai à mon tour vers l'océan, et remarquai que l'horizon avait changé. On aurait dit qu'une ligne blanche avait été dessinée tout du long, séparant la mer du ciel. En regardant, je vis que cette ligne s'avançait vers nous, que la mer se vidait en laissant des centaines de poissons se débattre sur le sable. Oona tourna, et avant que le *mahout* puisse l'arrêter, elle se mit à courir vers les arbres. Ses premiers pas précipités faillirent me faire tomber. Je parvins à rester assis en me cramponnant très fort des deux mains à la barre qui se trouvait devant moi. Je m'y agrippai de toutes mes forces, tandis qu'Oona martelait la plage de son pas lourd en direction des ombres de la jungle.

3
Pas de feuilles, Oona,
je ne mange pas de feuilles

J'étais secoué si violemment de tous côtés dans mon *howdah* que je ne pouvais rien faire d'autre que me cramponner pour éviter d'être jeté à terre. Je m'aperçus très vite que je devais garder la tête baissée car, chaque fois que je la levais, il y avait une branche qui pendait juste devant moi, prête à me gifler, me fouetter et me griffer, ou même à me faire tomber. Je m'aplatis donc, le visage contre le coussin, fermai les yeux, et m'agrippai de toutes mes forces, m'adaptant aux mouvements désordonnés de l'éléphante qui courait tant bien que mal entre les arbres, en barrissant de terreur.

C'était ce barrissement que je ne pouvais supporter. Il était si fort, si terriblement aigu qu'il remplissait toute ma tête, et toute la forêt autour de moi. J'aurais voulu me plaquer les mains sur les oreilles, mais je ne pouvais lâcher la barre. La terreur de l'éléphante devint la mienne, et je me surpris à hurler dans le coussin, puis à le mordre profondément, car c'était la seule façon pour moi de faire taire mes cris. J'étais allé à la fête foraine avec papa, j'étais monté sur la grande roue, et sur d'autres manèges à sensations, mais ce n'était qu'une terreur factice, une terreur dont je pouvais rire, dont je devais rire, parce que papa en riait lui-même, que tout le monde en riait, même si j'avais une peur bleue. Mais ça, c'était quelque chose de réel, c'était une question de vie ou de mort – je le savais, car Oona l'annonçait à grands sons de trompe. Je n'avais aucune idée à ce moment-là de ce qu'elle fuyait, je comprenais seulement que ce qui était derrière nous nous poursuivait et nous tuerait sûrement si nous étions rattrapés.

Ce n'est qu'en ressentant la chaleur du soleil sur ma nuque que je me rendis compte que nous avions dû quitter l'obscurité de la forêt. J'osai alors relever la tête et regarder autour de moi. Oona traversait au pas de charge une clairière de hautes herbes, entourée d'arbres rabougris, puis un marécage. Je me dis que si je me jetais à terre ici, au moins j'atterrirais en douceur, mais plus j'y pensais, plus je savais que je ne me déciderais pas à le faire. J'étais si haut, trop haut, et Oona courait de plus en plus vite. J'étais toujours ballotté dans le *howdah*. Je devais me cramponner de toutes mes forces pour ne pas être jeté à terre. Mais cette fois au moins, j'avais trouvé une technique pour ne pas tomber. Écartant largement les jambes derrière moi, je m'aperçus que je pouvais caler mes pieds contre la barre, et assurer ainsi ma position. Je commençais à me sentir un peu plus en sécurité. J'osai même me relever un peu, me retourner un instant pour regarder derrière moi et voir si le *mahout* nous avait suivis. J'avais espéré en dépit de tout qu'il ne serait pas trop loin derrière nous, qu'Oona ralentirait, qu'il pourrait nous rattraper et que, d'une façon ou d'une autre, il parviendrait à arrêter la course de l'éléphante. Mais Oona ne manifestait aucune intention de ralentir, et je n'apercevais le jeune homme nulle part.

Pendant tout ce temps, j'essayais de voir ce qui se passait, de comprendre. Tout était arrivé si vite, et ce n'était pas fini. La seule chose dont je pouvais être sûr à présent, c'est que je n'avais personne vers qui me tourner, que j'étais seul. J'étais emporté dans la forêt par une éléphante déchaînée, qui avait été effrayée par une chose ou un être inconnu. Quelle qu'en fût la raison, cette créature lourde et tranquille, d'une douceur, d'une sérénité extrêmes, s'était transformée en une bête sauvage, folle de terreur, qui semblait n'avoir qu'une seule idée en tête, s'éloigner le plus possible, et le plus rapidement possible, de la mer.

Devant nous, au-delà d'une clairière, je vis un large cours d'eau où affleuraient des rochers. J'étais sûr qu'Oona devrait ralentir pour le traverser, j'espérais même qu'elle s'arrêterait tout simplement. Elle ne fit ni l'un ni l'autre. Elle se précipita, se jeta dans la rivière, et l'eau explosa autour de nous en me trempant jusqu'aux os. Une fois sur l'autre rive, je vis qu'il faudrait franchir une longue colline avant d'atteindre de nouveau la forêt. Ce fut seulement lorsqu'elle arriva à mi-pente qu'Oona ralentit enfin, avançant d'un petit pas précipité, hochant vigoureusement la tête sous l'effort, ses grandes oreilles battant l'air. Je m'aperçus qu'il était soudain plus facile de me tenir, je me redressai donc sur les genoux, sans lâcher la barre, pour mieux voir où nous allions, et l'endroit d'où nous étions venus. Je me retournai pour regarder derrière moi la canopée de la forêt, et plus loin encore en arrière, jusqu'au bleu de l'océan qui s'étendait dans le lointain.

À ce moment-là seulement, je compris ce qui avait effrayé l'éléphante, et pourquoi elle s'était enfuie ainsi. Le spectacle qui s'offrit à moi me remplit d'horreur. La sensation tiède d'un frisson de terreur monta de mon échine jusqu'à ma nuque. La mer se cabrait en un haut mur d'eau verte qui se précipitait vers la plage, vers l'hôtel, vers l'endroit où je savais que maman était allée nager. J'entendis aussi comme un grondement de tonnerre. Les gens couraient, paniqués, sur toute la plage. Leurs cris ne parvenaient pas à mes oreilles, ils étaient trop loin mais, dans ma tête, j'entendais leur terreur. Je vis des bateaux projetés en l'air comme des jouets, disparaître quelques instants plus tard, avalés purement et simplement par l'océan.

La vague immense ne s'arrondit pas pour s'écraser le long de la plage, comme je m'y attendais, elle continua d'avancer, si vite et si haut qu'elle paraissait irréelle. J'avais l'impression que c'était une vague virtuelle, une vague qui ne pouvait pas exister. On ne voyait déjà plus de plage, et je m'aperçus que l'hôtel lui-même était entièrement entouré d'eau de mer, que le premier étage était déjà submergé. Partout, l'eau charriait des débris tourbillonnants – des voitures, des arbres, des poteaux télégraphiques. Des toits entiers de maison étaient entraînés dans le torrent, balayés comme des chapeaux en papier. Je voyais que des gens aussi étaient emportés, et se cramponnaient à tout ce qu'ils pouvaient trouver. À tout moment, à présent, je m'attendais à ce que la vague s'écrase sur la forêt au-dessous de nous, et déferle sur la colline. La seule chose que je comprenais, c'était qu'il fallait s'enfuir, qu'il fallait monter plus haut encore. C'était ma seule chance de m'en sortir.

Je me penchai en avant et donnai plusieurs tapes à Oona sur le cou, lui criant de continuer à avancer, de marcher plus vite. Qu'elle ait compris ou pas, je l'ignore, mais à mon grand soulagement, je la sentis rassembler ses forces, puis monter péniblement le long de la pente pour pénétrer dans la forêt. Pendant ce temps, j'essayais de comprendre ce que j'avais vu. J'étais sûr maintenant qu'il s'agissait d'un raz de marée, d'un *tsunami*. J'en avais vu un dans un documentaire que j'avais regardé à la maison, un raz de marée virtuel qui avait été déclenché par l'éruption volcanique sur l'île de Krakatoa. Mais cette fois-ci, c'était pour de vrai, et c'était maintenant. J'avais observé de mes propres yeux sa terrible puissance.

Le fait de savoir et de comprendre de quoi il s'agissait eut un curieux effet sur moi. J'étais soudain plus calme, j'arrivais mieux à réfléchir à ce qui se passait. Je me rendis compte alors qu'Oona avait dû sentir le danger, qu'elle avait dû sentir le phénomène avant de le voir, et bien avant tout le monde. Je me souvins alors de quelque chose : le *mahout* m'avait dit qu'elle avait été très agitée au début de la matinée et qu'elle avait refusé d'entrer dans la mer. D'une certaine manière, même à ce moment-là, des heures plus tôt, elle avait perçu que quelque chose se préparait, que quelque chose allait se produire. C'était probablement ce qui expliquait qu'elle ait fait volte-face et se soit mise à courir, c'était la raison pour laquelle nous étions allés si loin, et qui faisait que j'étais encore vivant, que nous étions tous les deux encore vivants.

Je sentais qu'Oona était fatiguée après tous ses efforts. Sa respiration était plus difficile, son pas moins sûr. J'aurais dû me préparer à ce qui allait se passer. Quand Oona trébucha et faillit tomber, je fus projeté d'un côté du *howdah*, et perdis presque complètement prise. Je parvins tout juste à m'accrocher d'une main à la barre, tandis que j'étais précipité à l'extérieur. Je me retrouvai pendu là, m'agrippant comme je pouvais, pendant qu'Oona poursuivait son chemin à travers l'épaisse végétation, d'un pas chaloupé et incertain. Je n'étais sûr que d'une chose : si je lâchais, même si je survivais à la chute sans me casser un bras ou une jambe, je n'aurais aucune chance de m'en sortir tout seul sans l'éléphante. Il fallait que je tienne bon. Je parvins tant bien que mal à me retourner pour pouvoir m'accrocher à la barre des deux mains, m'efforçant désespérément de remonter avec les pieds sur le flanc d'Oona, et de me hisser là-haut. Mais je n'avais pas assez de force. Je savais que, tôt ou tard, et probablement plus tôt que tard, je lâcherais prise et tomberais, ou que peut-être une branche me jetterait à terre, alors qu'Oona continuerait de foncer dans la forêt.

Je lui criai alors de ralentir. Chose incroyable, c'est ce qu'elle fit. Encore plus miraculeux, elle s'arrêta. Je vis alors sa trompe s'arrondir, je sentis qu'elle m'attrapait par la taille et me soulevait, puis me déposait en un petit tas informe dans le *howdah*, à l'abri, où je restai un bon moment, amorphe, le souffle court. Déjà Oona était repartie, marchant d'abord lentement, comme pour me laisser le temps de récupérer. Je roulai sur le ventre, et tendis les bras vers la barre, faisant un effort pour me relever, tandis qu'Oona prenait de la vitesse. Je fermai les yeux, serrai les dents, en me promettant bien que rien ne me ferait plus jamais lâcher prise.

À ce moment seulement, alors
que je restais là, épuisé, dans le
howdah, je commençai à comprendre toute l'horreur de ce que
je venais de voir. Si maman était
allée se baigner, si elle était sur la
plage, ou n'importe où dans les environs
lorsque le raz de marée s'était produit, alors elle avait
dû se noyer avec tous ceux qui s'étaient trouvés sur
le passage de la vague. Aucun de ceux qui avaient
été surpris sur la plage ou dans la mer ne pouvait
avoir survécu à l'assaut d'une vague aussi gigantesque. Personne n'aurait eu la moindre chance de
s'en sortir. Elle m'avait dit qu'elle allait se baigner.
C'étaient presque ses dernières paroles. J'essayais de
ne pas voir ce que cela signifiait, mais il fallait bien
s'y résoudre. Ravalant mes larmes, je n'arrêtais pas
de me dire qu'il y avait au moins une possibilité pour
que maman ait déjà quitté la plage au moment où
le *tsunami* avait frappé, qu'elle était peut-être retournée à l'hôtel, et qu'elle était en sécurité dans notre
chambre, qui se trouvait quand même au dernier
étage. Si c'était le cas, elle pouvait être encore
vivante. C'était possible. Je désirais tellement y
croire !

Mais il suffisait que j'y repense, et je savais au fond
de moi que, selon toute probabilité, elle devait être
dans l'eau lorsque la vague s'était abattue. Je savais
qu'elle adorait nager, plonger avec un masque et un

tuba, je savais que pendant toute la semaine elle était rarement sortie de l'eau, que chaque matin nous faisions la course sur la plage pour plonger dans la mer, qu'elle nageait toujours comme un poisson, avec vigueur et sans effort.

Cette dernière pensée me donna soudain un regain d'espoir : même si elle avait été emportée par la vague, peut-être était-il possible que grâce à ses qualités de nageuse, elle ait pu revenir vers la côte et se mettre à l'abri. Mais je me rendais compte qu'elle aurait eu beaucoup plus de chances de survivre en étant à l'hôtel. J'essayais de toutes mes forces de me convaincre qu'elle était peut-être retournée dans la chambre pour envoyer un mail à mes grands-parents, qu'elle était là-haut, dans notre chambre quand la vague avait surgi, et qu'elle était toujours vivante, qu'elle n'était pas morte noyée, qu'en ce moment même elle pensait à moi, qu'elle allait me chercher, essayer de me retrouver aussi vite que possible.

J'essayais de toutes mes forces de me convaincre que ce devait être vrai, et que le pire n'était pas arrivé. Mais plus j'y pensais, plus j'avais peur du contraire. En dernier ressort, je me mis à prier Dieu de veiller sur elle, de la sauver, jusqu'à ce que je me rappelle que la dernière fois que j'avais prié ainsi, c'était pour papa, la veille de son départ pour la guerre. Dieu ne m'avait pas écouté à ce moment-là, alors pourquoi m'écouterait-il maintenant ? Dans mon désespoir, je levai la tête et implorai non pas Dieu, mais maman :

– Ne meurs pas, maman. S'il te plaît, maman ! Nage, continue de nager, il faut que tu nages. N'abandonne pas, s'il te plaît…

Je fus interrompu par une étrange vibration, lointaine tout d'abord, puis soudain proche, et enfin juste au-dessus de ma tête. Je voyais ce que c'était, maintenant, un hélicoptère qui luisait au soleil au-dessus de la canopée. Je me relevai d'un coup, faisant de mon mieux pour garder mon équilibre dans le *howdah*, agitant frénétiquement les bras et criant à pleins poumons. Mais l'hélicoptère disparut en quelques secondes. Cette vision fugitive avait suffi, cependant, à me redonner espoir. J'étais sûr à présent qu'on cherchait les survivants pour essayer de les sauver, et que ma mère pouvait se trouver parmi eux.

C'est à ce moment que je pris ma décision. Quoi qu'il ait pu arriver, il fallait que j'essaie de retrouver maman. Je criai à Oona de s'arrêter. Elle ne fit absolument pas attention à moi. Je la suppliai, je hurlai, vociférai, lui donnai des tapes sur le cou. Puis, lorsque je m'aperçus que rien de tout cela n'avait d'effet, je tentai de lui expliquer :

– Elle est peut-être vivante ! lui dis-je. Il faut que je retourne là-bas. Il le faut ! Fais demi-tour, Oona. Il le faut ! Nous devons retourner là-bas !

Mais elle refusait de s'arrêter. Elle allait même de plus en plus vite, soufflant et haletant, avançant d'un pas plus décidé que jamais, balançant sa trompe, ses grandes oreilles largement déployées. Elle allait où elle allait, et c'était tout.

Je m'aperçus alors qu'il m'était impossible de lui faire changer d'avis, que je devais moi-même aller où l'éléphante allait. Je n'avais pas le choix. Le fait de le comprendre, puis tout simplement de l'accepter, me permit de me calmer suffisamment pour réfléchir. Cette éléphante ne m'avait-elle pas sauvé la vie ? N'avait-elle pas su depuis le début ce qu'il fallait faire ? Alors, si elle refusait de s'arrêter, c'était sans doute parce qu'elle savait que nous serions en sécurité plus loin, en haut des collines, ou plus loin encore dans la jungle, et que plus vite nous serions là-bas, mieux ce serait.

Je commençais aussi à penser que cette éléphante comprenait peut-être les choses beaucoup mieux que je n'aurais jamais pu l'imaginer, qu'elle n'écoutait pas, qu'elle ne voulait pas faire demi-tour ni retourner en arrière, parce que c'était inutile. Elle savait, comme moi, si je voulais être vraiment honnête avec moi-même, que personne ne pouvait avoir survécu là-bas sur la côte, et qu'il ne servait à rien de se persuader plus longtemps du contraire.

Tandis qu'Oona avançait dans la forêt en montant le flanc de la colline, je restai là dans le *howdah*, allongé sur le dos à présent, fixant d'un regard vide les arbres au-dessus de moi, rongé de désespoir, paralysé par le chagrin et les regrets. Je n'avais plus assez de larmes pour pleurer. Je sentais que l'éléphante était épuisée, que son endurance s'amenuisait rapidement. Elle trébuchait plus souvent, respirait plus difficilement. Elle continuait de marcher d'un pas lourd, arrachant de temps en temps des feuilles autour d'elle pour se nourrir. À présent, cependant, je ne m'occupais plus de ce qu'elle faisait, de l'endroit vers lequel elle se dirigeait, ni de ce qui pourrait m'arriver. Je restais indifférent à l'humidité oppressante de la jungle, aux insectes qui se posaient sur moi et me piquaient. Je n'étais pas le moins du monde effrayé par les yeux écarquillés des singes, par leur regard farouche, tandis que je passais au-dessous d'eux.

Au bout d'un moment, je crois que je perdis aussi la notion du temps. Le jour et la nuit étaient semblables pour moi. Je n'avais ni faim ni soif. Je sombrais souvent dans le sommeil, mais même lorsque j'étais éveillé, j'étais à peine plus conscient de ce qui m'entourait que je ne l'aurais été dans un rêve. Je percevais la lune qui flottait entre la cime des arbres, le bourdonnement et le ronronnement de la forêt dans la lourde chaleur du jour, la cacophonie assourdissante des hurlements, des cris rauques ou perçants qui remplissaient la jungle chaque nuit, je sentais les averses soudaines et torrentielles, qui parvenaient toujours à traverser la canopée pour me tremper jusqu'aux os.

Mais rien ne me dérangeait, rien n'avait de sens pour moi. Je crois que je n'étais même plus assez conscient de mon environnement pour me sentir inquiet ou menacé. Parfois, il me traversait l'esprit que je me trouvais dans un endroit où devaient abonder des serpents venimeux et des scorpions, peut-être même des tigres – je me souvenais avoir vu dans cette brochure touristique que j'avais feuilletée dans l'avion la photo d'un tigre qui rôdait dans la jungle. Je m'en fichais complètement. J'étais trop perdu dans ma détresse et mon chagrin pour avoir peur de quoi que ce soit.

Je restai étendu ainsi dans mon *howdah* pendant des jours et des nuits. J'avais dû boire de temps en temps à la bouteille d'eau que maman m'avait donnée. Je ne m'en souviens pas vraiment, mais j'avais dû le faire, car je m'éveillai à un moment pour découvrir que la bouteille était vide. Je passais continuellement du rêve à la réalité, entre veille et sommeil, ne voulant surtout pas me réveiller pour de bon, car je savais qu'alors je me rappellerais tout ce qui m'était arrivé et tout ce que ça signifiait : que je n'avais plus de père, et maintenant plus de mère, que moi-même j'allais probablement mourir ici dans cette jungle. J'étais tellement fatigué, faible, abattu, que ça m'était égal.

Mon seul réconfort était le balancement régulier de l'éléphante au-dessous de moi. Je m'y étais si bien habitué que je me réveillais chaque fois qu'elle s'arrêtait. Souvent, j'entendais Oona arracher des branches, puis grogner de satisfaction tandis qu'elle broutait dans la forêt. De temps en temps, lorsqu'elle

agitait les oreilles, je sentais une brise fraîche souffler sur moi. J'en vins à aimer ces moments. Et lorsque j'entendais le son de sa bouse qui tombait, j'attendais chaque fois que l'odeur monte jusqu'à moi. Ce n'était pas déplaisant, pas pire que les odeurs produites par les êtres humains. En fait, je ne trouvais pas ça désagréable du tout, c'était curieusement rassurant. Et ça me faisait sourire.

Je m'éveillai un matin en sentant la douce extrémité de la trompe d'Oona sur moi. Elle me flairait, explorant chaque partie de mon corps, des pieds à la tête. Lorsqu'elle me chatouilla le cou, je ne pus m'empêcher d'avoir un petit rire. Alors, sans y penser, je tendis la main et caressai sa trompe. Pendant que je la caressais, Oona ne bougea pas – délibérément, me sembla-t-il –, elle me laissa promener mes doigts sur sa peau, tandis qu'elle soufflait doucement sur mon visage. Ce fut comme le souffle d'une vie nouvelle. Je sus alors que je n'étais pas seul au monde, que j'avais une amie, et que je voulais survivre, que d'une certaine manière je devais survivre, pour pouvoir retourner sur la côte et retrouver ma mère.

Mais en même temps que renaissait cette volonté de vivre apparut une faim soudaine et insupportable, accompagnée d'une soif plus forte que tout. Mon besoin de boire était si dévorant que je ne pouvais plus penser à rien d'autre. Parfois, je parvenais à attraper une feuille qui pendait au-dessus de moi et à lécher l'eau de pluie qui s'était déposée à sa surface. Chaque fois qu'il pleuvait, je joignais mes mains en forme de coupe pour y recueillir tout ce que je pouvais. Mais il n'y en avait jamais assez pour que je puisse espérer étancher ma soif, et encore moins pour remplir ma bouteille, ce qui était indispensable, je le savais, si je voulais survivre.

J'essayais de le faire comprendre à Oona chaque

fois que nous passions près d'un cours d'eau – et il y en avait beaucoup dans la jungle – mais chaque fois, Oona se contentait de le traverser sans s'arrêter. J'essayai de murmurer doucement à son oreille, comme j'avais vu le *mahout* le faire sur la plage, mais en vain. Crier et lui donner des tapes sur le cou ne marchait pas davantage. Pas plus que l'implorer ou la supplier. Nous traversions rivière après rivière, et tout ce que je pouvais faire, c'était regarder avec envie l'eau qui coulait en dessous de moi, que j'avais tant besoin de boire, mais qui déjà disparaissait derrière moi.

À plusieurs reprises, j'envisageai sérieusement de me lever dans le *howdah*, et de me jeter dans l'eau la prochaine fois que nous arriverions à une rivière. Je choisirais le moment, déciderais de l'endroit où l'eau était la plus profonde, et je sauterais. Je pouvais le faire, je nageais assez bien, j'étais le meilleur de la classe à l'école, meilleur que Charlie, Bart ou Tonk. Ce n'était pas ce qui me tracassait. J'avais d'autres inquiétudes. Si je ratais mon coup, je pouvais atterrir brutalement sur des rochers cachés sous la surface, je pouvais me casser une jambe, ou même me rompre le cou. Et je savais que les rochers n'étaient pas le seul danger tapi sous l'eau. J'étais sûr qu'il y avait des crocodiles dans ces rivières. J'en étais sûr, car j'en avais aperçu un, à moitié immergé. Il ressemblait à une bûche, mais c'était une bûche avec une queue, et une queue qui remuait.

De toute façon, en imaginant qu'il n'y ait pas de

crocodile à l'affût, que j'atterrisse le plus doucement possible, que je boive longuement l'eau fraîche dont je mourais d'envie, et que j'arrive à remplir ma bouteille, comment savoir si Oona resterait là à attendre que j'aie fini de boire ? En admettant même qu'elle le fasse, comment pourrais-je ensuite remonter sur son dos et retrouver la sécurité du *howdah* ? Je ne savais ni monter ni descendre de cette éléphante tout seul. La dernière fois que j'avais dû le faire, plusieurs jours auparavant, le *mahout* était là pour m'aider, mais j'étais incapable de me rappeler comment il s'y était pris pour me hisser là-haut. Tout cela, tout ce qui s'était passé avant l'arrivée de la grande vague me paraissait si lointain, maintenant. Maman était là. M'avait-elle aidé ? Je ne m'en souvenais pas, et ne voulais pas m'en souvenir.

Mon besoin de nourriture, mon besoin d'eau devenaient de plus en plus obsédants, de plus en plus urgents. Il y avait pourtant des fruits en abondance tout autour de moi dans la jungle, mais je n'en connaissais aucun, et de toute façon, je ne pouvais pas les atteindre. Je cherchais des bananes – je pensais qu'il devait y en avoir dans la jungle – mais je n'en voyais pas. Je distinguais en revanche de petits fruits d'un rouge rosé, qui avaient un peu la forme d'une banane. Ils étaient toujours trop loin, cependant, quand je passais en dessous, et c'était terrible de ne pouvoir les attraper. Il y avait parfois des noix de coco, d'une couleur orange et non marron, mais qui étaient toujours trop hautes pour moi. Et celles qui étaient tombées par terre étaient tout aussi inaccessibles.

Il y avait plein d'autres fruits étranges, que j'aurais sûrement essayé de manger, si j'avais pu m'en approcher, ou si j'avais été assez rapide pour les attraper. Malheureusement Oona avançait, se balançant d'un côté à l'autre, indifférente, me semblait-il, à tous mes besoins. Pendant ce temps, pour ajouter à mon supplice, je voyais qu'il lui suffisait de tirer sur une branche avec sa trompe pour pouvoir en manger les fruits ou les feuilles, sans même s'arrêter de marcher. Pire encore, elle semblait prendre grand plaisir à son festin. Moi, je ne pouvais que rester assis et entendre ses énormes mâchoires mastiquer, son estomac gronder quasiment en permanence. La digestion des éléphants, je le découvrais peu à peu, était bruyante, exaspérante, ponctuée de grognements sonores exprimant la plus profonde satisfaction.

À la fin, je ne pus en supporter davantage. Je me penchai en avant et lui criai dans l'oreille. Je savais que c'était inutile, mais je le fis quand même.

– À manger, Oona ! Je veux manger ! Je veux de l'eau !

Elle battit alors des oreilles, comme si elle avait voulu chasser mes paroles, telles des mouches qui auraient bourdonné autour d'elle. Mais je ne m'arrêtai pas pour autant. De toutes mes forces je lui donnai des tapes sur le cou, dans le dos, partout où je pouvais la frapper, essayant tout ce que je pouvais pour la forcer à m'écouter.

– Je veux manger, Oona ! criai-je. Des fruits ! Je veux des fruits et de l'eau. S'il te plaît, Oona, s'il te plaît. Tu ne comprends donc pas, Oona ? Je vais mourir si je ne bois pas. Je vais mourir !

Au bout d'un certain temps, je m'aperçus que mes hurlements, mes tapes, mes claques, me faisaient beaucoup plus de mal qu'à elle. Mes mains étaient douloureuses, ma gorge irritée. Quoi que je dise ou fasse, l'éléphante ne me prêtait aucune attention, c'était certain. Elle se contentait de continuer d'errer dans la jungle, mastiquant nonchalamment sur son chemin, sans se soucier du reste. Je réessayai encore et encore tout ce que je pouvais imaginer. Mais en même temps, je voyais bien que c'était inutile, qu'il ne servirait jamais à rien de lui parler doucement, de la cajoler, de la supplier, de la frapper ou de la menacer. Cette éléphante ferait ce qu'elle voulait faire, et rien d'autre. Finalement, je renonçai à toute tentative.

Épuisé et furieux, je m'allongeai dans le *howdah*, qui m'apparaissait désormais plus comme une cage que comme un trône, et me mis à sangloter. Dans ma tête, venant de nulle part, ressurgit la vieille plaisanterie de papa : « Facile, Will ! » Je dis la phrase à haute voix, à la manière dont papa la prononçait :

– Facile, Will !

Répéter ses mots à plusieurs reprises me réconforta

quelque peu. C'était leur rythme, peut-être, ou leur caractère familier. J'avais envie de dormir, car je voulais chasser de mon esprit tout ce qui s'était passé, toutes les épreuves que j'endurais. C'était le seul moyen d'oublier la faim qui me rongeait l'estomac, ma langue sèche comme du cuir, ma gorge en feu.

À un moment, lorsque le sommeil vint enfin, j'entendis à nouveau papa parler dans mes rêves, et je le vis aussi : « Facile, Will, disait-il. Il faut continuer, Will. Tu peux y arriver, Will. » Je rêvais que j'étais au bord de la mer, à Weston, quand j'étais petit. Je nageais vers papa, qui tendait les bras vers moi. J'agitais frénétiquement mes jambes dans l'eau, essayant de toutes mes forces de garder le menton au-dessus du niveau de la mer, essayant d'atteindre ses bras tendus avant de couler. Mais l'eau continuait d'entrer dans ma bouche et je m'étranglais. Je me réveillai en sursaut et me redressai en crachotant. Pendant quelques instants la lumière du soleil m'aveugla.

L'éléphante s'était arrêtée. J'entendais un bruit d'eau couler tout autour de moi. Je restai assis, immobile. Oona se tenait au milieu d'un fleuve. L'eau ruisselait sur son dos, autour de son cou et de ses oreilles, si bien que le *howdah* n'était plus qu'une île à présent, parmi les tourbillons du fleuve. Les sangles du *howdah* s'étaient légèrement relâchées. Je le sentais glisser de côté sur le dos d'Oona, et certains coussins étaient déjà trempés. Le courant était rapide, mais je n'hésitai pas. C'était l'occasion que j'attendais. La rive n'était pas si loin. Je pouvais y arriver. Il y avait peut-être des crocodiles, mais je m'en fichais. J'avais besoin d'eau. J'avais besoin de boire.

Je mis un pied sur la barre, et sautai. Je fus aussitôt dans le fleuve, et je nageai vers la berge. Je l'atteignis en quelques brasses. Je m'accroupis alors au bord de l'eau, et bus tout mon soûl, me remplissant le ventre à en éclater. Essoufflé d'avoir tant bu, triomphant, je me surpris à sourire, à pousser des cris, à frapper l'eau de mes mains, remplissant la forêt de mon vacarme, faisant fuir des milliers d'oiseaux qui s'envolèrent des arbres en piaillant.

– Regarde-les, Oona, m'écriai-je. Regarde !

Je ne voyais plus que la tête et la trompe d'Oona. Elle semblait être descendue plus loin dans le fleuve, et se trouvait en plein milieu, à présent, là où le courant était le plus rapide. J'étais sûr de pouvoir la rejoindre à la nage. Je plongeai donc, sans m'inquiéter. Mais je m'aperçus que le courant était beaucoup plus fort que je ne l'avais imaginé, et je compris que je n'y arriverais pas. Je n'avais tout simplement pas assez de force pour fournir un tel effort. Je dus donc retourner en arrière, et m'efforcer de nager vigoureusement jusqu'à la rive pour m'en sortir. Il fallait nager longtemps, et je me fatiguais vite, je fus donc immensément soulagé de sentir enfin mes pieds toucher le fond et de pouvoir remonter sur la berge.

Je regardai alors autour de moi, cherchant Oona des yeux. Elle avait disparu. Pris de panique en me voyant tout seul, je me mis à l'appeler, timidement d'abord, puis de plus en plus fort à mesure que mes craintes augmentaient. Je me dis aussitôt qu'Oona était partie dans la forêt, et qu'elle m'avait abandonné. J'en étais sûr. Il ne pouvait pas y avoir d'autre explication. La douleur s'ajouta à la panique. Je lui fis savoir ce que je pensais d'elle :

— Va-t'en, et abandonne-moi, puisque c'est comme ça, espèce de gros tas ! Ça m'est complètement égal ! Je n'ai pas besoin de toi, tu m'entends ? Je n'ai pas besoin de toi !

C'est alors que j'aperçus le *howdah*, emporté par le courant vers les rochers. Mais il n'y avait toujours aucun signe d'Oona. Le *howdah* coula sous mes yeux. Je n'en voyais plus que les sangles, puis ma bouteille d'eau et un coussin qui flottaient au loin. Je restai là, pensant que cette bouteille avait été la dernière chose que maman m'avait donnée, ça et mon chapeau, la crème solaire, qui devaient se trouver au fond du fleuve, à présent, avec le *howdah*. Il ne me restait plus que ce que j'avais sur moi, ma chemise et mon short.

Ce fut à cet instant qu'Oona émergea du fond du fleuve, à quelques mètres de moi seulement, se levant de toute sa hauteur, ruisselante, tandis que sa trompe battait l'air en lançant de grandes gerbes d'eau. Quand je revins de ma surprise, je me sentis inondé de joie et de soulagement, oubliant aussitôt ma colère contre elle. Oona plongea de nouveau dans le fleuve, ne laissant plus apparaître que ses yeux et le sommet de sa tête en forme de dôme. J'eus l'impression qu'elle avait joué à cache-cache avec moi, que ce devait être une invitation à aller m'amuser avec elle. C'était une invitation. Je ne pouvais pas refuser. Tandis que je courais dans l'eau la rejoindre, je me demandai comment j'avais pu douter d'elle.

Oona était mieux que n'importe quelle machine à vagues. Chaque fois qu'elle roulait doucement sur le côté, elle formait d'immenses rouleaux dans lesquels je plongeais. De temps en temps, elle disparaissait complètement sous l'eau, puis rejaillissait à la surface, provoquant de véritables cascades qui ruisselaient sur son dos, et je me tenais là, à côté d'elle, criant sous la douche qu'elle me donnait. Elle pointait sa trompe sur moi, et m'aspergeait. C'était un spectacle, un jeu. J'étais ravi et n'arrêtais pas de rire.

Je me souvins alors de la dernière fois où je m'étais amusé comme ça à jouer dans l'eau. C'était avec papa à Weston. Je me souvins que je plongeais, que je nageais entre ses jambes et, lorsque je remontais de l'autre côté, il me prenait sur ses épaules et courait hors de la mer pour rejoindre la plage où maman nous attendait. Elle nous avait crié de ne pas l'éclabousser, mais nous l'avions fait quand même, comme elle l'avait prévu, en nous secouant comme des chiens au-dessus d'elle. C'était si bien ! Toute cette journée au bord de la mer à Weston me revint en mémoire, chaque détail, puis tous les précieux souvenirs de ma vie à la maison avec mes parents, de nous tous ensemble, de la vie que nous avions menée avant le départ de papa pour la guerre, avant le raz de marée.

Je me sentis soudain ravagé de tristesse et de culpabilité. Je laissai Oona dans le fleuve, et allai m'asseoir sur les rochers. Je ne pouvais plus penser qu'à une chose : rien ne serait plus jamais comme avant. Cette époque avait disparu pour toujours. Mes parents ne reviendraient plus. Je ne les reverrais plus jamais, plus jamais je n'entendrais leurs voix. Et moi, qu'est-ce que je faisais ? Il y a quelques instants à peine, je m'étais amusé comme un fou, hurlant de rire comme s'il ne s'était rien passé, comme si « tout allait pour le mieux dans le meilleur des mondes », comme disait grand-père. Papa était mort, et sur la côte des centaines de personnes, des milliers peut-être, avaient été noyées par le *tsunami*. Maman était parmi elles. Comment avais-je pu me permettre de les oublier tous les deux aussi vite ? Comment avais-je pu rire, alors que j'aurais dû pleurer ?

Mais au moment même où je ruminais ces pensées, au moment même où je regardais Oona agiter sa trompe vers moi là-bas dans le fleuve, je me surpris à sourire intérieurement, et je compris que je n'avais rien fait de mal, que maman et papa ne m'en voudraient pas. Il y avait un oiseau-mouche qui

voletait au-dessus d'une fleur. Il était minuscule, si minuscule que c'en était presque un miracle, et si beau ! Il y avait des papillons de toutes les couleurs qui se poursuivaient au-dessus de l'eau. Je sentis alors ma tristesse et ma culpabilité s'envoler. Je ne pensai plus au passé, ni à mes parents. Je pensai que la seule famille que j'avais aujourd'hui, c'était Oona. L'idée était étrange, je le savais. Mais plus j'y réfléchissais, plus je m'apercevais que c'était vrai.

Tandis que je restais assis à regarder Oona dans le fleuve, je commençai à faire le point sur ma situation. La seule chose dont j'étais certain, c'était que sans elle je n'aurais jamais survécu, que je n'aurais aucun espoir, et que je serais complètement perdu. Je n'avais vu qu'un seul hélicoptère, il y avait déjà plusieurs jours. La seule manifestation de vie humaine qu'il m'était arrivé d'apercevoir était la trace de condensation laissée par un avion haut dans le ciel, à des milliers de mètres au-dessus de la canopée. Personne ne savait que j'étais là. Personne ne savait même que j'étais vivant, il était donc évident que personne ne me cherchait. J'avais pénétré dans la jungle sur le dos de cette éléphante. Si quelqu'un connaissait le moyen d'en sortir, me dis-je, c'était elle. Il fallait que je reste avec elle, que j'apprenne à

vivre avec elle, et tout se passerait bien. Un jour, tôt ou tard, elle me ferait sortir de la jungle, tout comme elle m'y avait fait entrer.

En attendant, je devais trouver le moyen de communiquer avec elle, de lui faire comprendre que je mourais de faim. J'avais entendu le *mahout* lui parler ce matin-là, sur la plage, mais c'était dans sa langue, une langue que je ne comprenais pas du tout. Oona devait la comprendre, cependant, sinon pourquoi lui aurait-il tant parlé ? Donc, si elle comprenait sa langue à lui, elle pourrait apprendre l'anglais – c'était logique. Il suffisait que je le lui enseigne. Je me rappelai que son *mahout* lui parlait toujours doucement, sans hausser la voix. Je ferais la même chose. D'une certaine façon, il fallait que je lui montre comment me comprendre.

Je ne perdis pas de temps. Dès qu'Oona sortit de l'eau, je me dirigeai vers elle. Je pris sa trompe, la caressai, et lui parlai, exactement comme l'avait fait le *mahout*. Pendant que je lui parlais, je la regardais droit dans les yeux, ses yeux sages, larmoyants.

– Oona, commençai-je, je connais ton nom, mais tu ne connais pas le mien, n'est-ce pas ? Tu ne sais rien de moi. Alors, je vais t'en parler, tu veux ? Voilà. Je m'appelle Will. J'ai neuf ans, bientôt dix, et je vis près de Salisbury, en Angleterre, très loin d'ici. C'est là que je vais à l'école. Mes grands-parents ont une ferme dans le Devon, un endroit boueux, où il y a beaucoup de vaches, et un tracteur. C'est là que je

passe mes vacances. Papa était soldat, il a été tué par une bombe en Irak, parce que c'est la guerre, là-bas, et maintenant, je pense que maman est morte aussi, emportée par cette vague immense, celle dont tu m'as sauvé. Si tu ne l'avais pas fait, je serais mort, comme elle. Mais ce que tu dois comprendre, c'est que je vais quand même mourir bientôt si je ne trouve rien à manger. J'ai faim, Oona, vraiment faim. J'ai besoin de manger. Tu comprends ? Manger !

J'ouvris grand la bouche, en disant « Aah » plusieurs fois, et en posant mes doigts sur ma gorge. Oona, baissant ses yeux vers moi de toute sa hauteur, me regarda d'un air compréhensif, si compréhensif que je sentis quelle avait dû saisir l'essentiel de ce que je lui avais dit. Encouragé, je continuai. Je me frottai l'estomac : « Miam miam. De la nourriture. Nourriture. » Elle me rendit mon regard sans ciller. Elle écoutait, ça ne faisait aucun doute, mais je n'étais pas sûr qu'elle ait compris un seul mot de ce que je lui avais dit.

Peut-être que son regard n'était pas compréhensif, après tout, mais simplement gentil. J'avais l'impression de ne pas pouvoir l'atteindre. J'eus une idée. Je décidai que je devais essayer une tactique complètement différente. Je courus vers les arbres, et revins au bout d'un moment avec une longue branche feuillue. Je la lui offris, en espérant qu'elle aimait ce genre de feuilles. Elle flaira la branche quelques instants, puis elle enroula sa trompe autour, avant d'en arracher ce qu'elle voulait manger et de le fourrer dans sa bouche.

– Oui, oui, Oona ! m'écriai-je. Tu vois ? C'est de la nourriture. Miam, miam. Moi. Moi aussi, j'ai besoin de nourriture. Mais pas de feuilles, Oona. Je ne peux pas manger de feuilles. Des fruits. Des fruits !

Elle mâchait et mastiquait sans me quitter des yeux un instant, puis un profond grognement de satisfaction monta du plus profond d'elle-même. J'espérai que c'était le signe qu'elle comprenait, à présent, qu'elle m'était reconnaissante d'avoir été lui chercher à manger, qu'elle ferait la même chose pour moi. Mais lorsqu'elle eut fini d'engouffrer les dernières feuilles, elle ne sembla s'intéresser qu'à mes cheveux, puis à mes oreilles qu'elle explora avec sa trompe. Exaspéré, je perdis patience. Je la repoussai, et lui criai :

– Tu ne comprends donc rien, stupide éléphante ? J'ai faim ! Tout ce que je veux, c'est manger ! Il faut que je mange !

Je regardai avec désespoir autour de moi, et vis qu'il y avait des fruits rouges qui ressemblaient à d'énormes prunes mûres. Ils poussaient sur les hautes branches d'un arbre, sur la rive éloignée du fleuve.

– Là ! Regarde, Oona ! Voilà ce que je veux. C'est trop haut pour que je puisse grimper jusqu'aux fruits.

Tu pourrais les prendre facilement. Je le sais. S'il te plaît, Oona, s'il te plaît !

Mais elle se contenta de me tourner le dos, de s'éloigner du fleuve et d'avancer entre les arbres, sa trompe cherchant d'autres feuilles. Une fois qu'elle fut occupée à manger de nouveau, je m'aperçus qu'il ne servait à rien de crier, de trépigner, de lui donner des tapes sur les pattes pour l'en distraire. Oona se nourrissait, et rien ni personne ne pourrait l'arrêter.

Je sentis mes yeux se remplir de larmes. Je tentai de les refouler. Mais rien n'y fit – rien ne pouvait les arrêter. Je m'assis au bord du fleuve, remontai les genoux contre ma poitrine et laissai couler mes larmes. Je ne pleurais pas parce que je m'apitoyais sur moi-même, ni parce que j'avais du chagrin. Je ne pensais plus à mes parents. Je pleurais de fureur, d'exaspération, et de faim aussi. J'enfouis mon visage dans mes mains, me balançai d'avant en arrière, gémissant dans mon malheur.

Lorsque je relevai enfin les yeux, je vis que le *howdah* était resté coincé dans le fleuve, entre des rochers. Il était évident que je ne pouvais pas le récupérer. Sans lui, je savais que je ne pourrais plus jamais monter Oona. Et sans elle, comment pourrais-je jamais trouver le moyen de sortir de cette forêt, et de me retrouver à l'abri ? Curieusement, ce fut au moment où je commençais à comprendre vraiment ce qui m'arrivait que je m'arrêtai de pleurer, que je me calmai peu à peu et repris mes esprits. Si je ne pouvais plus monter l'éléphante, si elle ne me trouvait pas à manger, alors elle ne pouvait pas me sauver. Il fallait donc que je cherche ma nourriture moi-même, que je me débrouille tout seul. Il devait bien y avoir un moyen de sortir de la jungle. Il y avait un chemin pour arriver jusqu'ici, il devait y en avoir un pour en sortir. Il suffisait de le trouver, c'était tout.

Quelques instants plus tard, j'avais compris ce que je devais faire. L'idée me vint en regardant le fleuve couler. C'était évident. Comment n'y avais-je pas pensé avant ? Je devais en suivre le cours. Les fleuves ne se jettent-ils pas tôt ou tard dans la mer ? Si je le suivais, j'aurais au moins de l'eau à boire, et je finirais bien par trouver quelque chose à manger sur le chemin – des baies, des noix, des racines, peut-être même du poisson. Je savais pêcher. Oui, je quitterais l'éléphante. Voilà ce que j'allais faire. Je me décidai sur-le-champ. Je partirais seul.

4
Tigre, tigre…

Mais tout de suite après, il se produisit quelque chose qui me fit aussitôt changer d'avis. J'étais toujours assis là, au bord du fleuve, lorsque je sentis la trompe d'Oona me toucher doucement la nuque. Elle descendit le long de mon épaule, me flairant, m'explorant. Je la vis entourer ma poitrine, et me tirer délicatement, mais avec insistance. Elle était en train de me retourner pour me mettre face à elle. Elle resta ainsi un moment, me dominant de toute sa hauteur, le regard baissé vers moi, m'adressant des grognements de reproche, comme si elle savait que j'avais douté d'elle, comme si elle se rendait compte que j'avais pensé la quitter.

Elle commença à se baisser pour s'agenouiller. Au début, je crus qu'elle s'était tellement dépensée dans l'eau qu'elle était fatiguée, et qu'elle allait s'allonger à côté de moi pour se reposer. C'est d'ailleurs ce qu'elle fit, mais il m'apparut bientôt évident que ce n'était pas parce qu'elle était fatiguée. Elle tendit de

74

nouveau sa trompe vers moi, l'enroulant autour de ma taille, puis elle m'attira vers elle. Il me fallut un certain temps pour comprendre pourquoi elle agissait ainsi.

Puis je saisis ce qu'elle essayait de me dire. Il n'y avait aucun doute. C'était une invitation à monter de nouveau sur elle. Elle m'aida en me poussant, me soulevant, me soutenant, jusqu'à ce que je me retrouve à califourchon sur son cou, assis là, derrière les deux dômes que formait son crâne. Jusqu'à présent, j'avais cru qu'elle n'avait qu'une seule bosse en forme de dôme au sommet de sa tête, mais maintenant, je voyais clairement qu'elle en avait deux.

Oona se releva lourdement, sans cesser de me maintenir en place avec sa trompe, jusqu'à ce qu'elle soit dressée sur ses pattes. Mais sans le *howdah*, je n'avais plus de barre à laquelle me tenir. Je fus pris de panique, je me jetai en avant en me cramponnant à son cou. Je vis alors la trompe d'Oona juste devant moi. C'était comme si elle me l'offrait. Elle savait que je devais me tenir à quelque chose. Et je m'y agrippai aussitôt. Je n'osai pas la lâcher. Terrifié à l'idée qu'elle puisse me la retirer, tout ce que je pouvais faire pour me sentir un peu plus en sécurité, c'était de serrer Oona de toutes mes forces entre mes genoux et mes talons.

Mais je m'aperçus que mes jambes étaient trop courtes, et trop écartées, je n'avais donc aucune prise. Si la trompe d'Oona n'était pas là pour me

75

tenir, si elle l'enlevait – et tôt ou tard il faudrait bien qu'elle le fasse –, je voyais que je devrais me fier presque entièrement à mon sens de l'équilibre pour éviter de tomber. Je ne savais pas vraiment si j'arriverais à rester sur son dos lorsqu'elle commencerait à avancer. Et si elle se mettait à courir, alors je savais que j'aurais de sérieux ennuis.

Mais à mon grand soulagement, quand Oona se remit à marcher dans la jungle, elle le fit à pas lents. On aurait dit qu'elle m'emmenait me promener tranquillement. Elle serpentait entre les arbres, laissant toujours sa trompe dans la même position pour que je puisse m'y cramponner. Je la tenais bien serrée des deux mains, car au début, même si elle marchait très lentement, chacun de ses pas me mettait les nerfs à vif.

Au bout d'un moment, cependant, lorsque je m'aperçus que j'étais toujours là-haut, que je n'étais pas tombé, je pris de l'assurance. Je trouvai peu à peu mon équilibre, en m'adaptant au rythme et aux balancements d'Oona. Je sentais qu'elle s'habituait elle aussi à ma présence, qu'elle m'apprenait à rester sur son dos, qu'elle ne me laisserait pas tomber. Au bout de très peu de temps, je me détendis et retrouvai le plaisir de la monter. Je me mis à regarder autour de moi les perroquets qui volaient d'une branche à l'autre en me lançant toute sorte de cris, de grincements, de caquètements, puis je levai les yeux vers la cime des arbres et vers la lumière du soleil qui filtrait à travers le feuillage.

Je me sentis bientôt suffisamment sûr de moi pour lâcher la trompe d'une main puis, pendant quelques instants, des deux mains. Oona laissa quand même sa trompe à ma portée, ce qui valait mieux, car ma nouvelle audace était plus fragile que je ne le pensais. À plusieurs reprises, lorsque je devins trop confiant, mon équilibre me trahit, et je faillis tomber. Mais chaque fois que j'évitais la chute, je prenais de l'assurance, si bien que je commençai peu à peu à me convaincre que je pourrais y arriver, que je pourrais rester là-haut, qu'Oona ferait toujours le maximum pour veiller sur moi.

Dès que ma peur de tomber disparut, cependant, ma faim revint douloureusement, de plus en plus aiguë, de plus en plus insistante. Elle me rongeait l'estomac. Et tandis que les heures passaient, une irrésistible faiblesse m'envahit. Je sentais que le peu de forces qui me restaient s'épuisait rapidement. J'essayais de me concentrer, en me disant que je ne devais pas lâcher la trompe d'Oona. Mais j'avais la tête qui tournait à présent, j'avais la sensation qu'à tout moment je pourrais perdre connaissance et glisser à terre. Parfois, je ne savais plus si je rêvais éveillé ou si je dormais. Je ne cessais d'imaginer que j'étais dans l'avion avec maman, endormi à côté d'elle,

rêvant que je me promenais à dos d'éléphant le long d'une plage de sable, tandis qu'elle courait à côté de moi pour me prendre en photo, et me disait de sourire, d'agiter la main.

De temps en temps, je sortais de mes rêveries pour m'apercevoir que ce n'était qu'à moitié vrai. J'étais bel et bien monté sur un éléphant, mais maman n'était pas avec moi. Je me trouvais dans la jungle, et non sur une plage, me demandant sans arrêt où maman pouvait bien être. Je l'appelais, elle ne répondait jamais. J'étais si faible à présent que j'avais du mal à rester assis. Je n'avais aucune idée du temps que je passais ainsi sur l'éléphante à alterner les moments de rêve et de réalité. J'avais simplement conscience de la présence du soleil, puis de la lune, des averses, de la chaleur, des mouches qui bourdonnaient autour de moi. Mais la trompe d'Oona m'entourait toujours, me maintenant sur son dos.

Puis, un jour en m'éveillant, je ne sentis plus de trompe pour me retenir, plus de trompe à laquelle me cramponner. Oona ne marchait plus. Elle s'était arrêtée, ses oreilles battant doucement. N'ayant plus de trompe à laquelle me raccrocher, je m'affolai aussitôt. Je serrai les genoux et les jambes, me jetai en avant, et me cramponnai à son cou. Il se passa un certain temps avant que j'ose de nouveau m'asseoir et regarder ce que faisait Oona. Au début, je fus aveuglé par l'éclat du soleil qui filtrait à travers la canopée.

Puis je les vis. Des figues. Des dizaines de figues, des centaines de figues, qui pendaient au-dessus de nous, et je vis aussi la trompe d'Oona qui se tendait pour s'enrouler autour d'une branche, et l'abaisser vers moi. À manger, enfin à manger ! Oona avait compris.

Pour une éléphante, cela aurait sans doute été un repas habituel. Pour moi, ce fut un festin fabuleux. Je m'empiffrai. Rien ne m'avait jamais paru aussi délicieux, ni le poisson frit avec des frites, ni le meilleur hamburger du monde. Oona mangeait les figues beaucoup plus vite que moi, bien sûr, mais je faisais de mon mieux pour suivre son rythme : j'en épluchais une en même temps que j'essayais de finir la précédente, tout en m'efforçant d'avaler celle que j'avais mangée encore avant. Je les enfournais dans ma bouche. Oona semblait très heureuse d'amener vers moi une autre branche chargée de figues chaque fois que je le lui demandais, ce que je fis souvent, sans m'en lasser, jusqu'à ce que je ne puisse plus rien avaler.

Mais l'appétit d'Oona pour les figues était insatiable. Je la regardai, impressionné et admiratif, dépouiller l'arbre de son dernier fruit accessible. De toute évidence, ce n'était qu'un hors-d'œuvre pour elle car, dès qu'elle en eut fini avec les fruits, elle se mit à arracher les feuilles d'un autre arbre et enfourna tout à la fois dans sa machine à mastiquer. Elle mangeait à une cadence que je trouvais presque musicale : de l'arbre à la trompe à la bouche, de l'arbre à la trompe à la bouche, tout cela constamment accompagné du bruit de ses immenses mâchoires, ainsi que d'un grognement constant, qui montait du plus profond d'elle-même, et exprimait sa satisfaction.

Ce spectacle dura assez longtemps, longtemps après qu'il eut cessé de me fasciner. J'eus bientôt des soucis plus urgents. J'avais vraiment besoin de descendre. Je ne pouvais attendre davantage. Je lui répétai que j'avais besoin d'aller « aux toilettes », pour employer le terme que grand-mère avait toujours voulu que j'utilise. Mais Oona ne s'intéressait pas du tout à ce que je voulais faire, car elle mangeait, et je savais maintenant que rien ne pourrait l'interrompre, que je devrais attendre encore et encore, et que je ne pouvais rien y faire, si ce n'était d'essayer de penser à autre chose. Mais ça ne marchait pas non plus. Lorsqu'elle eut mangé tout son soûl seulement, elle daigna enfin faire attention à moi, et il était tout juste temps.

Ce fut l'une des raisons pour lesquelles, tandis que passaient les jours et les semaines, que les averses et les éclaircies se succédaient, je choisis de plus en plus souvent de ne pas rester sur le dos d'Oona, mais plutôt de marcher à côté d'elle, surtout quand la jungle n'était pas trop dense autour de nous. Parfois, la végétation paraissait presque impénétrable, alors je remontais sur l'éléphante, car pour elle, je m'en rendais compte, aucun endroit n'était impénétrable. Que je sois sur elle, à côté, devant, ou derrière, je n'avais jamais peur. Elle était la reine de la jungle, je le voyais bien. Les gibbons, qui se balançaient et criaient dans les arbres, semblaient le faire uniquement pour elle. Les toucans volaient au-dessus de nos têtes, d'arbre en arbre, comme les membres d'une escorte en uniforme rouge avec des becs jaunes. Des paons d'un bleu vif se pavanaient près de nous, lançant leur cri rauque et éclatant comme une fanfare.

En fait, j'avais l'impression que la jungle entière lui réservait un accueil chaleureux, célébrant son passage. Parfois, elle répondait en barrissant, peut-être pour manifester sa satisfaction, ou simplement pour annoncer son arrivée. Puis un jour, loin, loin au-dessus de nous, s'élançant parmi les branches de la canopée, j'aperçus la forme sombre et lointaine de mon premier orang-outan qui nous observait et nous suivait, tout en gardant ses distances, me sembla-t-il.

Comme cet orang-outan, beaucoup d'autres animaux de la forêt nous regardaient passer à distance respectueuse, manifestement intrigués par cette énorme géante qui traversait majestueusement leur monde. Mais ils paraissaient comprendre que sa présence parmi eux était totalement inoffensive, qu'elle ne représentait pas la moindre menace. Aucun d'entre eux ne s'enfuyait à notre approche. Seuls les insectes – de toutes les formes, de toutes les couleurs, mus par un appétit insatiable pour le sang, que ce soit celui d'un humain ou d'un éléphant – ne montraient pas le moindre respect pour Oona. Ce fut également l'une des raisons qui m'incitèrent si souvent à marcher à côté d'elle : je finis par me rendre compte que plus j'étais loin d'Oona, moins les mouches m'importunaient. Il y avait un inconvénient, cependant.

Les sangsues.

Je découvris bientôt que plus je marchais, plus j'étais exposé aux sangsues. Elles se collaient à moi sans que je m'en aperçoive, surtout à mes jambes, où elles se nourrissaient en douce, jusqu'à ce que je les découvre. Je pris en horreur ces horribles limaces suceuses de sang, plus que n'importe quoi d'autre dans la forêt, même les mouches. Elles me buvaient vivant. Je voyais mon sang pulser en elles. Ça me dégoûtait de devoir les regarder, et plus encore de devoir les toucher, mais il le fallait, chaque fois que je les enlevais – j'avais trouvé qu'une pierre bien aiguisée était le meilleur outil pour m'aider à les détacher. Je devais me forcer à le faire, parfois plusieurs fois par jour.

Comparés aux sangsues, même les serpents ne me dérangeaient pas, malgré leur aspect menaçant. Petits ou grands, tous laissaient le passage à Oona. Il leur suffisait de la voir pour s'enfuir en ondulant dans l'ombre. Ils ne me posaient pas vraiment de problème. Je n'avais pas besoin d'autre protection contre les serpents que de marcher à côté d'elle. Même les crocodiles gardaient leurs distances. Mais je remarquai quand même qu'Oona ne prenait pas de liberté avec eux. Ils se respectaient mutuellement. Elle marquait toujours un temps d'arrêt, et attendait que je monte sur elle, chaque fois que nous arrivions près d'un fleuve ou d'un marécage. Je me laissais facilement convaincre. Je reconnaissais maintenant qu'Oona savait très bien ce qui était sans danger pour moi, et ce qui ne l'était pas. J'en étais venu à me fier totalement à son jugement.

À mesure que nous avancions plus loin, plus profondément dans la jungle, les pluies devenaient plus fréquentes, non pas la pluie telle que je l'avais connue à la ferme, en Angleterre, mais des trombes d'eau soudaines et orageuses sur la canopée au-dessus de moi, si sonores que leur bruit étouffait tous les cris et les bruissements de la forêt. Lorsqu'elles se mettaient à tomber, Oona et moi étions immédiatement trempés jusqu'aux os. L'épaisseur de la végétation au-dessus de nos têtes nous protégeait jusqu'à un certain point de la force de ces pluies torrentielles, mais dès que nous arrivions dans la plus petite des clairières, elles s'abattaient sur nous avec une telle violence qu'elles nous faisaient mal. Parfois, cela ressemblait davantage à de la grêle tiède qu'à de la pluie. Avec le temps, je m'aperçus que la seule protection efficace contre ces orages était d'arracher une grande feuille d'arbre et de la tenir au-dessus de moi, comme un parapluie. J'étais très content d'avoir trouvé ça. Un jour, je dis à Oona :

– Je ferais bien la même chose pour toi, tu sais, mais il n'y a pas de feuille assez grande !

Je lui parlais de plus en plus souvent, à présent. Mon bavardage devenait une sorte de commentaire incessant, un mélange d'observations, d'impressions, de plaisanteries même, de tout ce qui me passait par la tête sur le moment. Je m'aperçus qu'il m'était devenu tout à fait naturel de parler à Oona. Je sentais qu'elle aimait bien que je lui parle, qu'elle aimait le son de ma voix, qu'elle écoutait parce qu'elle était contente que je sois là, que nous étions devenus amis, de vrais amis qui se faisaient mutuellement confiance.

Il y avait beaucoup de choses que j'avais appris à aimer et à respecter chez cette éléphante, en particulier cette faculté qu'elle avait de ne jamais se laisser troubler ni irriter par quoi que ce soit. Elle se protégeait des mouches tout simplement en battant des oreilles, ou par des tressaillements de sa peau. Qu'il pleuve ou qu'il y ait du soleil, elle ne semblait pas s'en préoccuper. La seule fois où elle avait manifesté sa peur, c'était le jour où elle avait fui le raz de marée. Rien depuis ne semblait l'avoir perturbée, elle avançait tranquillement dans la forêt, consciente de tous les animaux qui l'entouraient, et sans la moindre crainte. Je me disais parfois que c'était peut-être parce qu'elle ne pensait qu'à remplir son estomac.

Oona était perpétuellement en quête de nourriture, broutant constamment en marchant, que ce soit au milieu d'une averse ou pas, tendant sa trompe pour explorer les branches qui se trouvaient au-dessus d'elle, cherchant les feuilles les plus succulentes, les fruits les plus mûrs. Si un arbre qui lui paraissait intéressant portait un fruit trop haut et inaccessible, elle se contentait de l'abattre, ou de tirer la branche jusqu'à ce qu'elle craque et se détache. Si un fruit était trop dur, elle semblait savoir comment s'y prendre pour l'ouvrir ou le casser en deux avec sa trompe, et parfois avec ses dents. Aucun fruit n'était jamais impossible à manger pour elle. J'aimais beaucoup regarder sa trompe fonctionner, elle me semblait presque douée d'une vie indépendante. Je m'émerveillais de voir à quel point elle était habile, délicate, puissante, sensible et extraordinairement agile.

Je m'aperçus que les trombes d'eau dans la jungle pouvaient durer des jours entiers, et s'arrêter aussi soudainement qu'elles avaient commencé. Pour moi, le moment où elles s'arrêtaient était le bienvenu, et représentait toujours un grand soulagement. La jungle en sortait ruisselante, fumante, et retrouvait peu à peu sa voix musicale – les cris, les hurlements, les croassements se joignant à l'unisson pour célébrer la fin de l'orage. Ce chœur de la jungle m'était devenu si familier à présent qu'il me manquait lorsqu'il ne m'emplissait pas la tête. Je sentais que la forêt absorbait sa propre musique autant que la pluie qui était tombée, comme une éponge dotée d'un souffle vivant. Il m'arrivait parfois de penser que j'étais absorbé, moi aussi, que je devenais rapidement une partie de cette gigantesque éponge qui s'imprégnait de tout.

Il était plus facile de parler à Oona quand je ne devais pas lutter contre le vacarme de la pluie. J'avais depuis longtemps abandonné l'idée d'apprendre l'anglais à Oona, car j'avais fini par m'apercevoir qu'elle n'avait pas besoin de comprendre exactement le sens des mots, mais qu'elle comprenait les choses d'une façon instinctive, sans passer par le langage. Personne ne lui avait dit que le *tsunami* allait arriver. Elle l'avait su tout simplement, et longtemps avant de le voir de ses yeux. Sans que je le lui aie demandé, ne s'était-elle pas agenouillée à côté de moi, ne m'avait-elle pas appris à grimper sur son cou, à la monter, et à le faire en toute sécurité ?

Plus j'y pensais, plus j'étais convaincu qu'elle savait parfaitement quel fruit était bon pour moi, et donc quel fruit ne l'était pas, qu'elle savait peut-être même quelle eau je pouvais boire. Elle avait veillé sur moi pendant tout ce temps, non pas parce que je lui avais dit ce qu'il fallait faire ou comment le faire, et certainement pas parce qu'elle comprenait ma langue. Cette éléphante savait. Elle était intelligente, elle réfléchissait, et elle sentait avec une profonde sensibilité ce dont j'avais besoin. Il devenait de plus en plus clair au fil des jours que je ne pouvais rien lui apprendre, qu'en réalité, c'était elle le professeur, ici, et pas moi.

Les mots eux-mêmes que j'utilisais ne signifiaient peut-être pas grand-chose pour elle, mais je savais avec certitude qu'elle écoutait, qu'elle comprenait le sentiment qu'ils exprimaient, et l'essentiel de ce que je lui racontais. Cela me suffisait. En plus, j'avais envie de parler à quelqu'un. Et je dois admettre que je lui parlais aussi parce que j'aimais entendre le son de ma propre voix dans cet endroit. Chacun avait sa voix, dans la jungle, pourquoi n'aurais-je pas eu la mienne ? Je savais que je devais me répéter tout le temps, mais Oona ne semblait pas s'en formaliser. Au cours de ces premiers jours dans la forêt, je revenais sans cesse à ce qui continuait de me troubler le plus, en dépit de tous mes efforts pour me vider l'esprit. Le fait d'avoir quelqu'un à qui parler m'aidait à laisser sortir ce qui était en moi.

Je commençais toujours mes monologues plus ou moins de la même façon :

– Oona, tu m'écoutes ?

Au moment même où je le disais, je savais que c'était stupide, car elle écoutait toujours.

– J'ai beaucoup réfléchi, j'ai essayé de mettre un peu d'ordre dans mon esprit, tu sais ? Ce n'est pas la peine de chercher mon chemin pour revenir en arrière – je m'en rends compte, à présent. Pourquoi reviendrais-je en arrière ? Maman n'est plus là-bas.

J'espère toujours qu'elle y sera, mais je sais bien que ce n'est pas vrai. Papa n'est plus là non plus. Je continue à penser à eux, mais je ne devrais pas. Je continue à te parler d'eux, mais je ne devrais pas. Comme disait grand-père : il faut mettre un sparadrap pardessus et ça ira mieux. Il avait raison, Oona, grand-père avait souvent raison. Il faut que je chasse maman et papa de mon esprit. Mais alors, je risque de les oublier, et je ne veux pas les oublier, jamais. Ils seront toujours mes parents.

Je pleurais beaucoup en lui disant ces choses-là. Je pense qu'elle comprenait la mort, elle comprenait le chagrin, aussi.

– Tu le sais quand je suis vraiment triste, quand je perds vraiment le moral, Oona, n'est-ce pas ? Dans ces moments-là je ne te parle pas. C'est parce que je pleure à l'intérieur, et on ne peut pas parler quand on pleure. Lorsque je suis dans cet état, vivre ou mourir, rien n'a d'importance pour moi. Pourtant, il faut que ça ait de l'importance. Parce que si on s'en fiche, alors on abandonne, et on meurt. C'est pourquoi je dois continuer à me dire à moi-même, à te dire à toi, qu'à la place, c'est toi que j'ai. Tu es ma famille, maintenant, Oona. Ce n'est plus à Salisbury que j'habite, ni dans la ferme de mes grands-parents dans le Devon. C'est ici dans la jungle avec toi. Où que tu m'emmènes, ce sera ma maison. Où que tu ailles, j'irai aussi. Et peu m'importe où ça se trouve, je t'assure, du moment que tu me donnes plein de figues à manger, du moment que tu ne m'abandonnes pas. Toi et moi, Oona, nous devons toujours rester ensemble, d'accord ? Promis ? Je t'aime, Oona, tu sais ?

Voilà à peu près ce que je lui répétais dans mes longs discours.

Par-dessus tout je voulais lui rappeler que je l'aimais. J'essayais de ne jamais oublier de le lui dire le soir avant d'aller dormir. Maman l'avait toujours fait pour moi au moment de me coucher. Papa aussi, quand il était à la maison. C'était un moment précieux pour moi. Et maintenant, ça me réconfortait de le répéter à Oona chaque soir, ça m'aidait à mettre le passé derrière moi, et à m'habituer à ma nouvelle vie dans la jungle avec elle.

Bien entendu, je ne m'attendais pas à ce qu'elle réagisse à mes paroles. Je pensais parfois qu'un éventuel « Je t'aime, moi aussi » m'aurait fait bien plaisir, mais ça ne se produisait jamais. Un jour, cependant, elle me répondit, d'une certaine manière, d'une manière des plus surprenantes. Je venais juste de lui dire mon « bonsoir, je t'aime, tu sais », quand elle avait soudain laissé échapper le plus long et le plus sonore des pets que j'avais jamais entendus de toute ma vie. Je la connaissais depuis assez longtemps, désormais, pour savoir qu'elle pétait souvent, mais ce pet-là était vraiment le plus magnifique de tous les pets du monde, le plus musical aussi, il avait duré si longtemps qu'il semblait interminable. Bien après

qu'il fut fini, j'entendais encore mes propres glousse-
ments de rire résonner dans la forêt. Je me souviens
que je riais toujours avec Bart, Tonk et Charlie,
lorsque quelqu'un lâchait un vent dans le hall de
l'école, même lorsque nous savions que nous aurions
des ennuis avec Big Mac. Je ne sais pas pourquoi,
mais dès qu'il s'agissait de pets je ne pouvais pas
m'empêcher de rire. Je ne pouvais pas m'arrêter.
Maintenant, ici dans la jungle, je n'étais plus obligé
de m'arrêter, il n'y avait plus de Big Mac pour m'in-
terdire de sortir dans la cour à l'heure de la récréation.

Je n'avais pas besoin de m'arrêter de rire non plus,
lorsque ce rire se transformait en larmes, comme cela
s'était souvent produit depuis que j'étais dans la
jungle avec Oona. Je me rendais compte qu'elle avait
de la peine quand je pleurais, je faisais donc de mon
mieux pour m'en empêcher. Je lui promettais souvent
que je ne pleurerais plus, mais c'était une promesse
que j'avais du mal à tenir. Je persévérais, cependant,
parce que je savais qu'à force de lui répéter cette promesse, j'arriverais peut-être à la tenir un jour.

— Je ne vais pas pleurer, Oona, lui disais-je en
tenant sa trompe entre mes mains, tout près de mes
yeux. Je ne vais pas penser à eux. Et cette fois-ci,
c'est vrai, je suis sérieux. Je te le promets, je te le promets, je te le promets.

Chaque soir au cours de ces premiers temps avec
Oona, j'essayais de tenir cette promesse, mais bien

souvent, je n'y parvenais pas. Je n'avais plus aucune notion des semaines ni des mois, dans cette jungle, il n'y avait plus que des jours et de longues longues nuits. Dès que j'apercevais la lune à travers les arbres au-dessus de moi, je repensais à l'endroit d'où je la voyais avant, par la fenêtre de la maison, ou quand nous campions avec papa. C'étaient ces nuits que je détestais le plus, car malgré tous mes efforts, les anciens chagrins remontaient alors en moi et me submergeaient. Tout ce que je pouvais faire, c'était m'abandonner aux larmes. Curieusement, cependant, je m'aperçus que l'inconfort d'avoir à dormir chaque soir dans la jungle à la belle étoile m'aidait à me détourner de la tristesse que j'avais tant de mal à oublier. D'abord, il fallait que je concentre mon esprit sur l'endroit où j'allais dormir, que je rassemble et que j'entasse des feuilles pour m'allonger, toujours suffisamment près d'Oona, mais pas trop, pour ne pas devoir partager ses mouches.

J'avais appris à mes dépens que l'humidité du sol infesté de fourmis et de sangsues n'était pas un endroit où il faisait bon passer la nuit. Je consacrais donc beaucoup de temps et de soin chaque soir à me construire un épais nid de feuilles, de préférence loin de l'humidité de la terre, et si possible sur une surface rocheuse. Mais même alors, je n'arrivais jamais à m'endormir facilement. Je ne pouvais oublier la jungle autour de moi, les dangers qui s'y cachaient, même si Oona était juste à côté pour me protéger.

Parfois toutes ces peurs, et même mon chagrin, étaient éclipsés par le combat constant que je devais mener contre les insectes qui se réveillaient la nuit et tourbillonnaient, bourdonnaient, vrombissaient autour de moi. J'avais beau essayer de les écraser ou de les chasser avec la main, ils continuaient de revenir pour me piquer. Tôt ou tard, je le savais, en dépit de tous mes efforts pour rendre mon lit inaccessible aux fourmis et aux sangsues, elles me trouveraient, ramperaient le long de mes jambes, et se nourriraient de mon sang, que je sois éveillé ou endormi.

Et puis il y avait le vacarme.

J'aurais dû être habitué aux bruits de la jungle la nuit, à présent, mais les hurlements, les cris, les hululements, le tapage incessant des grillons et des grenouilles m'empêchaient de dormir. Étendu là, j'aspirais souvent au silence nocturne qui régnait près de la ferme du Devon, quand je campais avec papa. Là-bas, j'entendais parfois le glapissement d'un renard lointain, ou le hululement de deux chouettes qui s'appelaient d'un bout à l'autre d'un champ, mais c'était tout. Ici, l'orchestre de la jungle, ainsi que mes peurs et mes souvenirs, tout comme les insectes, faisaient de leur mieux chaque nuit pour m'empêcher de dormir. Chaque fois, il fallait gagner un combat pour que le sommeil vienne enfin, et chaque fois, c'était Oona qui m'aidait à y parvenir.

Je m'aperçus à plusieurs reprises que c'était seulement quand mes pensées se tournaient vers elle que je parvenais à oublier le reste. Il faisait souvent si noir que je ne pouvais pas la voir, même lorsqu'elle était tout près. Je l'entendais toujours, cependant, et ça me rassurait. Je l'entendais grogner, marmonner, gronder doucement. C'était comme une berceuse. Parfois, quand elle était assez près de moi, je sentais ses oreilles qui battaient pour chasser les insectes, et qui m'éventaient doucement, me rappelant qu'elle était là lorsque mon moral était au plus bas. D'une certaine façon, elle semblait deviner ces moments-là, ceux où j'avais le plus besoin d'elle. Je sentais la tiédeur de son souffle sur ma joue, et la douce extrémité de sa trompe qui me caressait pour vérifier ma présence. Je pouvais alors me détendre, je pouvais alors dormir. «Ne pense plus à tout ça, me disais-je, ne pense plus à ta tristesse, ne pense plus aux sangsues !» J'avais Oona. Demain matin, tout irait mieux.

Et c'était vrai.

Combien de temps s'était-il passé depuis le jour du raz de marée, je n'en avais aucune idée. Toute notion du temps avait disparu depuis longtemps. Lorsque j'y pensais, je savais qu'une période assez longue avait dû s'écouler, plusieurs mois au moins – c'est ce que m'indiquaient les phases de la lune. C'étaient des jours et des mois qui m'avaient profondément changé, qui avaient changé tout mon être, toutes mes raisons de vivre. Chez moi, en Angleterre, tout ce que je faisais, je le faisais pour des raisons et avec une intention précises. Quand je regardais un DVD, c'était pour voir ce qui se passerait à la fin. J'avais l'habitude de me lever à sept heures et demie le matin pour aller à l'école, afin d'être à l'heure, car si j'arrivais en retard, j'aurais des ennuis. Et une fois à l'école, il y aurait peut-être une interrogation écrite pour contrôler que j'avais bien appris ce que j'étais censé avoir appris. Là-bas, en Angleterre, je me lavais les mains avant de manger, parce qu'on me disait de le faire, parce qu'elles devaient être propres afin que je n'attrape pas de microbes et que je ne tombe pas malade. Quand je me déplaçais, c'était toujours pour arriver quelque part : à la bibliothèque, chez le médecin, au bord de la mer, ou à la ferme. Chaque heure de chaque jour, chaque chose que je faisais semblait avoir son propre but. La vie était remplie d'innombrables buts.

Ici, dans la jungle, il n'y avait qu'un seul but, et c'était le même tous les jours : rester vivant. Oona et moi nous déplacions non pas pour aller d'un endroit à un autre, non pas pour arriver quelque part, mais uniquement pour trouver à manger et à boire, uniquement pour survivre. C'était une façon d'être totalement différente, un genre d'existence simple et nouveau. En même temps, la jungle autour de moi, le monde dont je dépendais, me devenaient de plus en plus familiers. Je commençais à penser que j'appartenais à ce monde d'une manière que je n'avais encore jamais ressentie avant. Je n'étais plus un étranger dans la jungle.

J'en venais à croire de plus en plus que c'était vraiment là qu'était mon existence, que je faisais partie intégrante de cette forêt, que ce nouveau rythme de vie était le même pour moi que pour n'importe quel autre animal de la jungle, depuis les sangsues que je détestais tant, jusqu'au lointain orang-outan aux apparitions fugitives que j'aimais beaucoup regarder se balancer majestueusement au-dessus de nous, là-haut dans les feuillages, si différent de la petite créature triste que j'avais vue dans ce magazine en Angleterre, perdue et désemparée dans sa forêt dévastée par le feu. J'étais sûr que cet orang-outan nous suivait, à présent. Je le voyais si souvent là-haut ! J'avais bien l'impression que c'était toujours le même. Il ne cessait de nous observer, j'en étais certain. Mais orang-outan ou sangsue, serpent ou gibbon, désormais, j'étais l'un d'eux.

Même mon aspect avait changé. Il m'arrivait d'apercevoir mon reflet quand j'allais boire ou pêcher dans une rivière. Le garçon qui me rendait mon regard ne ressemblait plus que de très loin à celui qui était monté sur le dos d'Oona longtemps auparavant. Depuis un bon bout de temps déjà, j'avais abandonné ma chemise, toute déchirée et mise en lambeaux par la jungle, il ne me restait donc plus que mon short, en loques lui aussi. La plupart des boutons étaient tombés. Alors pour ne pas le perdre, je l'avais attaché du mieux que je pouvais en faisant glisser des morceaux de lianes dans les passants de la ceinture. Je devais le remonter sans arrêt, mais ça ne fonctionnait pas trop mal. J'étais dans un drôle d'état. Mes cheveux, qui m'arrivaient presque aux épaules, avaient perdu leur couleur de blé mûr. Décolorés par le soleil, ils étaient devenus presque blancs, mes sourcils aussi. Ma peau était d'un brun noisette, à cause du soleil ou de la poussière, des deux à la fois peut-être. Mon aspect correspondait au sentiment que j'avais : celui d'être quelqu'un d'autre.

Ce fut cette transformation, je pense, qui adoucit la douleur du deuil en moi, et qui arrêta complètement mes larmes. J'étais capable à présent de croire que tout ce qui s'était passé avant le *tsunami* était arrivé à un autre, à un garçon différent, celui qui avait la peau rosée, celui qui allait tous les jours à l'école avec Tonk, Bart et Charlie, qui passait ses vacances dans la ferme du Devon, qui conduisait le tracteur de son grand-père, qui était un supporter de Chelsea et mangeait du pâté en croûte avec des chips avant le match, celui dont les parents étaient morts. C'était un autre garçon, à une autre époque, dans un autre monde. J'étais un enfant sauvage, à présent, avec des mains calleuses, avec la plante des pieds aussi dure que du cuir, un enfant de la jungle, et Oona était ma seule amie, ma seule famille, elle était tout ce dont j'avais besoin. Elle était aussi mon professeur, et elle ne m'enseignait les choses qu'en me donnant l'exemple. Grâce à elle, j'apprenais lentement à vivre dans la chaleur, dans l'humidité de la jungle, et même avec les insectes. Comme elle, j'imaginais simplement les meilleurs moyens de m'en accommoder. Je ne pestais plus contre eux, je les redoutais moins, je m'efforçais plutôt de les accepter à la manière d'Oona. Ce n'était pas toujours facile, mais j'essayais.

J'apprenais d'elle que dans la jungle toute chose, tout le monde a sa place, et que, pour survivre, il faut trouver les façons de coexister. Il faut savoir ce qui est dangereux et ce qui ne l'est pas, quel fruit est mangeable, quelle eau est buvable. Mais par-dessus tout, il faut vivre au rythme de la jungle, comme le faisait Oona.

Le plus important, c'est la patience. Si tu vois un serpent – reste immobile, laisse-le passer. Si un crocodile se prélasse sur la rive d'un fleuve, la gueule ouverte, en train de te regarder, cela signifie : « C'est mon territoire, fais attention, reste à l'écart. » Beaucoup de choses dépendent du respect de l'espace des autres, dans la jungle. Certains animaux en mangent d'autres – à commencer par les sangsues qui me sucent le sang – mais la plupart d'entre eux mangent des fruits, des insectes, des grenouilles, et veulent simplement éviter d'avoir des ennuis. Or le meilleur moyen d'éviter d'en avoir, découvrais-je peu à peu, était d'être prêt, d'être conscient de ce qui se préparait.

Voir venir, entendre venir, et, plus important que tout, sentir venir. Comme Oona me l'avait souvent montré, elle savait merveilleusement bien s'y prendre. J'avais vraiment le meilleur des professeurs.

Pourtant, ce n'est pas elle qui m'apprit à pêcher. C'est à mon père que je le dois. Ce fut en voyant un sac en plastique resté accroché à une branche et se balançant dans une rivière que je me rappelai ce qu'il m'avait montré un jour. Il ne me racontait jamais beaucoup ce qu'il faisait à l'armée – il ne semblait pas avoir envie d'en parler. Mais il m'avait appris à attraper des poissons lorsqu'il fallait vivre des ressources naturelles, sans canne à pêche et sans ligne. Il utilisait un pantalon. Il m'avait montré comment faire. Il attachait les deux jambes d'un vieux jean avec une robuste plante grimpante prise sur un arbre, puis il glissait un autre bout de cette sorte de liane dans les passants de la ceinture, enfin, il accrochait le tout à une branche au-dessus de la rivière, de telle sorte que le jean soit complètement plongé dans l'eau. Gonflé par le courant, le jean faisait office de filet, et les poissons qui passaient par là se laissaient prendre au piège. Je me rappelle avoir pensé que c'était une brillante idée – bien que papa n'ait jamais vraiment attrapé de poisson, mais tout un tas d'horribles bestioles rampantes. J'essayai à plusieurs reprises en utilisant mon short. La première fois, ça ne marcha pas, ni la deuxième. Mais la troisième fois, je pris un poisson. Il avait beau être minuscule, c'était quand même un poisson. Je le tuai, l'écaillai avec mes dents, et le mangeai cru. Rien ne m'avait jamais paru aussi délicieux ! À partir de ce jour, j'attrapai des poissons partout où je pouvais.

Ça me changeait des fruits.

Les fruits m'avaient permis de survivre. Je pouvais monter à un arbre pour y cueillir des bananes, mais ce sont les noix de coco orange qui m'ont véritablement sauvé la vie. Parfois, Oona les faisait tomber en secouant l'arbre, parfois je grimpais au tronc – je devenais assez bon dans cet exercice. Je n'avais besoin de rien d'autre que d'un bout de bois pointu pour faire un trou dans la coque. Même si ça me prenait un certain temps, le lait à l'intérieur était toujours délicieux et sucré. Ce lait et la chair de la noix de coco me permirent de rester en vie plus que n'importe quelle autre nourriture.

Je devenais de plus en plus ingénieux chaque jour, inventant de meilleures façons de vivre, plus sûres, plus confortables. De temps en temps, lorsque je ne trouvais pas de bon rocher pour me coucher, je passais mes nuits dans un arbre. Je grimpais le long d'une liane – je m'y prenais très bien, à présent –, me faisais un lit de brindilles et de feuilles entre ses branches, les courbant, les tressant, et je m'allongeais là pour dormir, tandis qu'Oona restait en dessous, non loin de moi. C'était assez long à construire, mais ça en valait la peine. Il y avait moins d'insectes

pour me piquer, moins de sangsues pour me sucer le sang. J'étais
abrité de la pluie, et c'était de
toute manière beaucoup plus
confortable que de coucher à même
le sol de la forêt. C'était moins dangereux, aussi.

Un matin où je dormais dans un arbre, je fus
réveillé par Oona qui me touchait l'épaule du bout
de sa trompe. Elle était juste en dessous de moi, gro-
gnant et se balançant impatiemment d'un côté à
l'autre, ce qui signifiait, je le savais, qu'elle voulait
partir. Peut-être n'avait-elle plus à manger là où nous
nous trouvions, ou avait-elle soif. Quoi qu'il en soit,
quand Oona voulait s'en aller, je ne discutais pas. Il
y avait quelque chose d'urgent dans sa façon de se
balancer, ce matin-là. Elle voulait manifestement
que je me dépêche. Son regard exprimait une certaine méfiance, qui me fit aussitôt penser qu'elle
était inquiète, qu'elle sentait peut-être un danger
près de nous. Je me laissai tomber de mon nid de
feuilles, et atterris sur son cou.

– Qu'est-ce qui se passe, Oona ? lui demandai-je.
Qu'est-ce qu'il y a ?

Elle partit aussitôt, et beaucoup plus vite que d'habitude. Elle regardait sans cesse autour d'elle, et
secouait la tête. Elle ne cherchait pas de nourriture,
j'en étais sûr. Elle se mit alors à barrir, et je compris
qu'il y avait un problème, qu'il y avait vraiment
quelque chose qui l'inquiétait. Nous étions observés.

Je le sentais. Je ne savais pas ce que c'était, mais c'était près de nous, et de toute façon dangereux. Je scrutais la forêt, à présent, à l'affût du moindre mouvement. Un toucan s'envola, bref éclair de couleur entre les arbres. Des cris de panique retentissaient dans la jungle, des paons braillaient, des singes hurlaient, jacassaient.

Et loin au-dessus de nous, dans les arbres, l'orang-outan avançait en écrasant le feuillage. Je l'entendais, mais je n'arrivais pas à le voir. La jungle était agitée, perturbée, crispée, sur le qui-vive. J'avais déjà vu ça une ou deux fois auparavant, une crise soudaine et inexplicable de panique dans la jungle. Mais Oona ne s'en était pas préoccupée. Il ne s'était jamais rien passé, c'étaient de fausses alertes. Cette fois, il se passa vraiment quelque chose, et ce fut très rapide.

Je vis une ombre bouger entre les arbres devant nous. L'ombre arriva dans la lumière, étincela en une flamme orange, et devint un tigre. Le tigre sortit silencieusement de la forêt, se dirigea vers la piste, puis il s'arrêta, et nous regarda en crachant plusieurs fois dans notre direction, montrant les dents. Oona barrit de nouveau, et se tourna pour lui faire face, la trompe levée, les oreilles déployées. Alors, soudain, tout fut immobile. L'éléphante et le tigre restèrent sur place, s'observant mutuellement pendant plusieurs minutes, mais sans jamais se regarder directement. Il n'y avait plus de crachement, plus de barrissement.

C'était un face-à-face, chacun gardant ses distances. Aucun des deux ne reculait, mais aucun des deux ne menaçait l'autre.

Lorsque le tigre commença à décrire un cercle autour de nous, Oona ne bougea pas, ne remua pas le moindre muscle. Le tigre était au-dessous de moi, à présent, me regardant de ses yeux d'ambre qui ne cillaient pas, magnifiques, impressionnants, terrifiants. Je fus parcouru de frissons. J'entendais mon sang battre à mes oreilles. Mes cheveux se hérissaient sur ma nuque. Je n'osais pas respirer, je restais figé sur le cou d'Oona, m'y agrippant de tout mon corps, depuis mes mâchoires jusqu'à mes poings, raidissant tous mes membres, faisant tout ce que je pouvais pour ne pas trahir ma peur. Je sentais le souffle du tigre qui haletait. Je voyais l'éclat rosé de sa langue pendante. Il était assez près pour ça. Il suffirait d'un bond, je le savais, pour que ma fin arrive. Les brusques mouvements de sa queue me montrèrent qu'il pensait très probablement la même chose.

Je ne le regardais pas dans les yeux. J'avais appris qu'il valait mieux éviter de le faire avec quelque animal que ce soit. En fait, je m'efforçais autant que je le pouvais, tandis que le tigre tournait autour de nous, de ne pas le regarder du tout, au cas où le courage me manquerait soudain complètement. Je ne pensais pas pouvoir rester maître de moi très longtemps, c'est pourquoi je me mis à inventer un jeu imaginaire entre le tigre et moi. Je me persuadai que ce tigre, qui se trouvait à quelques mètres seulement, n'était pas du tout réel, qu'il était virtuel, aussi virtuel que le lion dans le livre *Le Lion, la Sorcière Blanche et l'Armoire magique*, aussi virtuel que l'ours polaire dans *Les Royaumes du Nord*, un lion imaginaire, un ours polaire imaginaire. Le tigre qui me fixait était toujours effrayant, toujours terrifiant, mais c'était maintenant une terreur fictive que j'éprouvais, d'un genre qui m'amusait presque, car je savais que la peur elle-même était le fruit de mon imagination, qu'elle n'était que virtuelle, virtuelle comme le tigre. C'était de la pure autosuggestion, je le savais. C'était peut-être une ruse ridicule, mais elle fonctionna.

Lorsque le tigre se rapprocha dangereusement, Oona le lui fit savoir, non pas en barrissant, non pas en le chargeant. Elle se contenta de le faire reculer en tournant brusquement la tête vers lui, en balançant un peu sa trompe, et en battant l'air de sa queue. Ce fut suffisant. Le tigre se lécha les moustaches, cracha de nouveau pour montrer son mécontentement, remua la queue et s'éloigna à pas feutrés dans la jungle, l'honneur sauf, tout comme celui d'Oona. Celle-là gronda doucement, en signe de triomphe, pensai-je, elle agita les oreilles, puis se remit nonchalamment en marche comme si de rien n'était, levant sa trompe pour arracher des feuilles au-dessus d'elle, qu'elle mangea en continuant d'avancer.

— Tu sais ce que tu es, Oona ? lui murmurai-je, lorsque je retrouvai ma voix. Tu es l'éléphant le plus génial de toute la planète, voilà ce que tu es. Tu as fait reculer la plus extraordinaire machine à tuer du monde, tu l'as renvoyée d'où elle venait. Et maintenant, tout ce qui t'intéresse, c'est de manger de nouveau ! Tu es vraiment quelqu'un, tu sais ? Tu es vraiment quelqu'un !

Elle se mit alors à péter, doucement, mais ce fut suffisant pour évacuer toute la tension provoquée par ma peur, et la transformer en rire, un rire qui résonna parmi les arbres. Les gibbons me répondirent en riant à leur tour, les toucans également, et bientôt toute la forêt retentit de rires autour de nous.

5
Un festin de figues

Pendant plusieurs jours après cette première rencontre avec le tigre, je m'aventurais rarement à plus de quelques mètres d'Oona, qu'il y ait des insectes ou pas. Je ne vagabondais plus devant elle, comme je l'avais fait si souvent. Je ne prenais pas de risques, restant sur le cou d'Oona, où je me savais hors de danger, et d'où je pouvais mieux voir venir tout ce qui pouvait nous menacer. Le soir, je montais beaucoup plus haut qu'avant dans les branches pour construire mon nid de brindilles et de feuilles, tandis qu'Oona restait toute la nuit sous l'arbre que j'avais choisi, à l'affût. J'avais le sommeil léger, les sens en alerte au moindre bruissement, et je tendais sans cesse l'oreille au cas où le tigre reviendrait.

Mais à mesure que le temps passait et que le tigre ne se montrait plus, je devins moins inquiet. Je dormais toujours haut dans les branches, chaque nuit, aussi haut que j'osais monter, et je n'allais presque plus jamais à pied, mais ce n'était pas seulement à cause du tigre. J'avais remarqué que tous les singes autour de moi descendaient rarement sur le sol de la forêt. Il me semblait raisonnable de suivre leur exemple, de ne pas prendre de risque. Comme moi comme pour eux, le tigre n'était que l'un des nombreux dangers qui se cachaient dans l'obscurité de la jungle. Même de jour, c'était un endroit le plus souvent obscur, un endroit presque toujours plongé dans l'ombre à cause de l'épaisse canopée qui empêchait la lumière du soleil de passer. « Mieux vaut prévenir que guérir », pensai-je. Donc dormir en hauteur, et voyager en hauteur.

Curieusement, je m'aperçus qu'en fait le tigre me manquait. J'espérais sans cesse le revoir. J'en avais même très envie. Alors que j'étais étendu là, une nuit, dans mon nid, je me souvins de cette affiche qui représentait un tigre sur le mur de la classe, lorsque j'étais à l'école. Il m'apparaissait très nettement, éclairé par le soleil de l'après-midi dont les rayons pénétraient en biais par la fenêtre de la salle. Ce tigre me regardait avec la même expression dans ses yeux que celui que nous avions rencontré sur la piste de la jungle, Oona et moi. Il y avait un poème, sous la photo. Nous avions tous dû l'apprendre par cœur, mais je n'avais réussi à en réciter que les premières strophes avant que la mémoire me manque. Et même, je ne m'en souvenais pas très bien, à présent, seuls les premiers vers me revenaient à l'esprit. Je les prononçai à haute voix encore et encore, car je trouvais qu'ils exprimaient à merveille la façon dont le tigre m'était apparu, comme si le poète avait été là, et l'avait vu avec moi. En plus, je me dis qu'Oona aimerait l'entendre.

Tigre, tigre, ta brûlante étincelle
Brille dans les forêts de la nuit,
Quelle main ou quel œil immortel
A pu façonner ta terrible symétrie ?

J'entendis un profond grognement de satisfaction au-dessous de moi, et je sus qu'Oona souriait dans l'obscurité. J'aurais voulu avoir mieux appris ce poème pour pouvoir lui en réciter la suite. Avant de m'endormir, ce soir-là, j'essayai de revoir les mots tels qu'ils étaient imprimés sur l'affiche, mais seuls quelques fragments de vers me revenaient par-ci par-là. Cependant, plus j'essayais de me rappeler, plus j'y arrivais. J'espérais que le poème était tout entier là quelque part, au fond de ma mémoire, perdu pour le moment, mais pas entièrement oublié.

Lorsque nous vîmes de nouveau le tigre, ce ne fut pas la répétition du premier face-à-face. Il n'y eut ni feulement, ni barrissement, cette fois. Il se contenta de marcher le long du sentier devant nous, et de regarder par-dessus son épaule, comme pour dire : « Vous allez dans la même direction que moi ? Ça ne me dérange pas. » J'avais des frissons d'appréhension, d'excitation, et je sentais qu'Oona restait sur ses gardes, elle aussi. Elle ne le montra pas, cependant. Poursuivant son chemin, elle continua d'avancer au même pas. Nous suivîmes le tigre à travers la jungle pendant la plus grande partie de la matinée.

Au bout d'un moment, je commençai à me détendre, de plus en plus convaincu que le tigre n'était pas venu parce qu'il avait l'intention de me manger. Tout simplement, il aimait notre compagnie. Il ne pouvait y avoir d'autre explication. Il avait toute la forêt pour se promener, et pourtant il avait choisi de prendre le même chemin que nous. Quand l'éléphante s'arrêtait pour manger de temps en temps, le tigre s'allongeait à l'ombre des arbres, et il se lavait, il bâillait, s'étirait, puis attendait qu'Oona soit prête à repartir.

Je me sentis peu à peu tellement à l'aise ce jour-là, avec notre nouveau compagnon de voyage, que j'envisageai même d'essayer de lui parler. Mais je ne savais pas quoi lui dire. Que peut-on dire à un tigre ? Il était très important de prononcer les mots justes, mais je n'arrivais pas à les trouver. Finalement, je décidai de lui réciter le poème – les passages dont je me souvenais en tout cas – car je sentais que ces mots étaient emplis d'émerveillement, de respect, et j'espérais qu'il s'en rendrait compte. Lorsque je commençai à réciter le poème, je ne sais par quel miracle, chaque vers, chaque strophe, tout le poème jaillit alors de ma mémoire, comme si son auteur était dans ma tête, et le récitait pour moi, peut-être parce que lui aussi savait que c'était le bon moment pour que son poème soit entendu, et que cet auditeur était celui pour lequel il l'avait écrit, celui qui lui importait plus que tout autre. Je me rappelai soudain son nom. Blake, William Blake. C'était écrit tout en bas de l'affiche.

Tigre, tigre, ta brûlante étincelle
Brille dans les forêts de la nuit,
Quelle main ou quel œil immortel
A pu façonner ta terrible symétrie ?

Tandis que je récitais, je voulais vraiment que le tigre m'écoute. J'étais encouragé par le mouvement de ses oreilles qui tournaient constamment, en arrière, en avant, d'un côté, de l'autre. Je dis de nouveau le poème, en portant la voix, cette fois, pour que le tigre ne doute pas que ces vers avaient été écrits spécialement pour lui, et que je les récitais également pour lui. J'étais si content de moi d'avoir réussi à m'en souvenir ! Je le redis encore et encore pour me prouver que j'y arrivais, et pour l'imprimer dans mon cerveau afin de ne plus jamais l'oublier.

Comme je recommençais pour la énième fois, le tigre s'immobilisa soudain, se retourna et leva les yeux vers moi. Je fus certain qu'il avait écouté, certain qu'il savait que ces vers avaient été écrits sur lui, et pour lui. Son regard brûlant croisa le mien un bref instant, et je sentis qu'il n'exprimait plus la faim. Ni la curiosité, non plus. C'était la rencontre de deux esprits. Peu après, le tigre leva l'une de ses pattes avant, la secoua comme s'il avait marché sur une épine, puis s'éloigna d'un bond léger dans l'ombre des arbres, et disparut. Je sentis immédiatement que, contrairement à moi, Oona était soulagée de le voir s'éloigner. Elle était beaucoup plus à l'aise maintenant que nous étions de nouveau tous les deux.

Cette marche à travers la jungle fut la plus longue que le tigre fit avec nous, jamais il ne resta si longtemps en notre compagnie. Il se montra à nous plusieurs fois par la suite, pour nous faire savoir qu'il était toujours là, pensai-je, juste pour que nous ne l'oubliions pas. Mais je n'avais pas besoin de ce rappel, je n'allais certainement pas l'oublier. Je sentais sa présence près de nous en permanence. Je l'entendais rugir la nuit aussi, j'entendais le raffut qu'il déchaînait dans la forêt en semant la panique.

Puis un matin, nous le vîmes nager dans un fleuve. J'étais sûr qu'il savait que nous arrivions, car il nous avait attendus. Oona l'observa pendant un moment depuis la rive, mais lorsqu'il y avait de l'eau à boire, de la boue dans laquelle se vautrer, et pas de crocodiles, elle n'hésitait jamais longtemps, même s'il y avait un tigre. Gardant ses distances, elle entra d'un pas lourd dans l'eau, s'adonna bientôt à ses jeux aquatiques habituels et spectaculaires, faisant autant de bruit, de remous qu'elle le pouvait, trempant vigoureusement sa trompe dans l'eau, puis se douchant elle-même.

Je savais ce qui se passait. Délibérément, ostensiblement, elle revendiquait le plan d'eau. Je décidai donc de la rejoindre, dans le même état d'esprit. Je sautai de son dos en poussant un grand cri, et plongeai comme un boulet de canon dans le fleuve. Le tigre, de toute évidence, n'apprécia pas beaucoup cette interruption de sa paisible baignade matinale. Il finit par nager vers la rive opposée, où il monta sur un rocher, s'ébroua pour se sécher, et s'étira au soleil, en nous ignorant tous les deux. Je me donnai en spectacle pour lui, plongeant sous l'eau, disparaissant pendant un bon moment, réapparaissant ailleurs.

Puis je me dis qu'il était temps de montrer mon meilleur tour au tigre.

Tandis qu'Oona se trouvait toujours dans l'eau profonde, je grimpai le long de sa trompe, me tins debout sur son dos, me balançai sur mes jambes, donnai des coups de poing en l'air en hurlant « Allez les Blues, allez Chelsea ! », puis sautai de nouveau dans l'eau. Quand je revins à la surface, je lançai un coup d'œil au tigre pour voir s'il avait pris plaisir à mes singeries. Mais il semblait totalement indifférent, beaucoup trop occupé à se laver pour s'intéresser à moi.

Je remarquai cependant que, tandis qu'il se léchait les pattes, il me lançait de temps à autre des regards furtifs. Je me dis alors que ce tigre faisait semblant de m'ignorer. Il n'avait peut-être pas été fasciné par nos ébats, mais il était quand même resté. J'eus la très nette impression que même s'il refusait de le montrer, il aimait bien que nous soyons là, il appréciait notre compagnie – à une certaine distance, bien entendu. Je me souviens que j'étais en train de faire des ricochets, en racontant à Oona comment papa m'avait appris à lancer les cailloux, et des cailloux plats pour que ça marche, lorsque je vis le tigre se lever et nous regarder longuement. Puis, avec un mouvement brusque de sa queue, il traversa les rochers, sauta sur la plage, et disparut dans la jungle.

Mais ce ne fut pas la dernière fois que je le vis car, par la suite, il réapparut dans mes rêves presque chaque nuit. Le jour, j'avais beau le chercher des yeux partout, je ne le voyais jamais, mais la nuit, il passait dans mes rêves, parfois dans la ferme du Devon, prenant le thé dans la cuisine avec nous, ou dans ma classe, à l'école, regardant l'affiche qui le représentait et lisant le poème. Parfois encore, nous étions de nouveau tous ensemble dans la jungle, je marchais à côté d'Oona et du tigre, la main posée sur son cou, comme s'il était un frère pour moi. Une fois même, il marchait avec Oona, papa et moi, le long de Fulham Road en direction de Stamford Bridge pour aller voir le match de Chelsea. Tous les quatre, nous entrions sur le terrain, et trente-cinq mille fans nous acclamaient. Ce fut de très loin le rêve le plus extraordinaire que j'aie fait de toute ma vie. J'avais toujours envie qu'il revienne. Mais je n'ai jamais pu.

Un jour, celui où je trouvai la balle de tennis, je le racontai à Oona. Pour mieux lui expliquer le rêve, je dus d'abord lui rappeler que j'avais l'habitude d'aller voir des matches à Chelsea avec papa, lui parler des pâtés en croûte et des chips que nous mangions, de maman qui détestait ce genre de nourriture, qu'elle appelait de la pourriture. Je savais que je devais déjà avoir raconté toute ma vie à Oona, à présent, ce n'était donc sûrement pas la première fois qu'elle entendait parler de football, mais c'était la première fois que j'avais réussi à lui expliquer ce qu'était vraiment le football et comment on y jouait. Je me fichais complètement qu'elle ne manifeste pas le moindre intérêt – je lui racontais de toute façon.

Je venais de découvrir la balle de tennis dans le fleuve. Je trouvais de plus en plus souvent des déchets flottant à la surface de l'eau, ou qui s'étaient pris dans les rochers : des sacs en plastique, des canettes de Coca-Cola, toute sorte de choses, et même un jour, un long tee-shirt jaune qui m'arrivait aux genoux, avec des chevaux au galop imprimés dessus, une découverte bien pratique. Il était un peu grand pour moi, mais je m'aperçus que je pouvais en faire également un filet de pêche, ce qui me permit de me débarrasser enfin de mon short en lambeaux.

Et maintenant, j'avais trouvé une balle de tennis.

Je fis une démonstration à Oona de dribble à la John Terry, puis j'imitai Lampard marquant un coup franc dans la lucarne droite. Je courus ensuite le long de la rive, les bras levés au-dessus de la tête, en lançant des cris de joie sauvage, pour lui montrer comment on faisait à Stamford Bridge. Oona ne regardait même pas. Elle s'amusait bien trop à se vautrer dans la boue, à se rouler dedans. Se rouler dans la boue était un moment d'extase pour elle, mais je détestai ça, car ensuite elle sentait très mauvais, et restait couverte de poussière pendant des jours. Je savais qu'elle adorait la boue, qu'elle en avait besoin pour se protéger de la chaleur et des parasites. Mais comme je le lui faisais souvent remarquer, c'était moi qui étais assis sur elle quand elle dégageait cette odeur, et plus elle sentait mauvais, plus elle attirait les insectes. Je le lui reprochais chaque fois, mais sans aucun effet.

À ces moments-là, quand elle ne sentait pas bon, je préférais courir devant elle. N'ayant plus vu le tigre depuis un certain temps, je m'aventurais de plus en plus souvent, et de plus en plus loin. Tout comme j'avais senti la présence du tigre auparavant, avant même de le voir, je sentais maintenant son absence. Il était parti, j'en étais sûr. De toute façon, je n'avais plus peur de grand-chose, dans la jungle, pas même de la perspective de me retrouver face au tigre. J'avais une autre compagnie – celle de l'orang-outan qui continuait à nous suivre comme notre ombre depuis les hautes branches des arbres. Il ne s'approchait jamais, mais lorsqu'il voulait nous faire savoir qu'il était là, il s'agitait beaucoup, délibérément, je pense, et remuait les branches dans notre direction. Je commençais à le considérer quasiment comme un ami, et je remarquai qu'Oona aussi aimait bien qu'il soit dans les environs.

Je m'aperçus qu'en devenant plus fort, plus agile, je devenais plus audacieux aussi. Je connaissais mes limites, cependant. Je n'étais ni un gibbon, ni un orang-outan. Mais chaque arbre, chaque liane qui pendait, quelle que soit leur hauteur, ou la difficulté qu'ils représentaient, étaient quand même un défi qui me ravissait. Je savais grimper plus vite, à présent, m'agrippant instinctivement avec mes doigts de pied aussi bien qu'avec mes mains, et sans regarder en bas. Je montais souvent aux arbres à la ferme du Devon, mais toujours avec une certaine appréhension, il faut l'avouer. Je n'aimais pas beaucoup être en hauteur.

Maintenant, ça ne me dérangeait plus. Et lorsque je courais, je sentais un nouvel élan dans mes jambes, une agilité, un équilibre, que je n'avais pas auparavant. Tout me paraissait plus facile. Je n'escaladais plus maladroitement les troncs tombés à terre, je sautais par-dessus comme un cerf. Je bondissais, sautais, gambadais le plus naturellement du monde. J'étais ravi de la rapidité et de l'endurance dont j'étais capable, à présent. Je sentais que je pourrais courir toute la journée sans jamais me fatiguer. Aussi, lorsque Oona était couverte de boue après s'être vautrée dans le fleuve, et qu'elle répandait une odeur abominable, j'étais plus qu'heureux de courir devant elle, et prêt à le faire aussi longtemps qu'il le faudrait.

Quand la forêt devenait très dense et impéné-trable autour de nous, cependant, comme c'était souvent le cas, même si Oona sentait mauvais, il fallait que je m'installe sur son cou et que je m'en accommode, car je savais que c'était la seule façon pour moi d'avancer dans la jungle. Oona, de son pas lourd, pouvait alors se frayer un chemin en écrasant tout sur son passage. Moi, je ne pouvais pas. Rien n'était impénétrable pour elle. Elle passait toujours là où c'était le plus facile, marchant le long d'une piste, quand il y en avait une. Mais s'il n'y en avait pas, ou si elle était à la recherche de feuilles ou de fruits particuliè-rement succulents, alors elle se frayait un passage en bousculant tout autour d'elle, et continuait d'avan-cer, écartant les taillis avec sa trompe, ou les écra-sant et les piétinant simplement de tout son poids.

Lorsque la forêt était aussi dense, la traverser sur le dos d'Oona devenait inévitablement inconfor-table pour moi, et dangereux aussi. Pour éviter dans la mesure du possible les branches qui me revenaient dans la figure comme des fouets, et les ronces pointues qu'Oona repoussait sur son passage, je devais m'étendre de tout mon long sur son cou. Il suffisait que je relève la tête imprudemment au mauvais moment, ou que ma concentration se relâche, et j'en subissais les conséquences. Cela m'était arrivé trop souvent auparavant – j'avais des cicatrices sur tout le corps pour me le prouver. J'avais appris à plusieurs reprises qu'une plaie ouverte, aussi insignifiante qu'elle paraisse à première vue, s'infectait rapidement, cicatrisait lentement dans cette humidité, et que prévenir valait toujours mieux que guérir dans cette jungle. Je savais que les coupures, les écorchures, les piqûres d'insectes étaient un vrai danger pour moi, et qu'il fallait que je me protège.

Voilà pourquoi je m'étendais sur le cou d'Oona de tout mon long, en la serrant le plus étroitement possible. C'est dans cette position qu'un matin j'émergeai avec elle de la jungle pour arriver dans une clairière. Je ne courais plus de danger, à présent, et j'osai relever la tête. Oona se tenait immobile, ses oreilles battant doucement, sa trompe dressée vers les arbres non loin de nous. C'étaient des figuiers chargés de fruits mûrs du sol jusqu'à leur sommet. Je me redressai et regardai autour de moi. Ce que je vis me stupéfia. C'était une réserve secrète de figues, une forêt entière d'arbres couverts de fruits, une forêt entière de figuiers tout autour de la clairière.

– Il doit y en avoir assez pour nourrir une centaine d'éléphants, dis-je à Oona, en me penchant pour lui tapoter le cou. Et tu savais que c'était là, n'est-ce pas ? Il te suffit de suivre ta trompe, hein ?

Par nécessité, lorsque les noix de coco orange et les bananes étaient rares, je devais manger dans cette jungle beaucoup de fruits que je n'appréciais pas, mais les figues, c'était différent. Les figues étaient délicieuses. Les figues étaient fantastiques. Les figues étaient mon fruit préféré. Les figues étaient ce qu'il y avait de meilleur. Je savais qu'il en allait de même pour Oona, que c'était le délice de sa vie. Il était évident que nous allions rester là pendant un long moment, et que lorsque nous quitterions la clairière, il n'y aurait plus une seule figue.

J'entendis le murmure d'une rivière à proximité, la vis miroiter à travers les arbres, et repérai un martin-pêcheur qui fendait l'air, ses couleurs éclatant soudain au soleil. La clairière était pleine d'oiseaux-mouches. C'était un vrai paradis. Nous avions toute l'eau nécessaire, pensai-je, et beaucoup de grands arbres dans lesquels je pourrais me fabriquer un nid où dormir en sécurité.

– Nous pourrions rester là pour toujours, Oona, dis-je. Je parie aussi qu'il y a des poissons dans cette rivière, il doit y en avoir des centaines.

Je lui donnai de petits coups de talon sur le cou, comme je le faisais toujours quand je voulais descendre. Mais elle ne réagit pas, elle ne s'agenouilla pas. Elle ne mangeait pas de figues non plus, et c'était étrange. Je lui redonnai plusieurs petits coups de talon. Elle ne voulait toujours pas me laisser descendre.

Je commençai à me dire que nous n'étions peut-être pas seuls, qu'Oona avait senti quelque chose, et qu'elle ne savait pas encore très bien ce que c'était. J'entendis un bruissement de l'autre côté de la clairière, et vis des branches remuer en haut d'un figuier géant. Je me demandai si ce n'était pas notre orang-outan qui serait arrivé là avant nous, qui nous aurait attendus, si ce n'était pas lui qui avait trouvé cet endroit, et non Oona, comme je l'avais d'abord supposé. Il y eut d'autres bruissements, puis les branches remuèrent de nouveau. C'est alors que je vis, à moitié cachées dans les branchages, des ombres noires qui évoluaient parmi les arbres, des formes qui se dessinaient, pour devenir des silhouettes d'orangs-outans. Non pas un orang-outan, mais des dizaines d'entre eux.

Je repérai aussitôt au moins trois mères avec leurs bébés qui s'accrochaient à elles. Il y avait plusieurs jeunes également, dont l'un se suspendait à une branche par un seul bras. Tous nous observaient, Oona et moi, l'air stupéfait, incertain, sur le qui-vive, mais pas inquiet. Je n'avais jamais vu d'autres créatures ressembler autant à des êtres humains. Chaque visage avait sa personnalité, était différent, leurs yeux exprimaient leur curiosité et leurs sentiments. Plus ils étaient jeunes, plus leur pelage brun était clairsemé, et plus ils semblaient chauves. Ils se grattaient comme nous, ils bâillaient comme nous.

J'avais aperçu très souvent notre orang-outan dans la jungle, mais à distance, tandis qu'il se balançait dans la canopée. C'était la première fois que j'en voyais de près. Je les fixai à mon tour. La stupéfaction était partagée. Pendant de longues minutes, aucun de nous ne semblait savoir quoi faire. Tout ce dont nous étions capables, c'était de nous observer. Mais au bout d'un moment, je me rendis compte que plus je les regardais, plus ils devenaient nerveux. Les yeux grands ouverts, l'air effaré, les bébés s'agrippaient plus étroitement que jamais à leur mère, se cachant la tête. L'un d'eux se mit à la téter frénétiquement, comme si cela pouvait l'aider à éloigner ces étranges apparitions. Plusieurs d'entre eux, une figue encore à la bouche, les mâchoires figées en pleine mastication, ne se sentaient pas suffisamment en confiance pour continuer à manger. Chacun regardait l'autre pour essayer de se rassurer.

Je ne remarquai aucun signe d'agressivité chez eux. Quelques jeunes adultes s'agitaient au sommet des arbres, mais je sentais que, tout comme l'orang-outan qui nous avait suivis pendant si longtemps à travers la jungle, c'était peut-être simplement pour nous faire savoir qu'ils étaient là, qu'ils nous regardaient, et que nous ferions bien de ne pas pénétrer plus avant dans leur territoire. Je compris que tout mouvement brusque aurait été une erreur. De toute évidence, Oona le sentait aussi. Lorsqu'elle commença enfin à s'agenouiller pour me laisser descendre, elle le fit presque au ralenti. Je suivis son exemple, et restai immobile, en les regardant, ne bougeant que les yeux. Même ainsi, je me rendis compte que nous étions la cause d'une grande inquiétude. Ils grimpaient tous aux arbres jusqu'aux plus hautes branches pour s'éloigner de nous, se rassemblant tous, les mères et les petits serrés les uns contre les autres.

Oona avait alors manifestement décidé qu'il valait mieux ne pas faire attention à eux et les laisser simplement s'habituer à notre présence. Elle avait commencé à se régaler de figues arrachées à l'arbre le plus proche. Les orangs-outans la regardaient, apparemment plus détendus à présent, et quelques-uns d'entre eux, surtout les plus jeunes, recommençaient à manger, mais tout en nous surveillant du coin de l'œil. Je pensai que la meilleure chose à faire était d'imiter Oona, et de les imiter eux aussi, c'est-à-dire de manger des figues. Je ne pus avaler qu'une douzaine de ces énormes figues bien mûres. Je n'avais eu qu'à tendre la main pour les prendre.

Lorsque j'eus fini, je grimpai sur la branche fourchue d'un figuier, où je me trouvai un endroit confortable pour m'asseoir. De mon arbre, je jouissais d'un excellent point de vue pour observer les orangs-outans, qui étaient tous beaucoup plus calmes, à présent, et occupés à manger dans les arbres qui se trouvaient de l'autre côté de la clairière. Les trois mères qui veillaient sur leurs bébés se consacraient à leur repas comme les autres. Elles mangeaient proprement, pelant chaque figue, la dégustant avant d'en cueillir une autre, leurs bébés s'accrochant facilement à elles, tandis qu'elles grimpaient de branche en branche, cherchant toujours les meilleurs fruits.

Je voyais que ces mères, en particulier, restaient un peu méfiantes, qu'elles ne savaient pas toujours très bien que penser de nous. Parfois, lorsqu'elles s'étaient suffisamment gorgées de fruits, lorsqu'elles se reposaient entre deux festins de figues, elles s'asseyaient parmi les feuilles, et me regardaient fixement, essayant d'en savoir plus sur moi, pensai-je, se demandant qui je pouvais bien être. Il y eut un moment, je m'en souviens, où j'eus l'impression que ces dizaines d'orangs-outans, jeunes et vieux ensemble, me regardaient avec un étonnement mêlé de crainte. Il n'était pas impossible que je sois le premier être humain qu'ils aient jamais vu. Une chose était certaine, ils m'intriguaient autant que je les intriguais moi-même. Je ne pouvais m'empêcher de penser que la ressemblance n'était pas seulement physique, entre ces orangs-outans et moi. Nous étions pareils. Nous étions deux êtres de la même famille.

Les orangs-outans les plus âgés, les mères avec leurs bébés, semblaient se contenter de nous regarder de loin. Ce furent les jeunes qui firent le premier pas. Ils s'approchèrent lentement de moi, en se suspendant à des branches, tout autour de la clairière, s'arrêtant de temps en temps pour manger et jouer en chemin. Ils avaient une façon curieuse de passer d'un arbre à l'autre. Ils ne s'élançaient pas de branche en branche comme les gibbons. Ils n'étaient pas aussi souples, n'avaient pas les membres aussi déliés qu'eux. Ils ne donnaient pas l'impression d'être des acrobates-nés. Leur technique paraissait plus lente, plus réfléchie, plus prudente. Ils se suspendaient et se balançaient d'un côté et de l'autre, jusqu'à ce qu'ils puissent attraper la branche qu'ils visaient, et s'en servir pour se propulser dans l'arbre suivant. Chaque fois, ils semblaient calculer leurs mouvements avec précision, se tenant à trois mains, ou plutôt à deux mains et un pied, puis attrapant avec le quatrième membre la branche de l'arbre dans lequel ils voulaient grimper.

Mais il devint bientôt clair, et un peu inquiétant à mes yeux, qu'au moins trois des jeunes adultes ne seraient pas satisfaits tant qu'ils ne m'auraient pas vu de près. Ils venaient m'observer. Encouragés par leur exemple, tous les autres orangs-outans commencèrent à se rapprocher de moi. Je remarquai alors que l'une des mères, la plus grande, celle qui avait le pelage le plus sombre, avait le plus petit des bébés. Elle semblait mener tout un groupe d'adultes, dont la plupart portaient des bébés accrochés à eux. Partout où je regardais, ils avançaient vers moi dans les figuiers. Je m'aperçus que j'étais approché de tous côtés, à présent. Je me sentais un peu mal à l'aise, mais à aucun moment, tandis qu'ils venaient de plus en plus près de moi, je n'éprouvai de peur. Ce n'était pas une attaque, j'en étais sûr – ou presque sûr en tout cas. C'était une investigation. Mais ils étaient très nombreux, et tous leurs regards convergeaient vers moi.

Je cherchai Oona des yeux, simplement pour me rassurer, mais elle n'était plus dans mon champ de vision. Je savais plus ou moins où elle se trouvait, cependant. Je l'entendais brouter les figuiers, renifler, souffler, grogner, quelque part dans un fourré. Une fois ou deux, je pus la localiser précisément, car je vis les branches remuer. Je les entendais s'écarter, craquer, tandis qu'elle les pliait et les cassait. Comme moi, elle estimait manifestement qu'il n'y avait pas de menace, qu'elle pouvait manger en paix, sans s'inquiéter. Mais cela signifiait que j'étais à présent entièrement seul au milieu des orangs-outans.

Ils avaient beau paraître paisibles, ces orangs-outans, je commençais quand même à me dire que j'aurais préféré qu'Oona ne s'éloigne pas trop. Je les regardais s'approcher de plus en plus près, jusqu'à ce qu'ils soient tous autour de moi, parmi les branches. J'étais complètement cerné. Il n'y avait qu'une chose à faire : je restai immobile, le dos appuyé contre la fourche de mon arbre, les jambes et les bras croisés, m'efforçant de sembler le plus détendu possible. Maintenant qu'ils étaient si proches, je remarquai qu'ils paraissaient vouloir éviter tout contact visuel. Ils me jetaient des coups d'œil, puis détournaient le regard. Je compris donc que jeter un coup d'œil était

acceptable pour eux, mais qu'il ne fallait pas les fixer. J'estimai qu'il valait mieux faire la même chose.

Au bout d'un moment, les jeunes commencèrent à se donner en spectacle, chacun faisant de son mieux pour se montrer plus audacieux et plus intéressant que les autres, c'est du moins ce qu'il me semblait, tandis qu'ils se balançaient entre les figuiers, au-dessous de moi, au-dessus, et derrière. Je ne savais plus dans quelle direction regarder. Ils étaient tous autour de moi, et si proches, beaucoup trop proches pour que je me sente rassuré. L'un d'eux décida qu'il serait amusant de se pendre la tête en bas, et de rester suspendu par une jambe, accroché à une branche juste au-dessus de ma tête si bien que, lorsqu'il se

balançait, nous étions presque nez à nez. Un autre avait grimpé sur la branche où j'étais assis, et la secouait vigoureusement, ce qui m'obligea à me cramponner des deux mains pour ne pas tomber.

À la fin, à mon grand soulagement, les trois mères arrivèrent et s'assirent non loin de nous, ce qui parut calmer les jeunes. Ils arrêtèrent leurs gesticulations et s'assirent tranquillement, mangeant des figues et faisant semblant de m'ignorer. Je les imitai. Je pelai une figue et essayai de ne pas du tout m'occuper d'eux. C'était un jeu, un jeu de patience. Avec les orangs-outans, c'était ainsi, de toute évidence, qu'il fallait faire connaissance. « Conduis-toi exactement comme eux, ne cessais-je de me dire, et tout se passera bien. Espérons-le, en tout cas. »

Oona revint peu après dans la clairière. Je l'observai tandis qu'elle me cherchait des yeux pendant quelques instants. Je l'appelai, doucement, pour ne pas déranger les orangs-outans. Elle ne parut pas le moins du monde surprise de me trouver assis là-haut dans un figuier, entouré de toute une famille d'orangs-outans. Je lui lançai la figue que j'étais en train d'éplucher, elle la renifla sur le sol avec sa trompe, l'aspira, puis la mangea, avant de repartir vers la rivière. Je n'avais pas eu soif jusqu'à ce que je la voie aller vers l'eau. Soudain, j'eus très envie de boire.

J'allais redescendre de mon arbre et la suivre, lorsque je vis que l'un des petits orangs-outans s'était détaché de sa mère, et qu'il se balançait lentement le long de la branche pour s'approcher de moi. C'était le plus petit de tous, et sans doute le plus jeune aussi. Il vint s'asseoir si près de moi que j'aurais pu le toucher en tendant le bras. Mais je sentis que ce n'était peut-être pas encore le moment de bouger. Je ne voulais rien faire qui puisse l'effrayer. Je me dis qu'il valait mieux rester assis là, immobile et patient, avant de donner à mon nouvel ami l'occasion de se présenter lui-même, lorsqu'il le souhaiterait. Sa mère – c'était celle qui avait le pelage le plus sombre parmi les mères, celle qui me semblait être le chef, avoir le plus d'autorité – observait tout d'un air plus que méfiant, tandis que le jeune orang-outan attrapait la branche au-dessus de ma tête, puis se balançait, suspendu par un bras à côté de moi. Je le regardai dans les yeux, et lui souris. Je me surpris alors à rire. Je ne pouvais m'en empêcher. J'espérais que ça ne lui ferait pas peur.

Ce qui se passa ensuite me prit entièrement au dépourvu. Le jeune orang-outan se pencha vers moi, se laissa tomber sur mon épaule, puis se déplaça le long de mon bras, et s'assit à mes côtés. Il me regarda pendant un moment, puis détourna les yeux. Je ne bougeai pas. Il me toucha la main, prudemment d'abord, tout en regardant sa mère, sans doute pour se rassurer. Puis il attrapa fermement l'un de mes doigts et tira dessus. Cette petite créature me tenait avec une force et une détermination incroyables. Je savais qu'il était inutile d'essayer de dégager mon doigt, car je ne serais pas assez fort. Le jeune orang-outan souleva ma main jusqu'à son nez, la renifla, l'effleura de ses lèvres, puis la laissa retomber. Il me regarda en face, puis me toucha l'oreille. J'espérai qu'il n'avait pas l'intention de la serrer entre ses doigts, et d'essayer de l'arracher.

C'est peut-être un peu pour l'en empêcher que je lui parlai. Je n'en avais pas eu l'intention. Les mots vinrent d'eux-mêmes.

– C'est mon oreille que tu touches, dis-je doucement.

Je voulais voir ce que je pouvais lui faire comprendre. Lui parler me paraissait donc tout naturel. Je décidai de tenter quelque chose. Je tendis la main très doucement, et effleurai l'oreille du petit orang-outan.

– Ça, c'est ton oreille, lui dis-je. Et j'ai des cheveux comme toi, continuai-je, qui ne sont pas hirsutes, ni roux comme les tiens, mais ce sont des cheveux quand même. Tu as aussi deux mains et deux pieds comme moi. En fait, toi et moi, nous sommes assez semblables. Qu'est-ce que tu en penses ?

L'orang-outan ne cessait de me regarder pendant que je lui parlais. Son visage exprimait une intelligence qui me stupéfia. Ce n'était pas un simple animal. Je ne pus m'empêcher de penser que cette petite créature était un être aussi humain que moi. Il me vint alors à l'esprit que peut-être, peut-être, j'étais tout aussi animal que lui-même était humain. C'était une pensée nouvelle et dérangeante.

Le jeune singe retourna ensuite près de sa mère, et pendant un bon moment, je restai là, assis dans mon figuier, parmi les orangs-outans, à écouter Oona qui se vautrait bruyamment dans la rivière, non loin de là. Je l'imaginais se douchant, buvant tout son soûl, prenant du bon temps, et j'avais très envie de descendre de l'arbre pour aller la rejoindre. J'avais chaud, à présent, et l'entendre s'ébattre dans l'eau ne faisait qu'accentuer ma soif. J'avais vraiment envie de boire et d'aller nager. Une envie presque douloureuse de descendre de l'arbre et d'aller la retrouver dans la rivière, mais je ne pouvais quitter les orangs-outans. Je sentais que les moments que j'étais en train de vivre avec eux étaient très précieux, qu'une rencontre où nous étions si proches les uns des autres ne

se reproduirait peut-être jamais. Je me sentais tellement en accord avec ces créatures paisibles, tellement à mon aise ! Elles voulaient que je reste, j'en
étais sûr. Et donc, je restai. Je décidai que j'irais boire
et nager plus tard.

Avec un coup de tonnerre si proche au-dessus de
nos têtes qu'il ébranla vraiment l'arbre, la pluie
s'abattit. Les trombes d'eau furent si soudaines et
violentes qu'en quelques secondes je n'arrivais plus
à voir l'autre côté de la clairière. Serrés les uns
contre les autres, recroquevillés, trempés, les orangs-
outans se protégeaient comme ils le pouvaient sous
les feuilles du figuier. Mais sous un orage aussi vio-
lent, même les immenses feuilles de figuier n'of-
fraient qu'un piètre abri. Je remarquai que deux des
mères avaient fabriqué une canopée de fortune avec
des feuilles géantes qu'elles tenaient au-dessus de
leur tête, comme j'avais appris à le faire moi-même.
De cette manière, ces mères et leurs bébés étaient
moins mouillés que les autres, et moins mouillés que
moi aussi. Je m'aperçus que j'étais assis sur une
branche particulièrement exposée à la violence de
l'orage, et que je n'avais presque pas de feuilles pour
me protéger. Comme les orangs-outans, je ne pus que
rester là à attendre que la pluie cesse enfin, aussi brusquement qu'elle avait commencé, laissant la forêt
ruisselante, étrangement silencieuse, et plongée dans
la brume.

Quelques instants plus tard seulement, je baissai

les yeux, et vis Oona arriver précipitamment dans la clairière. Je m'aperçus aussitôt qu'elle était perturbée, par le tonnerre peut-être, pensai-je, et cela me surprit parce qu'elle n'en avait jamais eu peur auparavant. Elle chargeait, à présent, ses oreilles battant l'air, sa trompe levée, barrissant. Elle m'avertissait de quelque chose. Je ne l'avais jamais vue si agitée depuis le raz de marée.

C'est alors que je compris pourquoi. Sortant de la forêt derrière elle, il y avait trois hommes, des chasseurs armés de fusils. Ils visaient, non pas elle, non pas moi, mais les orangs-outans dans les figuiers tout autour. Une série de coups de feu retentit. Chaque oiseau, chaque chauve-souris de la jungle s'envola dans une cacophonie de cris aigus et stridents. Barrissant de terreur, Oona se rua à travers la clairière et disparut dans les broussailles. Je vis la mère orangoutan au pelage foncé s'effondrer et glisser de côté. Elle resta là un bref instant, son bébé hurlant, toujours accroché à elle, avant de tomber de branche en branche et de s'écraser sur le sol. Ils restèrent tous deux allongés là, immobiles.

Les autres orangs-outans se dispersaient, grimpant tant bien que mal, escaladant, se balançant, aussi haut, aussi vite qu'ils le pouvaient au sommet des figuiers. Mais ils n'étaient pas assez rapides, et aucun endroit n'était assez haut. D'autres coups de feu retentirent, et une deuxième mère roula en bas de l'arbre, s'abattant sur le sol dans un horrible bruit sourd. Pétrifié jusqu'à présent, j'avais repris mes esprits, et je hurlai aux chasseurs d'arrêter de tirer.

Pendant quelques instants, ils furent surpris. Ils baissèrent leurs fusils, et me montrèrent du doigt, gesticulant furieusement, et se criant quelque chose les uns aux autres. Mais très bientôt, ils recommencèrent à tirer. L'un des jeunes orangs-outans fut touché en plein élan, alors qu'il tentait de s'échapper, et s'écroula dans les branches au-dessus de moi. Je n'eus pas le temps de m'écarter. En tombant, son corps m'effleura au passage, et ce fut suffisant pour me faire perdre l'équilibre. J'essayai désespérément de me raccrocher à quelque chose, de m'empêcher de basculer, mais en vain. Je me rappelle avoir heurté les branches, tandis que je tombais au travers, je me rappelle que la chute me parut longue avant de toucher le sol.

Puis je ne me rappelle plus rien.

Je savais que j'étais toujours vivant, car j'entendais le bruit d'un moteur, et de la musique. Il me fallut un certain temps avant de reprendre suffisamment conscience pour m'apercevoir que je devais me trouver à l'arrière d'une sorte de pick-up qui roulait très vite sur un sol inégal, avec de violents cahots qui me jetaient d'un côté et de l'autre. Une radio était allumée, la musique était forte et proche, toute la camionnette vibrant à son rythme. J'entendis aussi des hommes qui riaient grassement à l'intérieur de la cabine. C'étaient sûrement les chasseurs que j'avais vus dans la clairière. Je sentis des doigts qui m'attrapaient, qui m'agrippaient. Des corps tièdes et humides s'accrochaient à moi, et j'entendais pleurer. J'essayais toujours de croire que j'étais en train de faire le pire des cauchemars, et je voulais me réveiller. Je m'efforçais de me redresser, mais j'étais tellement ballotté que je ne pus rester assis très longtemps. J'avais des élancements dans la tête, et comme le vertige. Je sentis le sang couler sur mon visage d'une coupure quelque part sur mon front. Je fus alors certain que c'était la réalité, trop douloureuse pour être le cauchemar que j'avais espéré.

Ma vision était brouillée, mais je voyais assez pour distinguer ce qui m'entourait. J'étais dans une sorte de cage en bois avec trois petits orangs-outans, qui gémissaient tous de terreur, et s'accrochaient à moi par mes cheveux, par mon tee-shirt, par mon cou, mon oreille, partout où ils pouvaient trouver prise. Mes pieds étaient ligotés. Je ne les sentais plus. Je levai les yeux pour voir où j'étais, où nous allions. Il y avait tant de fumée que j'avais du mal à distinguer le ciel au-dessus de moi. Partout on sentait une odeur pestilentielle de brûlé. Le pick-up chassait, dérapait sur les nids-de-poule, dans les ornières, me projetant violemment contre les barreaux de la cage. J'entendais les chasseurs chanter et pousser des cris de joie dans la cabine. Je serrai les trois orangs-outans contre moi, les entourant de mes bras pour les protéger comme je le pouvais.

La mémoire me revenait, maintenant, je me souvenais de tout. Je savais pourquoi ils s'accrochaient ainsi à moi, et pourquoi ils gémissaient. Chacun d'eux avait vu sa mère tuée sous ses yeux, et je ne savais que trop bien ce qu'ils devaient ressentir. Je les serrai dans mes bras, les caressai, leur parlai, essayant de les consoler autant que je le pouvais. Mais ils étaient inconsolables. Tant de questions se bousculaient dans ma tête, auxquelles je ne pouvais pas répondre. Qui étaient ces chasseurs ? Pourquoi nous avaient-ils enlevés ? Qu'est-ce que ces hommes allaient faire de nous ? Je fermai les yeux, essayant de me calmer, essayant d'y voir clair.

Quand je les rouvris, ma vue s'éclaircit enfin, tout redevint net. Je m'aperçus que des yeux me fixaient à l'arrière du pick-up, des yeux d'ambre, des yeux de tigre. Ses pattes étaient liées et attachées à une perche. Il était allongé là, sur un sac trempé de sang, la langue pendante. Je me souvenais de cette tête, c'était le même tigre qui nous avait accompagnés le long de la piste et qui apparaissait dans mes rêves. C'était notre tigre.

Mais sa brûlante étincelle n'était plus là.

6

C'est un dieu, ici

L e soir tombait. Le pick-up avançait en cahotant le long d'une piste boueuse et entrait dans une sorte de baraquement, avec des feux de camp, des cabanes branlantes éparpillées dans la vallée et au flanc des collines. Tout autour, aussi loin que portait mon regard, la vallée entière avait été dépouillée de ses arbres, c'était comme une grande cicatrice, une entaille de terre et de rochers marron à travers la jungle. Un cours d'eau fangeux coulait au fond de la vallée.

Partout dans la pénombre, un grouillement d'hommes, de femmes et d'enfants travaillaient comme des fourmis, la plupart creusant le flanc de la colline avec des pioches, d'autres actionnant des vannes, certains – des enfants pour la plupart – montant sur les hauteurs, chargés de lourds fardeaux, et souvent couverts de boue jusqu'à la taille. Je pensai aussitôt qu'il devait s'agir de mines, mais je n'avais aucune idée de ce qu'ils exploitaient. Un voile de fumée sombre et âcre couvrait toute la vallée. On entendait des voix aiguës, des voix hargneuses, et des gémissements d'enfants. Il me sembla qu'on nous emmenait dans une sorte d'enfer, un endroit funeste, un endroit de malheur.

Tout au long de ce terrible voyage, je m'étais efforcé de ne pas regarder le tigre, car je savais que mes yeux se rempliraient de larmes. Mais il était étendu juste devant moi, et il était presque impossible de ne pas le regarder. Je savais que je ne devais pas me laisser aller à pleurer, que, quoi qu'il arrive, les petits orangs-outans comptaient entièrement sur moi désormais. Je devais me concentrer uniquement sur ce dont ils avaient besoin, et rien d'autre. Ce dont ils avaient besoin, bien évidemment, c'était de sentir les bras de leur mère autour d'eux, l'amour de leur mère, et plus important que tout, le lait qui venait avec. Ils étaient désespérément affamés, à présent, s'obstinant à téter mes doigts, mes coudes à chaque occasion. Et lorsque ces tentatives se révélaient inutiles, ils se servaient de leurs dents, ce qui était souvent douloureux.

Mais, douloureux ou pas, je devais le supporter, et les laisser continuer à téter ainsi. Bien sûr, ils n'y trouvaient que très peu de satisfaction, mais de toute évidence, cela les réconfortait un peu, et je me dis que c'était mieux que rien.

À présent, des dizaines de personnes couraient à côté du pick-up, qui ralentit, puis s'arrêta enfin.

Pensant que c'était peut-être le dernier moment que nous passerions ensemble, je regardai longuement le tigre dans les yeux. Ce fut sans doute ma façon de lui dire adieu. Mais dans ces yeux, qui luisaient maintenant vers moi à la lueur vacillante des feux de camp, je puisai tout le courage et la force dont je savais que j'aurais besoin pour affronter ce qui m'attendait. Je me promis alors que quoi qu'il nous arrive à tous, quoi qu'ils nous fassent, je ne pleurerais pas devant ces ravisseurs, devant ces assassins. J'avais le sentiment puissant qu'en cet instant le tigre me confiait non seulement la garde des trois petits orangs-outans que je tenais dans mes bras, mais l'esprit de toute la jungle. Nous étions déjà entourés d'une foule surexcitée qui se poussait, se bousculait pour mieux nous voir tous, les orangs-outans, le tigre mort, et moi. J'étais prêt à faire face. Je ne flancherais pas, je ne montrerais aucune peur. Je m'agrippai aux barreaux et lançai à chacun un regard de défi. Avec des cris de triomphe, la foule sortit d'abord le tigre. Mes yeux se remplirent de larmes malgré moi, tandis que je voyais les gens l'emporter, attaché à la perche, la tête pendante, flasque dans la mort. Ils prirent ensuite la cage, et nous fûmes emmenés, ballottés comme le tigre devant moi. On nous conduisit au milieu de cette cohue tumultueuse, les orangs-outans hurlant de terreur, en dépit de tous mes efforts pour les réconforter.

La foule rassemblée regarda avec un respect mêlé

de crainte le tigre passer devant elle, mais bientôt des rires fusèrent quand elle nous vit en cage, les petits orangs-outans et moi. Les gens se mirent à frapper les barreaux avec des bâtons, à nous piquer avec leur extrémité, à nous l'enfoncer dans les côtes. Ils nous faisaient des grimaces, imitant les singes, et certains enfants se moquaient de nous en nous tirant la langue. De partout s'élevaient des hurlements, des cris, et des coups de feu aussi. Ils tiraient des coups de fusil en l'air pour fêter l'événement. À chaque détonation, les orangs-outans se serraient un peu plus contre moi, poussant leur tête contre ma poitrine, au creux de mes aisselles, dans mon cou, cherchant désespérément un endroit où se cacher.

Pendant tout ce temps, j'essayais d'affronter la foule sans ciller, le regard fixe, et je me récitais à nouveau comme un mantra les premiers vers de mon poème sur le tigre : « Tigre, tigre, ta brûlante étincelle brille dans les forêts de la nuit… » J'avais l'impression que ces mots résonnaient comme un clairon dans ma tête. Ils me donnaient le courage de ne pas faiblir, ils me soutenaient le moral.

Ce passage au milieu de la foule hurlante fut une vraie torture pour les petits orangs-outans, et elle ne prit fin qu'au moment où ils installèrent la cage à l'extérieur d'une petite cabane de bois branlante surmontée de deux cheminées qui crachaient une maigre fumée. L'odeur, l'aspect de l'endroit faisaient penser à une sorte de cuisine. Je vis plusieurs casseroles encore fumantes sur une grande cuisinière à l'intérieur, et à l'extérieur, sous l'avant-toit, une longue table basse couverte de fruits et de légumes coupés en morceaux. Tout semblait avoir été hâtivement abandonné dans la confusion provoquée par notre arrivée.

Non loin de nous, les trois chasseurs se tenaient là avec leurs fusils, bras dessus bras dessous, posant pour les photographes, le tigre étendu sur le sol devant eux. L'un des chasseurs – il avait un bandana rouge autour du front – posa le pied sur la tête du tigre, et donna un coup de poing en l'air à plusieurs reprises en signe de triomphe, pour la plus grande joie de la foule déchaînée qui ne cessait de l'acclamer. Je me souvenais du bandana rouge, à présent. J'avais vu cet homme dans la clairière, il conduisait le pick-up. Il émanait de lui une impression de pouvoir, on aurait dit un chef de bande. Il était certainement le héros du jour pour cette foule. Il n'eut aucun mal à la faire taire, d'un grand geste de la main, et commença un discours, son pied toujours posé sur la tête du tigre.

Il devint très vite clair qu'il leur racontait à tous l'histoire de la chasse, et il le faisait de manière spectaculaire, flamboyante. Je ne comprenais pas un mot de ce qu'il disait, bien entendu, mais je comprenais le sens général : comment les chasseurs s'étaient couchés par terre, à l'affût, près de la rivière où le tigre venait nager, et comment ils lui avaient tendu une embuscade, comment ils avaient tiré sur lui dans l'eau pendant qu'il nageait et l'avaient ramené sur la berge. Puis – il montrait notre cage du doigt, à présent – il se lança dans un grand récit pour raconter de quelle façon ils avaient abattu à coups de fusil les orangs-outans qui étaient dans les arbres. Il compta en anglais le nombre de ceux qu'ils avaient tués :

– Un, deux, trois, quatre, cinq, six…

Il compta ainsi jusqu'à quinze, en tirant chaque fois un coup de fusil en l'air en signe de victoire, et chaque fois la foule l'acclama.

Ils en avaient tué quinze.

La foule criait et riait. Ensuite, poursuivit-il, ils avaient découvert que l'un d'eux n'était pas un orang-outan, mais un « enfant-singe », il le dit en anglais aussi, et ce fut ce qui les fit le plus rire. Il y eut d'autres histoires, d'autres plaisanteries, puis les bouteilles furent sorties, et ils commencèrent à boire. Peu après, lorsque l'excitation retomba, les gens s'éloignèrent, emportant le tigre avec eux, nous laissant enfin en paix. Les petits orangs-outans s'endormirent, mais d'un sommeil agité, se cramponnant sans cesse à moi.

On ne nous laissa pas seuls très longtemps, cependant. Les mineurs et leurs familles commençaient à se mettre en rang devant la cuisine pour prendre leur repas du soir. Tandis qu'ils passaient devant notre cage avec leurs bols remplis de nourriture, la plupart des enfants s'accroupissaient pour nous regarder, et ce n'était pas seulement par curiosité. Ils se moquaient de nous, nous tourmentaient, nous offrant de la nourriture, puis enlevant le bol au dernier moment. Certains collaient leur visage contre les barreaux de la cage, et me criaient : « Enfant-singe ! Enfant-singe ! » Un ou deux d'entre eux essayaient de dire quelques mots d'anglais : « Quoi tu es ? Toi singe ? Toi enfant-singe américain ? Toi enfant-singe anglais ? » Je restai assis là, affrontant chaque regard inquisiteur, supportant chaque sourire moqueur, continuant de les fixer du même regard froid, sans cesser de me réciter silencieusement le poème du tigre, encore et encore, gardant vivant en moi l'esprit du tigre, gardant sa force, gardant ma force.

Ce fut seulement après le départ du dernier des enfants, après celui des cuisiniers, après que les volets de la cuisine eurent été fermés, que je sentis que je pourrais peut-être essayer de dormir. Je m'allongeai et tentai de m'étirer autant que je le pouvais, mais la cage exiguë ne me laissait pas beaucoup de place pour bouger, elle était on ne peut moins confortable, et les petits orangs-outans rampaient tout le temps sur moi, à la recherche de nourriture, me harcelant presque constamment pour que je leur donne quelque chose, malheureusement il n'y avait rien, et je ne pouvais leur être d'aucun secours. Ils ne me laisseraient pas dormir, c'était sûr. J'avais aussi faim qu'eux, à présent, mais il n'était pas question que je supplie ces gens de me donner à manger. Avec les odeurs de cuisine qui flottaient toujours dans l'air autour de moi, il était impossible de chasser la faim de mon esprit. Je savais que seul le sommeil pourrait me la faire oublier. C'est pourquoi, tout en sachant que je n'arriverais probablement pas à m'endormir dans ces conditions cette nuit-là, je fermai les yeux et essayai.

J'y étais presque parvenu, j'étais presque endormi, quand j'entendis des bruits de pas qui approchaient, puis la respiration de quelqu'un près de moi.

– Petit ? dit une voix.

Je levai les yeux et vis une silhouette accroupie près de la cage. Au bout d'un moment, je reconnus l'un des cuisiniers que j'avais vu distribuer du riz un peu plus tôt. Il avait un couteau dans une main, et tenait un énorme fruit dans l'autre, de la taille d'un petit ballon de rugby.

– Un durian, murmura-t-il. C'est pour les orangs-outans. C'est un fruit. Tu leur donnes. Et toi aussi tu manges. Il sent mauvais ce fruit, mais il est très bon quand même. Ils aiment ça. Tous les orangs-outans aiment ça. Toi aussi tu aimeras ça. Tu verras. Les chasseurs, ils me disent toujours la même chose, chaque fois qu'ils ramènent les petits orangs-outans de la jungle. Ils en ramènent très souvent. Ils disent : « Nourris-les, Kaya. » Mais quand ils sont très jeunes, très petits comme ces orangs-outans-là, c'est pas facile de les nourrir. Ils aiment pas prendre la nourriture d'un inconnu, seulement de leur mère. Mais leur mère est morte, et ils savent. Ils ont très peur.

Les chasseurs me disent : « Kaya, personne achète un orang-outan mort. Les orangs-outans morts servent à personne, ils valent pas une puce. S'ils meurent, on va te battre, Kaya. » Souvent ils me battent. Je leur dis que c'est pas ma faute, je fais de mon mieux, mais parfois les petits orangs-outans prennent pas le fruit que je donne. Ils sont pas stupides – je dis aux chasseurs. Ils savent que je suis pas leur mère. Ils veulent la nourriture seulement de leur mère. Ils veulent pas la prendre de moi. Et après ils meurent. Ces gens, ces chasseurs, ils écoutent pas. Ils me battent. Mais je crois que les petits orangs-outans meurent de tristesse à l'intérieur, pas parce qu'ils mangent pas. Ceux-là sont très tristes, comme les autres. Mais je te regarde. Ils pensent que tu es leur mère. Ils ont confiance en toi. Je vois ça. Ils mangeront la nourriture si tu leur donnes.

Il coupa le fruit et me le tendit à travers les barreaux.

– C'est vrai ? reprit-il. Tu es un enfant-singe de la forêt, comme ils disent ?

Je pris le fruit sans lui répondre.

– Kaya est ton ami, petit, dit l'homme. Rappelle-toi. Je dois partir, maintenant. Je reviendrai.

Lorsqu'il fut parti, je m'aperçus bientôt que le problème n'était pas de les faire manger, loin de là. Le problème était plutôt de partager le fruit entre eux. Ils le mirent en pièces, arrachant les morceaux, se les volant les uns aux autres. J'avais espéré en garder un

144

peu pour moi, mais ce fut impossible. Quand ils eurent fini, ils en voulurent davantage, rongeant sans cesse la peau du fruit, mais ils devaient en avoir eu suffisamment pour le moment, car ils s'endormirent peu après, ce que je fus bien incapable de faire moi-même. J'avais des fourmis dans tout le corps. J'avais besoin de bouger, mais je n'osais pas, de crainte de réveiller les orangs-outans qui se cramponnaient toujours à moi, même dans leur sommeil.

Kaya revint un peu plus tard, comme il me l'avait promis, se précipitant à petits pas vers la cage, courbé

en deux, jetant des regards inquiets tout autour de lui. Il s'accroupit, le visage contre les barreaux.

– Ils ont mangé tout le fruit ? murmura-t-il, en tendant le bras, et en ramassant l'une des écorces du durian.

J'approuvai d'un signe de tête, mais ne dis rien de plus. Kaya regarda de nouveau par-dessus son épaule.

– Tu dois être une très bonne mère, je crois. J'ai de l'eau pour toi, petit, et j'ai une noix de coco. Tu aimes la noix de coco ? Mon fils aime la noix de coco beaucoup. J'ai un fils comme toi, pas aussi jeune que toi peut-être. Il est là-bas, dans mon village. Je travaille ici parce que je dois le nourrir. Je dois nourrir toute ma famille, ma mère, et mon père aussi. Il est très vieux, et malade. Comment ils peuvent vivre si j'envoie pas d'argent ?

Je n'étais pas sûr qu'il attende une réponse de moi, aussi restai-je silencieux.

– J'aime pas ce qu'ils ont fait à ce tigre, petit, reprit-il. J'aime pas ce qu'ils font aux orangs-outans. Mais si je dis ce que je pense, ils vont me battre, et peut-être me renvoyer. Alors, j'aurai plus de travail. Peut-être ils me tueront. Ce ne sont pas des gens très bons. Ils font des choses mauvaises. Les chasseurs me disent : « Faut pas donner à manger à l'enfant-singe, pas d'eau, pas de nourriture. » Mais je peux pas faire ça.

146

Il me tendit une bouteille d'eau à travers les barreaux de la cage. Je la bus d'un trait, et avalai la noix
de coco si vite que je faillis m'étrangler, puis je la fis
passer avec ce qui restait d'eau.

En lui rendant la bouteille, je le regardai attenti-
vement pour la première fois. C'était un tout petit
homme desséché, la peau tendue sur ses joues creuses,
comme si la vie s'échappait de lui à chaque minute.
Mais dans ses yeux, il y avait de la force, et de la
bonté aussi.

– Merci, murmurai-je.

– Je ferai tout ce que je peux pour te sauver, petit,
dit Kaya, mais je peux pas beaucoup. Ils me sur-
veillent. Ici tout le monde surveille tout le monde.

– Qu'est-ce qu'ils vont faire de nous ? lui demandai-
je.

– Peut-être ils vous vendent. Ici ils vendent tout,
l'or sous la terre, les arbres qu'ils abattent, les orangs-
outans qu'ils capturent, les tigres qu'ils tuent.

– Et moi ?

Il haussa les épaules.

– Je sais pas ce qu'ils vont faire de toi, petit. Peut-
être ils te vendent. Demain, M. Anthony revient de
Jakarta. C'est un dieu, ici. Il décidera. Il décide de
tout, ici. C'est M. Anthony qui décide qui travaille,
qui travaille pas, qui vit, qui meurt. Tout. Dors maintenant, petit.

Il se releva pour s'en aller, mais avant de partir, il
s'accroupit de nouveau.

– Tu dis rien pour l'eau que je t'ai donnée, petit, murmura-t-il, et tu dis rien pour la noix de coco, hein ? S'ils apprennent que j'ai fait ça, ils me battent. Tu comprends ? Tu promets ?

– Je promets.

Kaya me sourit soudain. Je remarquai alors qu'il n'avait presque plus de dents.

– Tes bébés, ils dorment. Je dois dormir aussi. Je reviendrai demain matin.

Et il disparut dans l'obscurité.

Ce fut la plus longue nuit de ma vie. Jusque-là, je ne m'étais pas encore rendu compte à quel point je m'étais appuyé sur Oona pendant tout ce temps, et pas seulement pour avoir de la compagnie. Elle avait résolu tous mes problèmes pendant si longtemps, m'avait protégé des dangers, avait été tout à la fois ma protectrice et mon guide, ma mère et mon père. Maintenant qu'elle n'était plus à mes côtés, je me sentais seul, abandonné, et soudain, furieux contre elle, aussi. Je me surpris même à lui en vouloir de s'être enfuie comme elle l'avait fait, en sauvant sa peau d'abord. Pourquoi n'avait-elle pas repoussé les chasseurs ? Pourquoi n'était-elle pas restée nous aider ? Où était-elle maintenant ? Peut-être allait-elle quand même venir à notre secours. Peut-être était-elle quelque part dans les environs, attendant le bon moment. Elle surgirait de la jungle en chargeant, et nous sauverait. Oui, c'était ça. Elle allait venir. Il fallait qu'elle vienne.

Ce n'étaient pas les mouches, ni le vacarme incessant de la forêt qui m'empêchaient de dormir, cette
nuit-là, ni les corps tièdes et collants des petits
orangs-outans allongés sur moi. C'étaient l'espoir et
la terreur qui me tenaient éveillé, l'espoir qu'Oona
puisse venir à notre secours d'une façon ou d'une
autre, et la terreur de ce qui se passerait le lendemain, si elle ne se montrait pas. Je ne pouvais m'empêcher de me demander qui était cet homme, dont
Kaya avait parlé, ce M. Anthony, de Jakarta, qui semblait avoir un pouvoir de vie et de mort sur tout le
monde ici, y compris les orangs-outans, y compris
moi-même.

Je pensai aussi à m'évader, bien que je sache que
c'était pratiquement impossible. La cage était en bois,
mais elle était robuste et bien cadenassée. Plus je
réfléchissais, plus je m'inquiétais, et plus j'en venais à
croire que si je ne trouvais pas le moyen de m'échapper pendant la nuit, si Oona ne venait pas me chercher, alors le lendemain, je pourrais très bien être
vendu comme esclave ou quelque chose comme ça.

À la fin, pour m'empêcher de penser à tout ça,
pour calmer l'angoisse qui montait en moi, je me mis
à dire le poème du tigre, à voix haute cette fois –
mais doucement, parce que je ne voulais pas réveiller les orangs-outans. Je le récitai encore et encore.
Puis je décidai de chantonner toutes les chansons
dont je me souvenais, l'une après l'autre, toutes les
chansons de George Formby que nous chantions à la

maison avec papa, quand il grattait les cordes de son ukulélé, *Chinese Laundry Blues* et *I'm leaning by the lamp post at the corner of the street until a certain little lady comes by ! O me, O my…*

À un certain moment, je ne sais pas pourquoi, je me retrouvai en train de fredonner la chanson de Chelsea, *Blue is the colour, football is the game* « Notre couleur, c'est le bleu, le football est le jeu », celle que nous chantions debout avec mon père, et avec trente-cinq mille autres supporters, à Stampford Bridge, à la fin de chaque match. Ce fut en chantonnant l'un de ces airs familiers que je glissai enfin dans le sommeil.

Je fus réveillé par le bruit d'un moteur, et les crissements de pneu d'une voiture qui arrivait sur la piste. Je me redressai sur les coudes, pas trop pour ne pas risquer de déranger les orangs-outans qui sommeillaient toujours, et je vis un énorme 4 × 4 bleu, aux vitres teintées, qui s'arrêtait devant la plus grande des cabanes. Je l'avais remarquée la veille au soir. C'était la seule qui m'avait paru ressembler à une vraie maison, avec de vraies vitres, une véranda, et une clôture basse en bois tout autour, il y avait même un rocking-chair sur la véranda, à côté de la porte d'entrée. Je me rappelai avoir pensé que ce rocking-chair évoquait une vie familiale et domestique incongrue dans cet endroit informe, fait de bric et de broc.

L'un des travailleurs, pieds nus, passait rapidement devant la cage, à présent, pour ouvrir la portière de la voiture, tandis que deux autres déroulaient une longue natte, de la voiture jusqu'aux marches de la véranda. Ne voulant pas me faire remarquer, je reculai au fond de la cage, et m'allongeai de nouveau. Je ne pouvais plus voir que les portières de la voiture, ses gros pneus couverts de poussière, et de nombreuses jambes éclaboussées de boue qui couraient en passant devant moi.

L'homme qui sortit de la voiture et se mit à marcher sur la natte avait des chaussures marron très bien cirées, et un pantalon blanc immaculé aux plis impeccables. Il fit quelques pas sur la natte. Mais il s'arrêta brusquement, fit demi-tour, et se dirigea droit vers moi. Il portait une canne d'un noir luisant. Ses doigts, du premier jusqu'au dernier, étaient couverts d'énormes bagues en or. Soudain, son visage fut juste devant moi, pâle, bouffi et moite, avec de petits yeux brillants, des yeux venimeux.

– Alors, te voilà, commença-t-il – il parlait d'une voix traînante. Voilà le petit enfant-singe dont on m'a parlé. Redresse-toi, enfant-singe, que je te regarde.

Il parlait anglais, mais avec un drôle d'accent – je n'aurais pas pu dire d'où il venait. Tout ce que je savais, c'est qu'il devait être ce M. Anthony de Jakarta, dont Kaya m'avait parlé. C'était sans doute cet homme qui était un dieu, ici. Il épongea son cou avec son mouchoir.

– Tu sais ce que tu es, enfant-singe ? Tu es une

vraie plaie, voilà ce que tu es, une vraie plaie, et tu nous mets sacrément les bâtons dans les roues. Tu sais quoi ? Je n'aime pas les gens qui me posent des problèmes. À mon avis, la meilleure chose à faire, quand on a un problème, c'est s'en débarrasser. Alors peut-être que je vais te coller une balle dans la tête, et te jeter dans un trou quelque part dans la jungle. Problème résolu. Mais, qui sait… peut-être qu'il y a d'abord moyen de gagner quelques dollars avec toi. Je pourrai toujours te tuer plus tard, n'est-ce pas ? Je vais commencer par prendre mon petit déjeuner, et on verra.

Il se releva.

– Amenez-moi l'enfant-singe à la maison. Mais je veux que ce petit pouilleux prenne d'abord une bonne douche. Il empeste à dix mètres à la ronde.

Tandis que M. Anthony s'éloignait en fendant la foule – où se trouvait Kaya – je remarquai que tous baissaient les yeux et la tête quand il passait devant eux.

– Alors, où est ce tigre miteux ? disait-il. Montrez-le-moi. Je veux voir le tigre. Et il a intérêt à être beau !

Il était escorté de tous côtés par une phalange de gardes du corps, chacun d'eux vêtu du même costume noir luisant, et portant un fusil.

Je m'attendais à ce qu'on revienne me chercher à tout moment, mais j'eus l'impression d'attendre des heures, des heures pendant lesquelles j'essayais de toutes mes forces d'étouffer la peur en moi. Je m'efforçais de penser à la maison, à mes parents, à la ferme, je m'efforçais de voir tout le monde et toute chose clairement dans ma tête, je m'efforçais d'imaginer que j'étais là avec eux, avec grand-père sur son tracteur, avec papa quand nous allions voir un match de football. Si je devais mourir, je voulais que ce soit mes dernières pensées. J'avais fermé les yeux, et j'essayais de rester plongé dans mes souvenirs, lorsque j'entendis qu'on venait me chercher.

Des bras puissants me soulevèrent, me tenant fermement par les coudes de chaque côté. Les petits orangs-outans se cramponnèrent à moi partout où ils pouvaient, tandis que les hommes m'emmenaient de force. J'étais terrifié, mais ce fut quand même un soulagement pour moi de pouvoir me tenir de nouveau debout, de pouvoir bouger, et de ne plus être coincé dans une cage. Une foule nous suivait, déchaînée, lançant des cris et des quolibets, de plus en plus nombreuse à mesure que nous avancions.

Je voyais devant moi ce qui nous attendait, maintenant. L'un des chasseurs, de nouveau celui qui portait un bandana rouge, se tenait à côté de la cuisine avec un tuyau d'arrosage, et faisait signe de nous amener plus près de lui. La foule nous entourait, nous encerclait. Je ne m'inquiétai pas trop au début, quand ils tournèrent le tuyau d'arrosage vers nous – il semblait assez inoffensif. D'une certaine façon, j'avais même envie qu'ils s'en servent. Il serait humiliant d'être lavé comme ça en public, mais au moins, ça me rafraîchirait, ça me ferait du bien. Puis je vis un petit sourire sur le visage du chasseur, et je me rappelle m'être demandé pourquoi il souriait.

Je compris trop tard ce qui allait se produire. Le jet d'eau me frappa en pleine poitrine avec une force terrifiante, qui me projeta en arrière au milieu du cercle formé par la foule. Je me pliai en deux, serrant les orangs-outans contre moi, tournant le dos au jet, nous protégeant eux et moi du mieux que je le pouvais. Mais il n'y avait pas moyen d'y échapper, ni pour eux ni pour moi, malgré tous mes efforts pour me détourner, pour me baisser, ou m'enfuir. Il n'y avait nulle part où s'enfuir. Finalement, il n'y avait qu'une chose à faire. Je tombai à genoux, et me recroquevillai, me servant de mon corps pour protéger de la puissance du jet d'eau les orangs-outans qui hurlaient de terreur. C'était une vraie torture, des milliers d'aiguilles qui s'enfonçaient en moi interminablement, s'acharnant sur toutes les parties de mon corps, pour la plus grande joie de la foule déchaînée, jusqu'à ce que, Dieu merci, le jet s'arrête enfin.

On me releva. Décidé à ne pas pleurer, à ne pas montrer le moindre signe de peur, j'affrontai le regard narquois de mes tortionnaires, en serrant les lèvres et les dents pour retenir les sanglots qui montaient en moi. Fous de douleur et de peur, les petits orangs-outans gémissaient pitoyablement. Je fis ce que je pus pour les réconforter, leur murmurant sans

cesse des mots à l'oreille tandis qu'on nous emmenait, mais ils étaient au-delà de toute consolation.

Vêtu d'un costume blanc immaculé, M. Anthony
était assis dans le rocking-chair, m'attendant en haut
des marches de la véranda, ses lunettes noires ren-
voyant la lumière éblouissante du soleil. À ses pieds
était étendue la peau du tigre, mon tigre, le tigre
d'Oona. Et de chaque côté, deux grands chiens de
chasse me regardaient. M. Anthony brandit sa canne,
et aussitôt les gardes me lâchèrent. Je regardai autour
de moi. Il devait y avoir plusieurs centaines de personnes qui se tenaient là, en silence à présent, attendant de voir ce qui allait se passer. Je vis Kaya devant
sa cuisine, qui s'essuyait les mains à un torchon. Nos
regards se croisèrent un instant, et j'y lus de la com-
passion. Cela me rappela qu'au moins j'avais un ami
dans ce lieu d'horreur. C'était déjà quelque chose.
Quelque chose qui me donnait de l'espoir. Quelque
chose qui me donnait du courage.

– Alors, mon petit enfant-singe, commença M.
Anthony, en pointant sa canne sur moi. (Il faisait en
sorte de parler assez fort pour que tout le monde l'entende.) Tu as vu ce que j'ai fait du tigre. Et je sais ce
que je vais faire de ces orangs-outans. Mais je me
demande encore ce que je vais faire de toi. Peut-être
que je vais te laisser partir, te donner un peu d'avance,
puis lancer mes chiens sur toi. Ça te plairait ? Il me
suffit de dire un mot, et ils te poursuivront, puis te
tailleront en pièces. Ce serait très amusant à voir.

La foule s'esclaffa, et je vis qu'il aimait ça. Il se pencha en avant.

– D'où viens-tu, hein ? reprit-il. Comment es-tu arrivé ici ? Tu as une mère et un père, ou est-ce que tu es simplement un sale bâtard d'Anglouillard ? (Il gloussa.) Est-ce que tu as seulement un nom, enfant-singe ?

Je ne répondis pas. M. Anthony s'amusait beaucoup. C'était un spectacle, un jeu de pouvoir destiné à la foule. Cet homme jouait avec moi pour me montrer, et rappeler à chacun qui était le maître, pour affirmer, comme Kaya me l'avait dit, que M. Anthony était Dieu, ici. Je me concentrai, rassemblant mon courage. Je serais sans peur, aussi dénué de peur qu'un tigre. Je ferais entendre ma voix haut et fort. Je jetai un coup d'œil au tigre mort, et soudain il n'y eut plus de place pour la peur. La colère qui se déchaînait en moi l'avait chassée. Ce fut ma colère qui parla, et non mon courage.

– Je ne vous dirai pas mon nom. Et je me fiche bien de ce que vous ferez de moi, lançai-je. Vous ne pouvez pas me faire plus de mal que vous n'en avez fait au tigre, n'est-ce pas ? Et c'était vous, hein ? Tout le monde ici obéit à vos ordres. Les chasseurs ont tué les orangs-outans, je les ai vus. Ils ont tué le tigre. Mais c'est vous le véritable assassin. Tout le monde a peur de vous, mais pas moi.

La foule sembla déconcertée. De toute évidence, beaucoup de gens avaient suffisamment compris ce que je disais d'après le ton sur lequel j'avais parlé, pour sentir que je défiais M. Anthony.

Enhardi, je poursuivis, dans un flot de paroles, cette fois :

– Pourquoi faites-vous ça ? Pourquoi ? Simplement pour vous amuser, c'est ça ?

M. Anthony se leva, ôta lentement ses lunettes noires d'un geste menaçant, puis les glissa résolument dans la poche poitrine de sa veste. À mes yeux, il ressemblait de plus en plus à un serpent de forme humaine, depuis ses cheveux plaqués jusqu'à ses chaussures cirées, tout était lisse et glissant chez lui. Il se déplaçait même comme un serpent, tandis qu'il marchait de long en large sur la véranda, en me lançant des regards noirs. Je sentais sa fureur monter en moi. Je savais qu'il était sur le point de frapper. Je sentais un nœud de terreur grandir au creux de mon estomac. Je décidai d'essayer de le contenir, de ne pas me laisser envahir tout entier, de ne pas faiblir, mais de rester bien droit, de regarder cet homme infâme dans les yeux, de le défier, quoi qu'il dise, quoi qu'il fasse. Les petits orangs-outans se cramponnaient à moi avec plus de force que jamais. Je sentais qu'ils avaient besoin de mon aide, je savais à quel point ils comptaient sur moi à présent, et cela m'aida à ne pas flancher.

– Alors, on fait son petit malin, c'est ça ? dit-il.

J'avais pris M. Anthony au dépourvu, et ça me stimula. Il semblait vouloir en rire. Mais c'était une tentative peu convaincante. Tout le monde voyait qu'il bouillait de rage.

– Tu as raison, enfant-singe. Chacun ici fait exactement ce que je lui dis. C'est vrai. J'ai tué le tigre, j'ai tué les orangs-outans, et j'ai capturé ces jolis petits bébés qui s'accrochent à toi. J'ai tué des dizaines de tigres, j'ai capturé des centaines de jeunes orangs-outans. Et tu veux savoir pourquoi, mon petit bonhomme ?

À chaque mot qu'il prononçait, il devenait plus furieux, plus enragé.

– L'argent, cher enfant-singe. Tu sais combien on me donne à Dubaï ou en Californie pour une peau de tigre comme celle-là ? Dix mille dollars US. Eh oui, dix mille dollars. Et les Chinois, ils payent une fortune pour leurs entrailles, pour tout ce qu'il y a dedans. Les médicaments à base de tigre. Ils ne jurent que par ça. Les Chinois ont beaucoup d'argent en ce moment, crois-moi. Quant à ces orangs-outans que tu aimes tant, je vais vendre chacune de ces petites pestes à Jakarta cinq mille dollars US pièce, c'est aussi simple que ça. Ils les achètent comme animaux de compagnie pour leurs enfants. Des responsables de la police ou du gouvernement, des hommes d'affaires, n'importe qui. Je vends, ils achètent. C'est ce qui fait tourner le monde, mon petit bonhomme. (Il brandit sa canne.) Tu vois cette forêt ? Tu la vois ?

– Je la vois, dis-je. Et alors ?

– Elle est à moi, poursuivit-il. Je possède tout ce qu'elle contient. Je possède chaque arbre, et chaque feuille sur chacune de ses branches. Je les abats quand ça me plaît. Crois-moi, on peut en faire de très beaux placards pour la cuisine, des parquets et des portes magnifiques, partout dans le monde. J'en vends au Japon, en Angleterre aussi, chez les British, d'où je pense que tu viens, à en juger par ta façon de parler. J'en vends aussi dans cette bonne vieille Australie – mon territoire à moi. Mais ça ne représente même pas la moitié de la forêt. Tu vois, j'ai tellement d'arbres ici que je ne sais pas quoi en faire, et quand je ne sais pas quoi en faire, tu sais ce que je fais ? Je vais te le dire, mon petit bonhomme, tu veux ? Je les brûle, j'allume un sacré bon feu de forêt. Et qu'est-ce que ça me rapporte ? Du terrain, des quantités de terrains. Qu'est-ce que je fais de ces terrains ? Je plante d'autres arbres, des milliers, des millions d'arbres. Pas des gros, non, ils mettent des siècles à pousser. Je veux mon argent très vite. Alors je plante des palmiers pour fabriquer de l'huile de palme. Ils poussent vite, aussi vite que l'herbe. Je n'en plante jamais assez. Le monde entier réclame à cor et à cri de l'huile de palme pour mettre dans le dentifrice, dans le rouge à lèvres, la margarine, l'huile de friture, le beurre de cacahuète. Tu aimes le beurre de cacahuète, enfant-singe ?

Il n'attendit pas la réponse. Il vociférait à présent, me foudroyant du regard.

– Huile de palme. Tu aimes les biscuits, enfant-singe ? Huile de palme. Tu aimes les frites ? Elles sont cuites dans l'huile de palme. Et c'est de mieux en mieux, mon trésor. Tu as entendu parler du réchauffement planétaire, hein ? Bon, voilà quelque chose qui me plaît. Ouais, qui me plaît même énormément. Tu vois, à cause de ce réchauffement, on veut sauver la planète, n'est-ce pas ? Alors maintenant, on veut de l'huile de palme pour faire marcher les voitures, à la place de l'essence et du gasoil. Je ne fais que répondre à la demande. Je sauve tout simplement la planète. Eh oui, et je sauve les gens aussi. Je les paie. Je les nourris. Je leur donne un toit. Ils viennent de villages pauvres où il n'y a pas de travail. Ils abattent les arbres pour moi, ils brûlent la forêt, plantent les palmiers. Ils cherchent aussi de l'or pour moi, ils l'extraient, et moi je le vends, comme je vends le reste. Voilà pourquoi je suis à peu près l'homme le plus riche de Jakarta. J'ai quatre maisons, deux Ferrari, et un jardin plus grand qu'un fichu terrain de foot. Pas mal, hein ? Et tu sais ce que c'est que l'argent, enfant- singe ? Je vais te le dire. L'argent c'est le pouvoir.

Il agitait sa canne vers moi, à présent, une expression de fou sur le visage, et il hurlait.

– J'aurais pu te tuer tout de suite, personne n'en aurait jamais rien su. Ces gens ne piperaient pas, ils ne souffleraient pas un seul mot, parce qu'ils savent ce qui leur arriverait s'ils le faisaient. Tu vois, ils

160

m'appartiennent corps et âme, et ils le savent. Ils font ce que je leur dis. Si je leur ordonne de sauter à travers des cercles de feu, ils le feront. Si je…

Soudain, il s'interrompit.

– Tiens, j'ai une idée, enfant-singe, reprit-il.

Il descendit les marches de la véranda. Il était tout près de moi, maintenant, plus calme, mais encore essoufflé par ses vociférations. Il était si près que je voyais la salive sur ses lèvres.

– En parlant de cercles de feu, je me suis dit que je n'avais pas besoin de te tuer finalement, enfant-singe. Tu as de la chance, hein ? Non, tout d'un coup j'ai eu une meilleure idée, et de la meilleure espèce aussi, de celles qui permettent de gagner de l'argent. Je vais te vendre, et j'ai trouvé exactement l'endroit qui te convient. Je connais quelqu'un qui paiera le prix fort pour un enfant-singe comme toi, et sans poser de questions. Il y a des cirques partout en Inde, dont tu pourras être la vedette – je leur ai déjà vendu des orangs-outans. Je vois déjà ça en lettres de néon : « L'enfant-singe, le seul enfant-singe au monde qui sache chanter et danser ! » Est-ce que tu sais faire des tours, faire la roue, marcher sur les mains ? Est-ce que tu sais sauter dans des cercles de feu ? Non ? Est-ce que tu sais danser ? Est-ce que tu sais chanter ? Allons, chante-nous quelque chose, mon petit bonhomme, danse un peu pour nous.

Je ne répondis pas. M. Anthony se pencha en avant et me murmura à l'oreille :

– Tu vas danser, enfant-singe, tu vas chanter, ou je tuerai tout de suite ces jolis petits orangs-outans, je les tuerai sous tes yeux. Ne crois pas que j'hésiterai. Il y en a beaucoup d'autres, là d'où ils viennent, je te le promets. (Il recula d'un pas.) Tu m'entends, enfant-singe ? Danse !

Je savais sans l'ombre d'un doute que cet homme mettrait ses menaces à exécution, qu'il fallait que je fasse ce qu'il disait. Je n'avais pas le choix. Je fermai donc les yeux, et me mis à danser, me balançant d'abord maladroitement d'un pied sur l'autre.

– Danse, petite canaille, danse ! hurla-t-il.

J'essayai de détendre mon corps pour me déhancher en même temps que je me balançais, et je commençai à fredonner, à fredonner aux petits orangs-outans de m'aider à danser.

– Voilà qui est mieux, enfant-singe, voilà qui est mieux. Tourne un peu !

M. Anthony se moquait de moi, à présent, et lorsqu'il se mit à applaudir, quelques instants plus tard, toute la foule l'imita, lançant des cris et des acclamations tandis que je dansais, les paupières étroitement closes, pour essayer de résister à l'humiliation. Je voulais simplement en finir. Mais M. Anthony n'en avait pas fini avec moi. Il me criait :

– Et maintenant, je veux que tu chantes, enfant-singe !

Je chantai la première chanson qui me passa par la tête, je la chantai aussi fort que possible, comme je le faisais toujours avec papa. Je chantai les yeux ouverts, en levant un regard noir vers lui, puis en le fixant bien en face, sans ciller. Il apparut que c'était la meilleure chanson que je puisse choisir, car elle me donna du courage, et je pus la chanter avec une vraie passion. C'était une chanson qui me transporta aussitôt ailleurs, en un autre endroit, à un autre moment de ma vie, une chanson qui me permit de devenir quelqu'un d'autre, de me persuader que je n'étais pas là, que ce n'était pas à moi que tout cela arrivait.

Notre couleur, c'est le bleu, le football est le jeu.
Nous sommes tous ensemble, et Chelsea est notre nom…

Bientôt, toute la foule devint silencieuse. Je sentais que chacun m'écoutait. Cela sembla décontenancer M. Anthony. Il en eut assez tout d'un coup. Il brandit sa canne pour que je me taise.

— Eh bien, dit-il, un sourire triomphant sur ses lèvres minces. Tu vois comment c'est, maintenant, enfant-singe. Tu es exactement comme eux. Ils font ce que je dis, tu fais ce que je dis. Vous sautez tous à travers mes cercles de feu. Ce n'était pas si mal, hein ? Je pense que tu seras très bien dans un cirque en Inde. Et qui plus est, je vais pouvoir tirer un très bon prix de toi.

Puis il tourna les talons et remonta les marches,

s'essuyant les pieds sur la peau du tigre étalée sur le sol de la véranda.

S'il n'avait pas fait ça, si je n'avais pas senti alors la colère monter en moi, je crois que je n'aurais jamais eu le courage de me lancer. Je ne pris pas le temps de réfléchir. Je commençai à réciter le poème du tigre d'une voix forte, très lentement, très posément, de telle sorte que tout le monde dans la foule puisse entendre chaque mot. Ceux qui comprenaient ces mots comprendraient le poème, et ceux qui ne les comprenaient pas percevraient malgré tout leur signification, et ce que je voulais dire à travers eux, grâce au ton de ma voix.

Je lançais chaque mot contre le dos de M. Anthony, et chaque mot était une flèche de défi. Je n'avais rien à perdre, je voulais qu'il sente le mépris que j'avais pour lui, et pour tout ce qu'il faisait. À la fin de la première strophe, M. Anthony avait tourné son visage vers moi. Tout le campement, la forêt elle-même, semblaient soudain immobiles et silencieux. Je continuai de réciter le poème, sans la moindre hésitation, le regard fixé sur M. Anthony, sans jamais ciller, jusqu'à la dernière strophe, moment auquel je détournai la tête, car je sentis les larmes me monter aux yeux, et je ne voulais pas qu'il les voie. Je ne m'adressai plus qu'au tigre. C'est à lui que je récitai les derniers vers, je les récitai pour lui, et pour lui seul.

Tigre, tigre, ta brûlante étincelle
Brille dans les forêts de la nuit,
Quelle main ou quel œil immortel
A pu façonner ta terrible symétrie ?

Lorsque j'eus fini, la foule resta muette. Je vis de nouveau un léger flottement sur le visage de M. Anthony. C'était une sorte de victoire pour moi, pour les petits orangs-outans, pour le tigre. Je savais, après tout ce qui s'était passé, et avec tout ce qui allait nous arriver, que ce n'était qu'une petite victoire, mais c'était quand même très important pour moi. Cela signifiait que je n'avais pas abdiqué, que je pouvais au moins garder la tête haute, tandis qu'on me ramenait à travers la foule jusqu'à notre cage, derrière la cuisine.

Je restai assis là toute la journée dans ma cage avec les orangs-outans, essayant de les réconforter du mieux que je pouvais. Il y avait toujours des dizaines de mineurs curieux, qui venaient nous voir avec leur famille, et qui se poussaient, se bousculaient autour de nous pour mieux nous observer. Et bien que la plupart des gens soient venus là uniquement pour se moquer de nous, quelques familles, surtout celles qui avaient des enfants petits, se contentaient de s'accroupir là et de nous regarder, fascinés, semblait-il, autant par moi que par les orangs-outans.

Quand ils osaient – et je m'aperçus qu'ils osaient davantage lorsque je leur souriais – quelques petits enfants en particulier tendaient la main vers moi, me touchaient les cheveux, et laissaient même les petits orangs-outans leur attraper les doigts. Ils pouffaient alors, et j'aimais beaucoup les entendre. Il y avait une curiosité et une douceur dans leur regard qui me redonnaient du courage, et j'en avais de plus en plus besoin au fil des heures. Je sentais mon moral baisser rapidement, tandis que la chaleur, la faim, la soif nous rongeaient, les orangs-outans et moi. Heureusement, ils dormaient beaucoup, mais dès qu'ils se réveillaient, ils cherchaient frénétiquement de la nourriture, me suppliant de leur en donner, alors que je n'avais rien. Tout ce que je pouvais faire, c'était les serrer contre moi, leur parler, les caresser. Malheureusement, ça ne suffisait pas.

J'éprouvai un certain réconfort en voyant Kaya couper ses légumes, tourner sa cuiller dans ses marmites toute la journée, et distribuer interminablement des bols de nourriture aux mineurs et à leurs familles. Je compris rapidement que, dans cet endroit, tout le monde devait travailler – les hommes, les femmes, les enfants les plus grands, aussi. Ils travaillaient de longues heures de l'aube jusqu'au crépuscule, et n'avaient que peu de temps pour se reposer, pour manger. Ils devaient avaler leur repas très rapidement, constamment surveillés par des contremaîtres qui paradaient un peu partout, soufflaient dans leur sifflet, les obligeaient à se dépêcher de reprendre le travail, menaçant de leur bâton ceux qu'ils soupçonnaient de vouloir traîner un peu.

Je restai assis là, essayant d'ignorer la délicieuse odeur qui nous arrivait depuis la cuisine de Kaya. Une odeur qui me rappelait sans cesse à quel point j'avais faim. Les orangs-outans la sentaient aussi, ce qui fut un soulagement pour moi, car au bout d'un moment, ils cessèrent de me harceler pour que je les nourrisse, et se cramponnèrent aux barreaux, regardant avidement vers la cuisine. Un enfant ou deux voulurent leur donner des restes à travers les barreaux de la cage, mais les contremaîtres se mirent à crier, et les chassèrent aussitôt.

Pendant ce temps, Kaya ne nous regarda pas une seule fois, et je commençais à me demander s'il ne nous avait pas complètement oubliés. En fait, il revint, mais ce ne fut pas avant la tombée du jour. Le chœur familier qui s'élevait la nuit de la jungle se fit peu à peu entendre, et ce fut un grand réconfort pour moi de savoir qu'elle était si proche. Ce tumulte fut bientôt noyé par le bruit d'une musique dont les pulsations s'échappaient de la maison de M. Anthony, accompagnées de rires sonores et de cris déchaînés. J'étais assis là, à me demander quel effet ça me ferait de travailler dans un cirque en Inde, s'il y aurait des éléphants. Je le souhaitais, et je me mis de nouveau à penser à Oona, espérant de tout mon cœur qu'elle viendrait nous chercher, priant pour son retour. Ce fut à ce moment-là que je vis Kaya s'approcher de nous en courant dans l'obscurité, depuis la cuisine à présent déserte. Il portait un panier.

Il s'accroupit à côté de la cage, et posa son doigt sur ses lèvres.

Il nous avait encore apporté des fruits, mais d'une sorte différente, avec une écorce épineuse, dure, qu'il coupa et ouvrit pour nous. Les orangs-outans se précipitèrent aussitôt dessus, et s'empiffrèrent. Pas assez rapide, j'en fus très vite réduit à ramasser leurs restes. Je fus donc enchanté lorsque Kaya sortit un petit bol de son panier et me le tendit à travers les barreaux. C'était du riz ! Je tournai le dos aux orangs-outans et l'enfournai dans ma bouche avant même qu'ils aient vu quoi que ce soit. Heureusement pour moi, ils étaient toujours occupés à engloutir leur fruit. Kaya nous avait également apporté des bouteilles d'eau, suffisamment pour nous tous. J'aidai chacun d'eux à boire, puis je bus le reste moi-même, jusqu'à la dernière goutte.

Kaya attendit que j'aie fini de boire avant de parler :

– J'aime beaucoup ce poème que tu as dit, murmura-t-il. Je le connais aussi. Je l'ai appris à l'école de la mission, il y a longtemps, quand j'étais un jeune garçon comme toi. Joli poème. Il reste dans ma tête pour toujours, je crois.

Il regarda autour de lui d'un air inquiet, puis se pencha en avant.

Écoute, j'ai de mauvaises nouvelles pour toi. J'ai servi à manger à M. Anthony et aux chasseurs. Ils donnent une grande fête là, dans la maison. Ils célèbrent la mort du tigre. Je les ai entendus parler. Ils lui disent qu'il faut te tuer parce que tu as vu leur visage. Tu sais qui ils sont. Tu pourrais le raconter à la police. C'est contre la loi de tuer un tigre, d'attraper des orangs-outans. S'ils sont pris, ils vont en prison pour longtemps. Ils le savent. Alors ils disent à M. Anthony : « Ne le vendez pas à un cirque. Il faut tuer cet enfant-singe. » J'ai très peur que M. Anthony le fasse. Tu connais son visage aussi. Tu sais trop de choses. Tu dois partir. Tu dois t'échapper.

– Mais comment ? lui demandai-je. Regarde ce cadenas. Il n'y a aucun moyen de l'ouvrir sans une clé. Est-ce que tu as la clé ?

Kaya hocha négativement la tête.

– Non, répondit-il. Mais j'ai réfléchi, et peut-être nous n'aurons pas besoin de clé, après tout. Comment vous dites en anglais ? Il y a plusieurs façons de plumer un canard. Écoute-les. Ils sont occupés à boire. Si nous avons de la chance, si nous faisons attention, ils verront rien, ils entendront rien. Je vais apporter des couteaux de la cuisine. J'ai des couteaux comme des scies, très pointus. Je crois que c'est facile à faire. Je vais scier, tu vas scier. Ce sera pas long de couper les barreaux en bois, et tu seras libre, les orangs-outans aussi. La jungle est tout près. Tu montes en haut du chemin, tu passes de l'autre côté, et tu y es. Tu es un enfant sauvage. Je pense que tu sais très bien comment te cacher dans la jungle. Mais tu dois aller vite, tu dois pas t'arrêter. Les chiens de M. Anthony. Quand il s'aperçoit que tu es parti, il les lancera derrière toi.

– Est-ce qu'ils ne risquent pas de savoir que c'est toi qui m'as aidé ?

– Je crois pas. Ce M. Anthony, je fais la cuisine pour lui dans sa maison depuis qu'il est petit. Quand il était jeune, il était pas si mauvais, tu sais. Un peu cupide, peut-être, comme beaucoup d'entre nous, je pense. Mais la cupidité en lui a grandi, et elle est devenue le mal en lui. Maintenant, c'est un homme mauvais, un homme méchant. Il a pas confiance en moi, il a confiance en personne, mais il pensera que j'ai trop peur pour faire une chose pareille. Et avant que je t'entende dire ton poème aujourd'hui, il avait raison de le croire. Toute ma vie, jusqu'à présent, j'ai eu peur, comme tout le monde ici. Et puis j'ai entendu le poème du tigre. Je m'en souviens. Je vois la peau du tigre étalée sur la véranda. Je te vois, je vois les orangs-outans enfermés dans cette cage. Je vois les hommes et les femmes et les petits enfants travailler comme des esclaves autour de moi, et je n'ai plus peur.

Il se leva pour s'en aller.

– Je reviens très bientôt. J'apporte aussi une noix de coco. Je m'en vais, maintenant.

Kaya savait tenir parole. Quelques minutes plus

tard je le vis sortir de la cuisine. Mais presque au même moment, la porte de la maison de M. Anthony s'ouvrit brusquement, et un flot de lumière jaillit de l'obscurité. Deux hommes descendirent les marches en titubant, ils étaient ivres tous les deux, et l'un avait son fusil à l'épaule. Kaya resta figé sur place. Pendant un moment, je crus qu'ils ne l'avaient pas vu. Mais je me trompais. L'un d'eux l'appela, et Kaya se retourna, puis se dirigea lentement vers eux, à contrecœur. Lorsqu'ils lui crièrent de se dépêcher, il se mit à courir mollement. Je voyais qu'il avait une noix de coco dans une main, et qu'il tenait l'autre main derrière son dos, je ne savais pas trop pourquoi, jusqu'à ce que j'aperçoive l'éclat sombre des lames des couteaux de cuisine. L'un des hommes arracha la noix de coco de la main de Kaya, en coupa le sommet avec une machette, en but le lait, rota bruyamment et jeta violemment la coque par terre. Puis, prenant son fusil, l'autre se dirigea vers moi d'un pas chancelant. Tandis qu'il s'approchait, je le reconnus : c'était l'un des chasseurs de la forêt. C'était celui du tuyau d'arrosage, celui au bandana rouge, celui que je redoutais le plus.

– Enfant-singe, enfant-singe, chantonna-t-il d'une voix moqueuse. Cette fois, je vais vraiment te tirer dessus, enfant-singe.

Il visait directement ma tête avec le canon de son fusil. Je serrai les orangs-outans contre moi, détournai la tête, fermai les yeux, et attendis qu'il tire. Tout mon esprit se remplit de souvenirs de papa, de maman, de grand-père et grand-mère, d'Oona, et je les gardai là, en moi, pour qu'ils m'accompagnent jusqu'à la fin. Pendant de très longs instants, il ne se passa rien. Puis j'entendis des hurlements de rire. J'ouvris les yeux pour les voir tous les deux s'éloigner dans l'obscurité, bras dessus bras dessous, poussant des beuglements hystériques d'ivrognes. Kaya attendit qu'ils soient réellement partis avant de courir vers la cage.

— Nous devons faire vite, murmura-t-il. Et sans parler. Sans bruit.

Il me tendit un couteau. Il choisit un barreau, moi aussi, et chacun se mit aussitôt au travail. Les barreaux étaient épais, le bois dur, et ils semblaient interminables à scier. Mais ce n'était pas tellement le risque de manquer de temps qui m'inquiétait. C'était le bruit que nous faisions en sciant. Un bruit sonore, sonore et grinçant, trop fort pour venir d'une grenouille, trop grinçant pour venir du chœur de la jungle. J'étais sûr que quelqu'un finirait par l'entendre tôt ou tard. Nous ne pouvions pas faire grand-chose contre ce bruit, mais nous pouvions nous dépêcher encore. Je me mis à genoux, pour pouvoir scier plus fort, et travailler plus vite. Ce n'était pas facile du tout, car j'étais très à l'étroit dans cette cage, et les orangs-outans s'accrochaient toujours à mes bras ou à mes épaules. De temps en temps, j'étais obligé de m'arrêter complètement pour les détacher de moi, et les mettre ailleurs.

Kaya m'avait dit que les couteaux, qui étaient à dents de scie, seraient bien aiguisés, et c'était vrai. Après avoir scié frénétiquement pendant plusieurs minutes, il y eut un espace suffisamment large entre les barreaux. Je tendis les orangs-outans à Kaya, et me faufilai moi-même à travers, déchirant mon tee-shirt au passage. Kaya posa sa main sur mon épaule tandis que je me relevais. Il me rendit les orangs-outans un par un, et ils se cramponnèrent de nouveau à moi.

– Pas le temps de parler, murmura-t-il. Vas-y, maintenant. Vite. Chaque fois que je dis le poème du tigre, je penserai à toi. Quand tu le dis, pense à moi. Vas-y maintenant, va vite !

Courbé en deux, je montai le chemin en courant, glissant et dérapant dans la boue. Je découvris rapidement qu'il était presque impossible de courir avec les trois orangs-outans accrochés à moi. Il fallait que je marche, mais le plus vite et le plus silencieusement possible. Je n'avais plus qu'un but : me mettre à l'abri dans la forêt avant qu'on découvre notre fuite. J'atteignis la grande piste de la forêt, la traversai à toute vitesse, et m'enfonçai presque aussitôt dans la jungle.

Et tandis que je continuais de marcher dans la nuit, les paroles de mon père me revenaient à l'esprit : « Tu peux y arriver, Will. Continue. Tu peux y arriver ! » Ce furent ces mots, leur écho dans ma tête, ainsi que la pensée que les chiens de M. Anthony et les chasseurs étaient peut-être déjà sur mes traces, qui me poussèrent à redoubler d'efforts, à aller toujours plus loin, quand tout mon corps me criait de m'arrêter pour me reposer. Je savais que je ne devais pas m'arrêter. Les orangs-outans accrochés à moi faisaient autant partie de moi, désormais, que mes propres membres, et ils me rappelaient constamment que si les chiens nous rattrapaient, je ne serais pas le seul à être déchiqueté.

Je marchai toute la nuit jusqu'à l'aube, et toute la journée du lendemain, ne m'arrêtant que quelques minutes pour permettre aux orangs-outans de boire dans une rivière, et pour boire moi-même. Mais je m'aperçus que même cette petite pause avait été une erreur. Quand je voulus me remettre en chemin, mes jambes s'étaient raidies, mes pieds douloureux étaient en feu et, loin d'avoir repris des forces, il me semblait les avoir entièrement perdues. Je compris que je ne pouvais plus aller très loin. Je voulais croire que j'avais mis assez de distance entre nous et le campement minier de M. Anthony, que les chasseurs et les chiens lancés à notre poursuite ne pourraient jamais nous rattraper.

Je dus me le répéter sans cesse pour me rassurer, me convaincre que c'était vrai, avant de sentir enfin que je pouvais m'arrêter sans prendre trop de risques. Je trouvai le bon arbre, grimpai haut dans ses branches pour nous faire un nid de feuilles et de branches où dormir. La pluie se mit alors à tomber dru, mais j'étais trop fatigué pour m'en émouvoir. Je me recroquevillai, serrai les petits orangs-outans contre moi, et m'endormis, tel l'enfant sauvage que j'étais devenu.

7
L'Autre

J e fus réveillé par les orangs-outans qui remuaient dans le nid, et montaient partout sur moi. Je les repoussai. J'avais trop sommeil pour m'occuper d'eux. Ils abandonnèrent au bout d'un moment, et deux d'entre eux commencèrent à s'éloigner, grimpant dans les branches environnantes. Toujours à moitié endormi, je les laissai aller où ils voulaient. Je savais qu'ils reviendraient s'ils avaient besoin de moi.

L'un des trois essayait de boire un peu d'eau de pluie tombée dans un arbre creux, un autre mâchonnait une jeune pousse. Mais le plus petit restait près de moi, comme à son habitude, il ne me lâchait jamais, même quand il grignotait d'une main un bout d'écorce. Tous étaient aux aguets, observant sans arrêt ce qui se passait autour d'eux, regardant, écoutant, reniflant. S'il y avait un danger, ils me le signaleraient très vite. J'étais encore trop épuisé pour m'inquiéter de quoi que ce soit. Je m'assoupis de nouveau, mais ne dormis que par à-coups.

Je me souviens avoir eu un de ces étranges cauchemars, profondément dérangeants, où l'on sait que l'on rêve, mais où tout est en même temps terriblement réel. Je voulais absolument me réveiller, mais je n'y arrivais pas. J'entendais les aboiements d'une meute. Oona se trouvait à la lisière d'une clairière, entourée de figuiers. Partout, le sol était jonché de corps d'orangs-outans morts ou mourants. Puis les chiens de chasse surgissaient de la forêt. M. Anthony était là avec eux, avec ses chasseurs, et les chiens aboyaient, assoiffés de sang. Oona barrissait, balançant sa trompe vers eux, tandis que les chiens bondissaient sur elle. Les barrissements et les aboiements résonnaient, sonores, dans ma tête, si sonores qu'ils finirent par me réveiller.

Je me redressai, soudain conscient que les petits orangs-outans grimpaient sur moi, se cramponnaient pour que je les protège, et que la jungle retentissait de cris d'alarme. Je réalisai alors que les aboiements n'étaient pas seulement dans mon rêve, qu'ils étaient bien réels. Ils venaient de quelque part au-dessous des arbres, pas très loin, et se rapprochaient à chaque instant. J'entendais des voix d'homme, à présent. Je les vis alors – des chasseurs, dont certains étaient armés de machettes, d'autres de fusils, et leurs chiens qui jappaient, tirant sur leur laisse. Ils se dirigeaient vers nous. Je comptai deux chiens et une demi-douzaine d'hommes avec des fusils, l'un portant un bandana rouge autour de la tête. Mais aucun d'eux ne ressemblait à M. Anthony.

Ils étaient juste en dessous de nous, maintenant. Je ne pouvais rien faire d'autre que me tapir dans le nid, en serrant les orangs-outans contre moi, et prier, espérer qu'ils ne bougeraient pas, qu'ils ne gémiraient pas, et que les chasseurs ne lèveraient pas la tête. J'enfouis mon visage dans leur pelage, faisant tout ce que je pouvais pour qu'ils restent immobiles et silencieux. J'entendais les chiens japper et hurler, tandis que les chasseurs fouillaient les feuilles au pied de l'arbre, à la recherche de nos traces. J'étais sûr qu'ils les trouveraient tôt ou tard, et qu'elles les mèneraient vers nous. Je fermai les yeux.

Je retins ma respiration.

Pendant un certain temps où mon cœur sembla cesser de battre, je restai là à les entendre renifler partout, reportant tous mes espoirs sur la pluie qui était tombée la nuit précédente, priant pour qu'elle ait effacé nos odeurs. Puis, je les entendis s'éloigner. Je respirai de nouveau. Je risquai un œil au-dessous et vis que l'un des chiens répugnait encore à s'en aller. Il était agité, surexcité. J'étais sûr qu'il avait trouvé quelque chose, qu'il était sur notre piste. Mais le chasseur au bandana rouge lui lança un ordre, tira d'un coup sec sur sa laisse, et l'entraîna avec lui. Ils étaient partis.

Pendant un long moment, je les entendis encore

s'enfoncer dans la forêt, se frayant un chemin à coups de machette et de bâton, échangeant des cris entre eux. Puis leurs voix s'éloignèrent peu à peu. J'eus l'impression qu'il se passa une éternité avant que les jacassements et les cris de la jungle se calment autour de nous. Alors seulement, j'eus la certitude qu'ils étaient partis.

Je savais, cependant, qu'il valait quand même mieux rester là où j'étais avec les orangs-outans, que les chasseurs et les chiens ne s'étaient peut-être pas éloignés définitivement, qu'ils pourraient très bien revenir. Une chose était sûre : à partir de maintenant, je devais à tout prix éviter de me déplacer sur le sol de la forêt. C'était comme ça que les chiens avaient suivi notre piste. Je ne pouvais plus prendre ce risque. Il nous faudrait vivre à la manière des orangs-outans, en haut des arbres, où nous serions en sécurité. J'ignorais complètement comment m'y prendre, et si j'y arriverais, mais je savais qu'il n'y avait pas d'autre solution. Il fallait que j'essaie.

Lorsque je commençai à regarder autour de moi, je m'aperçus bientôt que nous n'avions pas besoin de redescendre à terre, qu'il y avait assez de nourriture là-haut pour survivre, qu'il y avait tous les fruits nécessaires, en admettant que je puisse les atteindre. À quelques arbres de celui où nous nous trouvions, je vis des noix de coco orange et des bananes aussi. Je repérai le même genre de fruit épineux que Kaya nous avait donné dans la cage. J'en avais vu en haut d'un arbre, pas très loin de nous. Je me dis que j'avais de bonnes chances d'accéder à la plupart des fruits que je voyais. Ce serait difficile et dangereux, mais il le fallait. Je devrais sauter d'un arbre à l'autre.

Je savais que je prenais des risques, que ma vie était entre mes mains, mais je n'avais pas le choix. Il y avait plein de fruits ici, tous les fruits dont nous aurions besoin pendant des jours et des jours. Il fallait essayer. Je laissai deux des orangs-outans dans le nid – le petit ne voulait pas me lâcher – et je m'efforçai d'arriver jusqu'au fruit, grimpant, me balançant de branche en branche, sans jamais regarder en bas. J'y parvins, et je parvins également à revenir, faisant plusieurs allers et retours. Nous aurions tous les fruits dont nous avions besoin, au moins pour quelque temps.

Nous avions de quoi boire, aussi. Il y avait le lait des noix de coco orange. Il fallut un moment avant de réussir à percer l'écorce à l'aide d'un bâton pointu, et d'arriver jusqu'au lait, mais c'était un effort qui en valait la peine. Je dus me battre avec les petits orangs-outans pour avoir ma part. Ils aimaient ça autant que moi.

La plupart du temps, nous devions nous contenter d'eau, cependant. Les orangs-outans semblaient toujours en trouver suffisamment dans les feuilles géantes souvent remplies à ras bord d'eau de pluie, et parfois dans des troncs creux où il y en avait toujours beaucoup. Il n'était pas rare de partager l'eau avec des grenouilles, des cafards et toute sorte de bestioles, elle n'avait pas toujours très bon goût, mais elle nous permettait de tenir le coup, elle nous maintenait en vie. Et surtout, nous étions en sécurité, ici. C'était la seule chose qui comptait.

Plus j'y pensais, plus j'avais la certitude qu'il valait mieux rester là où nous étions, qu'il serait inutile de fuir. En bas, sur le sol de la forêt, nous pourrions tomber à tout moment sur les chasseurs et leurs chiens. Je n'avais aucune idée de l'endroit où ils se trouvaient, et ne savais pas quelle direction prendre. Alors, à quoi bon ? J'étais déjà perdu, je le savais. Je risquerais de tourner indéfiniment en rond dans cette jungle. Je finirais peut-être même par me retrouver à côté du campement minier de M. Anthony, le dernier endroit au monde que je désirais revoir. Non, il valait mieux rester là, c'était plus sûr. Pendant plusieurs jours et plusieurs nuits, j'essayai donc de vivre comme les orangs-outans et les gibbons, sur les hautes branches, me nourrissant des arbres, vivant d'eux, me cachant en eux, dormant en eux. Je repensais sans cesse à une leçon que m'avait donnée Oona : il fallait mettre tout espoir, toute attente de côté, et vivre au jour le jour, parce que c'était le seul moyen de survivre. Mais c'était beaucoup plus facile à dire qu'à faire.

Je gardais constamment l'espoir qu'Oona parviendrait à me retrouver d'une façon ou d'une autre. Je gardais cet espoir vivant dans ma tête chaque jour, chaque nuit. Souvent, allongé là, dans notre nid, je racontais plein de choses sur Oona aux petits orangs-outans, je leur disais comment elle m'avait sauvé du *tsunami*, comment elle viendrait un jour et nous retrouverait dans la jungle. Mais c'était un espoir qui diminuait vite au fil des jours. Je leur parlais sans cesse d'elle, leur promettant qu'elle viendrait, car au fond de moi j'avais besoin de continuer à croire que c'était possible, qu'aussi improbable que cela puisse paraître, les retrouvailles avec Oona étaient possibles. Ils semblaient aimer me regarder quand je leur racontais mes histoires sur elle, touchant mon visage avec leurs doigts, et parfois aussi de leurs lèvres. Je découvris que les êtres humains n'étaient pas les seuls à donner des baisers. Ni à aimer les histoires, non plus.

Je me rappelle que j'étais allongé dans notre nid, un soir, en train de leur parler de la ferme dans le Devon, de grand-père et du tracteur, quand j'entendis soudain un hululement loin au-dessus de nous dans la canopée. On aurait dit une chouette. Une image me traversa aussitôt l'esprit – celle de maman assise sur mon lit quand j'étais petit, en train de me raconter une histoire sur une chouette qui avait peur de l'obscurité. Or j'étais là, comme une chouette perchée dans un arbre, en train de raconter une histoire, exactement comme maman l'avait fait. Je pleurai en pensant à elle, et à mon père, cette nuit-là, pour la première fois depuis longtemps.

À force de vivre si près les uns des autres dans les arbres, j'appris à connaître les petits orangs-outans comme des individus, et comme des compagnons aussi. C'était un peu comme retourner à l'école. Ils étaient devenus les copains avec lesquels je traînais à présent, ma nouvelle bande, mes meilleurs amis. Nous « faisions des trucs » ensemble, pas les mêmes trucs qu'avec Bart, Tonk et Charlie, bien sûr, mais c'étaient des trucs quand même.

Je suppose que c'est pour ça que je décidai finalement d'appeler les orangs-outans Bart, Tonk et Charlie. Chacun avait un caractère différent, je leur donnai donc le prénom de celui de mes amis, là-bas chez moi, qui semblait le mieux leur correspondre. Le plus grand, le plus fort, certainement le plus arrogant, et probablement l'aîné, je l'appelai Tonk. Il avait moins de poils au sommet de la tête que les autres, exactement comme Tonk en Angleterre avait moins de cheveux que nous, et comme Tonk aussi, il pouvait être turbulent et parfois un peu brutal. Mais il pouvait aussi bouder quand les choses ne se passaient pas comme il l'aurait voulu. Bart, de son côté, avait un caractère beaucoup plus doux, il se tenait toujours dans l'ombre de Tonk. Il était nettement plus intelligent que lui, cependant. C'était lui qui s'arrangeait pour trouver les feuilles contenant le plus

d'eau, quand aucun des autres n'y arrivait, ou qui utilisait le mieux les bâtons pour fouiller le sol à la
recherche de fourmis. Je découvris ainsi que les fourmis étaient un des mets préférés des orangs-outans.
Les poils de Tonk étaient plus clairs, et il avait les
yeux les plus enfoncés, les plus sombres, et les plus
pensifs.

Le dernier des trois, je dus donc le nommer Charlie. Je n'en étais pas sûr, mais j'avais toujours pensé
que Charlie devait être le petit de la mère orang-
outan assise dans le figuier le jour du massacre – celle
au pelage foncé que les autres mères considéraient
comme leur chef, celle que je me rappelais avoir vue
tomber du figuier, puis s'écraser au sol, son bébé toujours serré contre elle. Charlie, sans aucun doute
plus solitaire, d'un naturel plus aventureux que les
deux autres, et de plus en plus indépendant, restait
toujours très attaché à moi, au sens propre du terme.
Je découvris que c'était une femelle – il y a un moyen
de savoir ces choses-là – à la différence du Charlie
de l'école. Je souriais à chaque fois, en pensant que
Charlie serait vraiment furieux de savoir que je
l'avais transformé en fille. Même si, en réalité, il n'y
avait vraiment pas de quoi se vexer, car Charlie est
un prénom mixte, pour ainsi dire. C'était donc une
assez bonne idée, à mon avis, d'appeler Charlie,
Charlie.

Elle était peut-être la plus audacieuse, mais c'était
aussi la plus sensible, celle qui se décourageait le plus

facilement, et de loin la plus affectueuse. Nous étions déjà devenus inséparables, elle et moi. Elle me réveillait souvent le matin en m'ouvrant elle-même les paupières, puis – nez contre nez – elle me regardait au fond des yeux. Elle aimait me serrer dans ses bras aussi, très souvent, et me donner des baisers. Des baisers sur le nez, en particulier, je ne sais pas pourquoi.

Elle avait des poils fins et clairsemés, hérissés sur le sommet du crâne, qui lui donnaient l'air d'être constamment en état de choc. Ses yeux ressemblaient à des virgules à l'envers, en face l'une de l'autre. Elle avait quelque chose de comique, mais comme les clowns, quelque chose de triste aussi, même quand elle faisait la folle et se donnait en spectacle. C'était la meilleure athlète des trois, ce qui n'était pas plus mal, car Tonk et Bart se liguaient parfois contre elle. Mais étant la plus rapide et la plus agile, elle parvenait toujours à leur échapper en s'élançant sur une autre branche. Il arrivait que les garçons soient jaloux d'elle, et lui donnent du fil à retordre si je lui accordais trop d'attention. Je faisais donc tout ce que je pouvais pour partager mon affection également entre les trois.

Au bout d'un certain temps, je m'aperçus que je ne pourrais pas rester dans notre nid, devenu notre maison, aussi longtemps que je l'avais espéré. Le problème était que les petits orangs-outans souillaient souvent le nid, et qu'il commença bientôt à sentir mauvais, à attirer les mouches. En outre, nous n'avions presque plus de fruits accessibles de là où nous étions. Je devais monter chaque fois plus haut, plus loin, pour en trouver, et prendre de grands risques. Si j'avais eu leur force et leur agilité, j'aurais pu me déplacer parmi les arbres comme un orang-outan adulte. J'avais vu, ce jour terrible dans les figuiers, comment ils tendaient le bras, attrapaient une branche, la courbaient, puis s'en servaient pour se propulser dans un autre arbre où il y avait davantage de fruits.

Mais je ne savais pas le faire.

Je grimpais assez bien, maintenant, et sans peur. Je me balançais, et sautais avec plus d'assurance, mais je ne serais jamais capable de me déplacer à travers la jungle comme un orang-outan. Je n'avais pas leur force dans les bras, les épaules, ni même dans les doigts. Je n'avais pas leur souplesse.

Je me rendis compte que tôt ou tard il faudrait que je prenne le risque. Il faudrait que je redescende sur le sol de la forêt, que je parte chercher un autre arbre qui nous convienne, avec suffisamment de fruits pour nous permettre de subsister, un arbre à partir duquel je puisse facilement grimper sur d'autres arbres, où les feuilles soient assez grandes et larges pour y recueillir de l'eau, et où je puisse surtout construire notre nid, au milieu d'un feuillage assez touffu pour nous protéger de tout regard inquisiteur venant d'en bas. Mais je répugnais toujours à bouger, à tenter le coup.

Finalement, ce fut quelque chose d'autre qui me persuada qu'il fallait changer d'endroit. Un après-midi, alors que nous nous reposions aux heures les plus chaudes, allongés dans notre nid, j'entendis un bruissement quelque part, au-dessus de nous. Je n'y fis pas très attention, mais plus ça durait, plus les petits orangs-outans se montraient inquiets. Ils n'arrêtaient pas de pousser de petits cris, et de jeter des regards apeurés vers le haut. Au début, je n'arrivai pas à voir ce qui les rendait si agités.

Puis je la vis, la silhouette sombre d'un grand orang-outan qui avançait furtivement dans la canopée. Il s'était assis pour nous observer, à présent, se grattant le cou, bâillant, ne nous quittant pas des yeux. Il était évident qu'il n'avait aucune intention de partir. Il était venu pour s'installer. Je n'avais pas l'impression que notre présence le dérangeait, et il n'était visiblement pas en colère. Il n'écartait pas les branches, ne les secouait pas vers nous, mais il ne nous laisserait pas tranquilles, et les petits étaient dans tous leurs états.

Il me sembla, au bout d'un moment, que l'orang-outan nous disait à sa façon que c'était son arbre, que nous devrions nous en aller, et que sinon, il pourrait devenir méchant. Je compris donc que le seul moyen de calmer les petits orangs-outans était de partir, et de partir immédiatement. Mais même après avoir pris cette décision, je restai encore un moment assis dans le nid, à écouter s'il n'y avait pas de cris d'alarme révélant un danger dans la jungle. Ensuite, seulement, je décidai que nous pourrions descendre sans prendre trop de risques.

Une fois à terre, Tonk, Bart et Charlie se cramponnèrent à moi plus étroitement que jamais, terrifiés, je pense, à l'idée que le grand orang-outan nous suive. Je ne le revis, ni ne l'entendis plus, et je l'oubliai bientôt complètement. Eux, en revanche, restaient agités. Je leur parlai doucement, leur fredonnai mes chansons – je m'étais aperçu qu'ils préféraient celle de Chelsea à toutes les autres – et à mesure que nous nous éloignions, je sentis qu'ils se détendaient. Je commençais à avoir moins peur, moi aussi, d'être attrapé, en marchant dans la forêt, par les chasseurs et leurs chiens. Je ne cherchais plus de nouvel arbre auquel grimper. Je pensais à quelque chose d'entièrement différent.

C'est en tombant sur le premier cours d'eau que l'idée me traversa l'esprit, cette même idée que j'avais déjà eue quand j'étais avec Oona : si je suivais un cours d'eau, il pourrait me conduire à un fleuve que je pourrais suivre jusqu'à la mer. Et peut-être, peut-être là-bas y aurait-il une chance pour que mam soit là, qu'elle ait survécu, qu'elle soit toujours vivante. Je croyais avoir chassé tout cela de mes pensées depuis longtemps, mais je m'aperçus que l'espoir était toujours présent. Elle me cherchait peut-être juste en ce moment. Je ne pourrais pas me cacher éternellement dans cette jungle, en espérant qu'Oona viendrait nous chercher. Il fallait que j'en sorte, il fallait que j'essaie de retrouver maman. Je suivrais obstinément le fleuve, et irais là où il me conduirait.

Ce fut là, tandis que nous longions la rivière, que je remarquai que les petits orangs-outans semblaient appréhender l'eau. Pour commencer, ils ne voulaient pas s'en approcher. Mais ils ne paraissaient pas non plus apprécier que je les laisse sur la rive. Plus ils me voyaient me réjouir d'être dans la rivière, boire, nager, me laver, plus ils s'approchaient du bord. Charlie fut la première à tremper ses doigts, puis à essayer de boire. Ils s'y mirent ensuite tous les trois, bien que toujours nerveusement. J'eus beau les encourager, essayer de leur donner envie de venir, ils n'allèrent pas jusqu'à me rejoindre dans l'eau pour nager.

Tandis que nous traversions la forêt jour après jour, je ne cessai de m'étonner de la rapidité avec laquelle ils m'imitaient, de leur capacité à apprendre, jusque dans leur façon de marcher. Même s'ils préféraient généralement marcher et courir à quatre pattes, il leur arrivait à présent de se dresser sur leurs deux membres postérieurs, surtout quand ils étaient à côté de moi. Charlie, en particulier, semblait préférer ça, et marchait souvent sur deux pattes à côté de moi, en me tenant la main.

Si je jetais un bâton, l'un d'eux en ramassait un autre, le jetait aussi, et en moins de deux, les autres l'imitaient. Tout ce que je faisais, ils aimaient le faire aussi, sauf nager. Quand l'heure venait, chaque soir, de chercher un arbre, ils m'aidaient à fabriquer un nid pour la nuit. Ils repliaient les brindilles et les branches, les tressant en une base solide, puis ils tassaient dessus des feuilles fraîches pour préparer notre litière. Ils étaient astucieux aussi, inventant des choses, trouvant leur propre façon de faire. Ils s'occupaient facilement des branches que je ne pouvais pas espérer courber, et ils semblaient savoir instinctivement laquelle il fallait prendre, et où il fallait la mettre. Il y avait une telle puissance dans leurs bras, leurs épaules, et même dans leurs doigts !

Plus nous passions de temps ensemble, en descendant le cours de la rivière, plus je m'étonnais de nos ressemblances. Les orangs-outans me semblaient capables de ressentir tant de nos émotions et de nos sentiments : affection, jalousie, peur, douleur, colère, sympathie, empathie, joie et chagrin. Je voyais qu'ils apprenaient exactement comme nous, par l'exemple, par les expériences, et par l'erreur. Et comme les petits enfants, ils adoraient s'amuser, jouer. C'est en jouant tous les quatre ensemble, à cache-cache, à nous tendre des pièges, à nous poursuivre, à lutter l'un contre l'autre, que je me rendis compte à quel point ils me faisaient confiance à présent, et me voyaient comme l'un d'entre eux. Ils me considéraient comme leur mère. Je les considérais comme mes enfants.

Mais ce que j'aimais vraiment chez ces êtres, c'était

qu'ils étaient inhumains. Ils paraissaient absolument incapables de toute sorte de violence ou de cruauté calculée, contrairement à ce que j'avais vu dans le campement de M. Anthony. C'étaient des êtres pacifiques, au cœur généreux. Oui, j'avais connu des gens comme eux, Kaya par exemple, ma propre famille, et mes amis là-bas, chez moi. Mais plus j'y pensais, et j'y pensais beaucoup, plus je commençais à croire que la cruauté délibérée n'existait que dans l'espèce humaine, chez des hommes comme M. Anthony qui tuaient par cupidité et par plaisir, des hommes qui détruisaient le monde autour d'eux.

Dès que nous trouvions l'arbre adéquat où nous installer pour la nuit, nous découvrions que des visiteurs pleins de curiosité venaient nous voir de toute la forêt. Les premiers à approcher étaient généralement les gibbons, qui descendaient en piqué de la canopée au-dessus de notre nid, et se balançaient pour nous observer. Ils restaient un moment, hurlant et poussant de petits cris, nous montrant leurs extraordinaires talents d'athlètes. Quand ils avaient fini leur spectacle, ils s'asseyaient autour de nous pour nous regarder, mais tôt ou tard, ils se lassaient, et s'en allaient. J'aurais voulu qu'ils ne partent jamais. J'aurais pu les contempler indéfiniment. Leurs acrobaties étaient stupéfiantes, d'une telle fluidité, grâce, élégance, d'une telle aisance, me semblait-il, que parfois ils volaient vraiment.

Les gibbons partis, nous recevions souvent la

visite de familles entières de tarsiers. Des singes au derrière rouge, aux yeux étincelants s'approchaient aussi de nous entre les arbres, et nous observaient, mais ils ne venaient jamais trop près. Tous ces visiteurs étaient suffisamment craintifs pour garder leurs distances. Ils étaient simplement curieux. Les jeunes orangs-outans ne leur témoignaient pas beaucoup d'intérêt. Ils les regardaient du coin de l'œil, mais ne les craignaient pas.

Ce fut seulement quand ce même orang-outan réapparut un matin dans la canopée au-dessus de notre nid, agitant bruyamment les feuillages autour

de nous comme s'il avait voulu qu'on le remarque, qu'ils devinrent très inquiets.

Dès que je le vis, j'eus la certitude que c'était celui qui nous avait déjà dérangés, et la vérité gênante était que, dans ce cas, il nous avait probablement suivis. Alors seulement, tandis que cette idée faisait son chemin, je me demandai s'il ne pouvait pas s'agir du même orang-outan qui nous avait pistés Oona et moi à travers la jungle, il y avait bien longtemps. Il ne me faisait pas peur, mais voyant que les jours passaient et qu'il était toujours là, je commençais à me sentir mal à l'aise.

Les petits orangs-outans, de leur côté, semblèrent s'habituer à le voir dans les parages, et l'ignorèrent presque complètement. Il était si souvent avec nous – presque tout le temps, maintenant – qu'il nous apparut bientôt comme un compagnon de voyage, même s'il n'était pas vraiment de très bonne compagnie. Je lui donnai un nom – les autres en avaient un, je pensai donc qu'il lui en fallait aussi. J'envisageai un moment de l'appeler Big Mac, comme mon vieux directeur d'école, mais ce n'était pas juste pour l'orang-outan. Je n'arrivais pas à lui trouver un vrai nom, un nom qui lui convienne en tout cas, je le surnommai donc « L'Autre ». Je lui faisais signe de temps en temps, et lui criais : « Salut, L'Autre ! » En réponse, je n'obtenais qu'un long regard noir, bien sûr. C'était un spécialiste des longs regards noirs. Puis, après avoir passé plusieurs jours avec nous, il disparut. Il me manqua. Je pense qu'il manqua aux petits orangs-outans aussi.

Je commençais à trouver plus que démoralisants les jours interminables de marche le long de la rivière. D'autres cours d'eau se jetaient dans cette rivière, qui elle-même rejoignait d'autres cours d'eau, mais ils ne devenaient jamais le fleuve que je cherchais, celui qui me conduirait à la mer, et vers maman. C'était là encore une chose que je n'arrivais pas à affronter. Je revoyais sans cesse dans ma tête cette immense vague verte qui arrivait, la dévastation qu'elle provoquait, et je me rendais compte que j'espérais l'impossible. Je suivrais la rivière, j'essaierais d'arriver jusqu'à la mer, je continuerais d'aller de l'avant, mais je savais au fond de mon cœur que je me racontais des histoires, poussé par mon désir désespéré de croire que maman avait pu survivre. J'essayais, comme je l'avais déjà fait auparavant, de chasser cet espoir de mon esprit une fois pour toutes. Je devais m'efforcer de concentrer toute mon énergie sur les petits orangs-outans, sur notre recherche de nourriture, je devais veiller à assurer notre sécurité, et à garder nos forces.

Au lieu de ça, je me tournai vers le seul espoir réel qui me restait – Oona. Pendant la journée, j'étais trop occupé par les petits orangs-outans pour y penser beaucoup. Mais chaque nuit, à présent, tandis que j'étais allongé, écoutant les bruits de la forêt autour de moi, je tenais, avant de m'endormir, à fermer les yeux et à penser à elle. Je me demandais où elle était et ce qu'elle avait bien pu devenir, dans combien de temps je la reverrais.

Je n'avais aucune idée de la façon dont elle pourrait me retrouver dans l'immensité de cette jungle. Mais je me répétais qu'elle y parviendrait, qu'elle était là, quelque part, et qu'elle était vivante. Nous vivions sous les mêmes étoiles, sous la même lune, nous écoutions le même vacarme de la jungle. Chaque nuit, j'essayais de remplir mon cœur d'un nouvel espoir, l'espoir qu'elle me cherchait toujours, que d'une façon ou d'une autre, nos chemins se croiseraient. C'était une raison supplémentaire de suivre la rivière, pensais-je. Elle avait besoin d'eau. Elle adorait l'eau. Si j'espérais assez fort, alors nous pourrions peut-être nous retrouver, c'était possible. Continue d'y croire – chaque nuit c'était la dernière chose que je me disais – continue simplement d'y croire. Il n'était donc pas surprenant qu'elle apparaisse si souvent dans mes rêves.

Aussi, quand je m'éveillai un matin en entendant le barrissement d'un éléphant qui résonnait au loin dans la jungle, je crus que je l'imaginais, que j'étais encore dans mes rêves. Ce n'est qu'en l'entendant de nouveau un peu plus tard – mieux réveillé, à présent – que je commençai à espérer que ce n'était pas un rêve, que mes oreilles ne me trompaient pas. Charlie, assise sur mes épaules, était en train de m'épouiller, selon un rituel matinal bien établi. Elle s'arrêta soudain. Elle avait entendu, elle aussi. Elle monta aussitôt sur mes genoux, les yeux écarquillés d'inquiétude. Tonk et Bart, qui étaient déjà sortis du nid et jouaient dans les environs, revinrent à toute allure, et s'assirent à côté de Charlie. Tous trois se cramponnaient à moi. Bien que ne m'autorisant pas encore à y croire, je restai aux aguets. Quand le barrissement retentit, cette fois, il était plus fort, plus proche, plus pressant.

C'était vrai !

Ce n'était pas le fruit de mon imagination. Le barrissement résonna à travers la forêt. Les gibbons se dispersèrent en haut des arbres en criant. Des vols d'oiseaux et de chauves-souris s'élevèrent dans les airs, emplissant la jungle de leur vacarme assourdissant.

Les petits orangs-outans étaient affolés, tandis que le barrissement retentissait encore, encore et encore. Elle m'appelait, j'en étais sûr. Ça ne pouvait être qu'elle. Ça ne pouvait être qu'Oona ! Mais il me semblait maintenant que le barrissement venait de plus loin. Elle s'éloignait de moi. Il fallait que je la suive. Il fallait lui faire savoir que j'étais là, que j'étais toujours vivant. Je hurlai à pleins poumons, terrifié à l'idée que l'occasion soit déjà passée, qu'il soit trop tard, que ma dernière chance d'être sauvé ait disparu à jamais.

Je n'hésitai plus. Je me mis debout dans le nid. Les petits orangs-outans accrochés un peu partout à moi, je commençai la longue descente, en leur parlant sans arrêt, pour les rassurer du mieux que je pouvais.

– Nous devons la retrouver, leur disais-je. Elle ne vous fera pas de mal, je vous le promets. Accrochez-vous bien.

Et ils s'accrochaient comme des ventouses, leurs petits ongles pointus me rentrant dans la chair, tandis que je descendais de l'arbre jusqu'au sol de la forêt. Laissant la rivière derrière nous, je marchai dans la jungle aussi vite que mes jambes voulaient bien me porter, dans la direction du dernier barrissement d'Oona, m'arrêtant régulièrement pour l'appeler et guetter une réponse.

Mais bientôt, sans nouveau barrissement pour me guider, je n'eus plus aucune idée de la direction que je devais prendre. Je trouvai une piste que je suivis dans la forêt, espérant, priant qu'elle ait trouvé la même piste que moi, et qu'elle soit en train de la suivre elle aussi. Soudain, je me dis que les chasseurs et leurs chiens empruntaient également les pistes, peut-être même celle-ci, et que je pouvais aussi bien être en train de me diriger vers eux que vers Oona – ou m'éloigner d'elle. Mais j'écartai aussitôt cette hypothèse, elle me semblait improbable. Il y avait longtemps, désormais, que je n'avais plus vu ni entendu aucun chasseur. Ils avaient sûrement abandonné leurs poursuites, à présent, et étaient retournés dans la mine de M. Anthony. Il y avait un risque, cependant, et je le connaissais. Malheureusement, je n'avais pas le choix. Si je voulais retrouver Oona, je devais le prendre. Il fallait que je continue à la chercher, que je continue à l'appeler. C'est pourquoi je m'arrêtais sans cesse, mettais mes mains en porte-voix devant ma bouche, et criais le plus fort possible :

– Oona ! Oona ! Oona !

C'était assez fort pour effrayer quelques étourneaux, quelques colombes, qui voltigeaient vers le ciel, et pour qu'un couple de paons sorte des broussailles en braillant. Mais je me rendais compte que ma voix ne portait pas, pas assez loin, en tout cas. La jungle l'absorbait tout simplement, étouffant son écho. Je n'abandonnai pas pour autant, et poursuivis mes efforts. Chaque fois que je l'appelais, je restais là, tendant l'oreille, attendant une réponse, la désirant de toutes mes forces. Mais il n'y en avait pas.

Les petits orangs-outans détestaient que je m'arrête pour l'appeler en criant. Ils cachaient leur tête contre ma poitrine, se cramponnant à moi et les uns aux autres. Ils croyaient sans doute que j'étais en colère contre eux. Je les caressai, les entourai de mes bras, les embrassai.

– Tout va bien, leur disais-je. Tout va bien. Encore une fois, je vous le promets. Je ne l'appellerai plus qu'une seule fois.

Juste devant nous, je vis un gros rocher gris qui s'élevait entre les arbres, une montagne miniature qui avait un peu la forme d'une fourmilière géante.

C'était l'endroit qu'il me fallait, pensai-je. Si je parvenais à monter jusqu'au sommet, alors peut-être ma
voix porterait-elle plus loin. Je savais que ce ne serait
pas facile à escalader. Et ce fut le cas. Mes pieds et
mes mains trouvaient difficilement prise sur la paroi
rocheuse, humide, traîtresse, et Charlie s'accrochait
tout le temps à mon cou, en m'étranglant à moitié.
J'y arrivai quand même, tant bien que mal. Une fois
au sommet, j'inspirai profondément, et fis une dernière tentative :

– Oona ! Oona ! Oona !

Je me tournai de tous les côtés, lançant mon appel
dans toutes les directions. Je ne m'arrêtai pas avant
d'avoir la voix cassée, et de ne plus pouvoir crier. Il
n'y eut pas de réponse, si ce n'est le coassement de
quelques grenouilles que j'avais dû déranger. Une
fois qu'elles eurent commencé, d'autres répondirent,
jusqu'à ce que leur tapage emplisse la jungle entière.

Je m'assis sur le rocher, profondément découragé.
Je ne doutai pas un instant que c'était bien Oona qui
avait été là, qu'elle m'avait cherché, qu'elle m'avait
appelé, mais que maintenant, elle s'était éloignée
et ne pouvait plus m'entendre. Nous avions été si
près l'un de l'autre, et pourtant si loin. Je pleurai, le
visage enfoui dans mes mains. Presque aussitôt de
petits doigts les écartèrent. Charlie me regardait, et
me touchait la bouche. Ses yeux me disaient qu'elle
n'aimait pas me voir triste, que je l'avais, elle, que je
n'étais pas seul.

– Ça va aller, Charlie, dis-je, en essuyant mes larmes du dos de la main, et je savais que je devais me reprendre, que je ne devais pas sombrer dans le désespoir.

Il fallait que ça aille, et je ferais ce qu'il fallait pour ça.

– Facile, Will, dis-je à haute voix. C'est ce que papa me répétait souvent, Charlie. Facile, Will. Pour s'en sortir les Will sont habiles – c'était une autre de ses plaisanteries. Il aimait bien plaisanter, mon père.

Mais aucun mot, pas même ceux-là, n'arrivait à me redonner le moral. Je fermai les yeux pour empêcher mes larmes de couler, et elles auraient coulé si Charlie n'avait pas insisté pour ouvrir mes paupières. J'étais justement en train de penser que Charlie, tout comme Oona, parlait avec ses yeux. Elle me demandait de reprendre espoir. C'est donc ce que je fis. Je lui rendis son sourire, et je vis qu'elle était contente.

Elle l'entendit avant moi, et leva les yeux. Tonk et Bart aussi. Ils n'avaient pas peur, mais étaient excités, surpris. C'est alors que je le vis moi aussi, loin au-dessus de nous, se balançant entre les branches. C'était L'Autre. Il était revenu. Je fus vraiment heureux de le retrouver. Il se passait quelque chose d'étrange, cependant, quelque chose que je ne comprenais pas du tout. Je crus d'abord que c'était lui que j'entendais respirer. Mais ce n'était pas possible, car il devait être à un mètre, un mètre vingt au-dessus de nous. Pourtant, j'étais sûr d'entendre un bruit de respiration, de respiration puissante.

En fait, ce n'était pas seulement une respiration, c'étaient de longs souffles, des halètements, des reniflements. Alors, je sus. Alors, je compris. Personne ne soufflait, ne s'ébrouait, ne reniflait ainsi, personne en dehors d'Oona. Je me levai aussitôt, et vis Oona sortir d'entre les arbres, se diriger vers le rocher, sa trompe tendue vers moi pour me sentir, pour me toucher. Au même moment, marchant à quatre pattes juste derrière elle, apparut un autre orangoutan au pelage foncé, une femelle. Comme Oona, elle s'était arrêtée, maintenant, les yeux levés vers moi.

– Où étais-tu passée, Oona ? demandai-je.

Et mes larmes se mirent à couler.

8
Brûlante étincelle

Une fois descendu de mon rocher, je déposai les trois petits orangs-outans par terre. Au début, impressionnés par Oona qui les dominait de toute sa masse, ils n'osèrent pas me quitter, mais ensuite Charlie sembla reconnaître l'orang-outan au pelage foncé comme une des leurs. Elle n'eut plus alors aucun besoin d'encouragement. Passant à distance respectueuse d'Oona, elle trottina vers ce qui avait dû lui paraître enfin ressembler à une vraie mère. Tonk et Bart la suivirent, et bientôt la mère orang-outan fut assaillie par les trois à la fois. Elle parut un peu dépassée, tandis qu'ils grimpaient tous sur elle, mais parfaitement heureuse. Je remarquai cependant que c'est avec Charlie qu'elle se montrait la plus attentive, la plus affectueuse.

La trompe d'Oona était la seule partie de son anatomie que je pouvais serrer dans mes bras – je l'avais fait assez souvent avant. J'attendis le profond grondement de satisfaction dont je me souvenais si bien, et il vint en effet, vibrant dans tout son corps, et dans tout le mien aussi. C'était si bon de sentir sa peau rugueuse et plissée, de suivre une fois encore les dessins que formaient les marques roses de sa peau, de regarder ses yeux qui-voient-tout, d'être de nouveau poussé par ses grandes oreilles. On voyait qu'elle avait pris récemment un bain de boue, car elle était encore couverte de poussière, et un peu malodorante aussi, mais c'était une vieille odeur familière, que je trouvais aussi rassurante que tout ce qui venait d'elle.

Elle se tournait déjà, se mettait à genoux pour me faire monter, sa trompe s'enroulant autour de moi et me soulevant jusqu'à son cou. J'étais de nouveau là où j'adorais être, là où je me sentais chez moi. J'aperçus L'Autre aussi, assis loin au-dessus de nous dans les feuillages, nous regardant d'un air satisfait, comme s'il avait tout orchestré, comme s'il s'était débrouillé pour que nous nous retrouvions tous ensemble. J'eus alors le sentiment immédiat que c'était bien le cas, et je le crois toujours.

– Merci, L'Autre ! m'écriai-je. Merci, Oona !

Je poussais des cris d'allégresse, donnais des coups de poing dans l'air, soudain ivre de joie.

– Vous voyez, Charlie, Bart, Tonk, je vous avais dit qu'Oona viendrait nous chercher. Je savais qu'elle nous trouverait.

Mais les petits orangs-outans étaient bien trop occupés par la mère qu'ils découvraient pour m'écouter.

203

Ils étaient partout sur elle, et les uns sur les autres aussi, criant d'excitation, se bousculant pour prendre la meilleure place et attirer son attention. Elle se partageait du mieux qu'elle pouvait, mais plus je l'observais, plus il m'apparaissait clairement que la petite Charlie pourrait être son propre bébé, qu'elle était sans aucun doute sa préférée. C'était la seule à laquelle elle permettait d'essayer de la téter, ses petits poings serrés dans les poils marron hirsutes de sa mère.

Bart et Tonk n'étaient pas rejetés pour autant, elle ne les repoussait pas. Ils avaient le droit de s'accrocher à elle, mais pas de déranger Charlie. Tandis que je continuais à les regarder, je ressentis un immense soulagement. Non seulement j'étais de nouveau en sécurité auprès d'Oona, mais les trois petits orangs-outans dont je m'étais occupé pendant tout ce temps avaient surmonté les épreuves, et avaient enfin rejoint l'une des leurs.

Je remarquai alors pour la première fois qu'une cicatrice violette barrait le front de la mère orang-outan, et qu'elle gardait souvent son bras gauche replié sur sa poitrine, en le soutenant quand elle le pouvait avec l'autre main, comme si elle berçait une épaule abîmée. J'en eus alors la certitude : c'était la mère que j'avais vue tomber du figuier ce jour-là, celle qui était restée étendue sur le sol, que j'avais crue morte, son bébé toujours agrippé à elle. Et Charlie était ce bébé.

Une balle devait avoir effleuré le front de la mère. Celle-ci était tombée du figuier, puis était restée allongée, inconsciente sur le sol, tandis que les chasseurs avaient attrapé Charlie et l'avaient emmenée. Je savais maintenant avec quelle force Charlie avait dû s'accrocher à elle, comme ils avaient dû l'arracher violemment à sa mère. L'image de la brutalité de ce massacre me traversa l'esprit, me rendant de nouveau furieux. Mais même cela ne put gâcher la satisfaction que j'éprouvais à présent, en assistant à la tendresse de leurs retrouvailles.

Il y avait suffisamment de fruits et d'eau accessibles pour que nous puissions tous rester là où nous étions, près du rocher, jusqu'au soir. L'Autre traînait dans le coin, le plus souvent suspendu aux arbres, et regardait de loin les petits orangs-outans gambader, se balancer entre les branches, se tendre des embuscades. Je ne les avais jamais vus si détendus, si heureux.

Assis seul sur le rocher, tandis qu'Oona était occupée à se nourrir, et les orangs-outans à jouer, je dois admettre qu'au bout d'un moment je commençai à me sentir ignoré, et même abandonné. J'avais l'impression qu'ils m'avaient complètement oublié. Aussi, quand je vis la mère grimper sur le rocher, et venir dans ma direction en amenant les petits avec elle, je lui en fus très reconnaissant. Elle vint s'asseoir près de moi, et m'observa. Je sentais une certaine prudence dans son regard, mais une approbation aussi, presque comme si les petits lui avaient raconté tout ce qui s'était passé, toutes les épreuves que nous avions traversées ensemble – je savais que c'était absurde, mais c'est ce que je pensais, en tout cas. Et lorsqu'au bout d'un moment, elle allongea le bras vers moi et me toucha la main, je sentis une réelle affection dans son geste, peut-être même de la gratitude.

Ce soir-là, la mère orang-outan monta haut dans un arbre pour faire son nid, emmenant les trois petits avec elle. Elle grimpa beaucoup plus haut que je n'avais jamais réussi à le faire. Cette fois encore, je dois dire que je me sentis exclu, ce qui était ridicule, je sais, mais poussé par ce sentiment de solitude, je quittai mon rocher et allai m'allonger par terre près d'Oona, au creux de sa patte, bravant l'humidité et les petites bestioles. Je ne voulais pas être seul. Je voulais être près d'elle pendant la nuit. Ma petite famille, l'intimité de notre nid me manquaient.

Mais j'avais oublié à quel point Oona était de bonne compagnie, et comme elle savait écouter, aussi. Pas un instant je ne pus oublier qu'elle était là. Elle était juste à côté de moi, cette merveilleuse masse tannée, toute ridée, et qui ne sentait pas très bon. Je crois lui avoir tout raconté, ce soir-là, tout sur M. Anthony et Kaya, sur notre évasion de la cage, sur les chasseurs et leurs chiens lancés à notre poursuite.

Elle me touchait de temps en temps du bout de sa

trompe, pour me rassurer, peut-être ; ou peut-être pour nous rassurer tous les deux, elle aussi bien que moi, et nous dire que c'était vrai, que nous étions de nouveau ensemble, que nous ne rêvions pas. Tandis que je lui racontais mon histoire, appuyé contre son flanc, les mains derrière la tête, j'entendais son estomac bouillonner, gargouiller et gronder. Comme je m'y attendais, bien sûr, cette familière mélodie éléphantesque fut bientôt accompagnée de formidables pets éléphantesques qu'elle laissait échapper quand elle en avait envie, c'est-à-dire souvent. Je pense que c'est l'une des raisons pour lesquelles, cette nuit-là, je m'endormis le rire au cœur, et un grand sourire aux lèvres.

Je fus réveillé le lendemain matin par de petits coups de trompe. Oona voulait que je me lève. La première chose que je remarquai, c'est que la jungle était couverte de brume. Tout était noyé dans le brouillard, à l'exception d'Oona, de l'ombre menaçante du rocher et du sol de la forêt. Oona remuait la tête, perturbée, troublée par quelque chose. Elle voulait partir, et elle était pressée. Je commençai alors à me rendre compte que cette brume était étrange, qu'elle n'était pas naturelle. Elle ne planait pas entre les cimes des grands arbres, comme je l'avais souvent vue auparavant. Elle flottait bas, s'étendant partout, s'accrochant aux arbres. Elle tourbillonnait autour de nous, serpentant à travers la forêt. Elle n'était pas blanche, non plus, mais presque jaune.

Elle avait une odeur différente, aussi. Je compris enfin de quoi il s'agissait. Ce n'était pas de la brume. C'était de la fumée, des nuages de fumée. La jungle était en feu. La jungle brûlait.

En tendant l'oreille, j'entendis qu'au-dessus de moi, autour de moi, toutes les créatures invisibles de la forêt se sauvaient. Poussant des cris, jacassant, croassant, glapissant, elles s'enfuyaient à toute vitesse. Il ne me restait qu'à espérer que la mère orang-outan, les trois petits, et L'Autre se trouvaient parmi elles.

Je sentis la trompe d'Oona s'enrouler autour de mon corps et me tirer. Elle avait hâte que je monte. Je ne me fis pas prier. Je grimpai sur son cou. Elle partit aussitôt, la trompe levée, en barrissant. Puis elle chargea entre les arbres, s'enfuyant à toute allure. Tout s'était passé si vite que je n'arrivais pas à rassembler mes pensées. Je mis un moment avant d'y parvenir, et les choses devinrent alors affreusement claires. Je me souvins de ce que M. Anthony m'avait dit, de ses mots qui faisaient froid dans le dos : « Je les brûle. J'allume un sacré bon feu de forêt. »

Nous foncions entre les arbres, à présent. Je faisais tout ce que je pouvais pour ne pas tomber. Il y avait longtemps que je n'avais pas monté Oona, et elle n'avait pas chargé comme ça depuis le jour du *tsunami*. Il me fallut un certain temps pour retrouver mon équilibre, mes repères, mais je redécouvris assez rapidement mes vieilles techniques. Je serrai les jambes, enfonçai mes talons dans son cou, et m'adaptai au tangage, m'agrippant désespérément à tous les plis de sa peau que mes doigts pouvaient attraper. Malgré la vitesse à laquelle Oona fuyait, la fumée semblait toujours être là, tout autour de nous. Par endroits, elle était si dense à présent que j'étais obligé de retenir mon souffle jusqu'à ce qu'on en sorte, et c'était terrifiant, car lorsque je me trouvais au milieu d'un brouillard aussi épais, je me demandais si nous ressortirions jamais dans un air plus clair, si je pourrais jamais reprendre mon souffle.

À la fin, avec de moins en moins d'air pur à respirer, je dus me contenter de ce qu'il y avait, sachant au moment même où je le faisais que j'inspirais autant de fumée que d'air. Je me forçais à croire que j'étais sous l'eau, pour ne pas respirer du tout. Mais je ne pouvais pas m'en empêcher, bien sûr. Je ne pouvais donc qu'essayer de ne pas inspirer profondément, de ne pas suffoquer. Or, c'était impossible. Tout ce que je pouvais faire, c'était m'efforcer de contrôler la toux qui secouait mon corps.

Plus j'essayais de m'arrêter de tousser, plus j'étouffais, et plus j'étais pris de vertiges. J'avais l'impression que ma tête entière était remplie de fumée. J'avais la bouche fermée. Mais on aurait dit qu'elle pénétrait par mes yeux, par mes oreilles. Je sentais que j'allais m'évanouir, et je tentai encore de résister. En vain. Je tombai lourdement sur le sol – je m'en souviens – et restai étendu là quelques instants, haletant. Une fois à terre, cependant, je m'aperçus qu'il y avait enfin un peu d'air respirable. Je levai les yeux, et vis qu'Oona revenait me chercher. Puis elle essaya de me soulever, de me faire asseoir.

L'air étant plus respirable, je me remis rapidement. J'avais toussé et craché la fumée hors de mes poumons, et je commençais à récupérer assez de force pour pouvoir remonter sur Oona, me semblait-il, quand je sentis qu'on me prenait très fermement par la main. Je me retournai, et vis la mère orang-outan à côté de moi, debout sur deux pattes, les trois petits cramponnés à elle. Elle me tenait si fort que, bon gré mal gré, je dus me lever et la suivre, aller là où elle voulait m'emmener, et faire ce qu'elle voulait. Ses yeux m'imploraient, essayant de me dire, de me communiquer quelque chose. Un regard à son bras suffit à me faire comprendre de quoi il s'agissait.

À sa façon de le tenir, je vis qu'il devait lui faire terriblement mal. Il était évident qu'elle ne pouvait pas se débrouiller toute seule plus longtemps avec les trois petits, qu'elle avait besoin de mon aide, et me la demandait. Lorsque je tendis la main, après un très bref moment d'hésitation, Bart la saisit, et bondit sur mes épaules, où il m'attrapa douloureusement par les cheveux avec ses poings et y resta cramponné. Tonk l'imita, sans même qu'on le lui demande, et se nicha tranquillement au creux de mon bras. Semblant satisfaite, à présent, la mère orang-outan me lâcha la main, et avança sur la piste devant nous, marchant sur trois pattes, Charlie l'entourant de ses bras, et me regardant sans arrêt par-dessus l'épaule de sa mère.

Au début, j'hésitai à la suivre. Mais lorsque l'orang-outan s'arrêta et se retourna pour voir si nous étions derrière elle, je n'eus plus aucun doute : elle nous attendait, elle voulait qu'on la suive, et elle savait exactement où elle allait. J'avais la nette impression qu'elle prenait la situation en main. Oona parut le sentir également, car elle se mit à marcher sur la piste derrière l'orang-outan, sans même s'arrêter pour que je puisse monter sur son dos. Je fus un peu déçu par son attitude, mais en y réfléchissant, je me rappelai à quel point Oona était intelligente et sage. Je compris rapidement qu'elle devait avoir senti que j'étais bien mieux là, sur le sol de la forêt, où la fumée était moins dense.

Nous progressions lentement, à présent. Nous devions marcher au pas tranquille de la mère orang-outan. Par endroits, là où la piste était recouverte de végétation, là où elle disparaissait même complètement, nous devions nous frayer un passage à travers d'épaisses broussailles. Mais au moins, à mesure que nous avancions, l'air devenait plus respirable pour nous tous. La petite Charlie souffrait toujours un peu. Je l'entendais haleter, par moments, souffler bruyamment et tousser. Nous continuâmes à marcher toute la journée dans la chaleur. Puis, vers le soir, une brise soudaine se leva, chassant enfin la fumée.

Lorsque la pluie se mit à tomber, que la foudre éclata, que le tonnerre gronda et ébranla la jungle, je ne m'en inquiétai pas le moins du monde. Bart et Tonk avaient horreur de ça, ils enfouissaient leur tête dans tous les creux qu'ils trouvaient, une aisselle, un cou, mais je savais que si seulement cet orage pouvait durer assez longtemps, alors il éteindrait tous les feux que M. Anthony avait pu allumer.

Une fois la fumée dissipée, fatigué comme j'étais, je demandai à Oona de me laisser monter sur son dos. Bart et Tonk étaient toujours accrochés à moi, mais une fois sur Oona, tous deux parurent étonnamment indifférents aussi bien à Oona qu'à leur nouveau moyen de transport. Devant nous, la mère orang-outan avançait d'un pas égal avec Charlie, sans ralentir, ni manifester l'envie de s'arrêter, alors même que le jour commençait à tomber. Il y avait quelque chose d'intrépide et de déterminé dans sa démarche. Montant, puis descendant les collines, elle continuait simplement de marcher. Je voyais bien qu'elle savait où elle allait. Elle n'errait pas sans but à travers la jungle. Il n'y avait aucun doute là-dessus. C'était une piste qu'elle connaissait. Elle était notre guide, elle nous montrait la voie. Nous nous arrêterions quand elle serait prête à le faire, et pas avant.

C'est alors que, haut dans les arbres, j'entendis et vis que L'Autre était toujours avec nous. Il ne nous suivait pas, cependant, il ne se contentait pas de nous accompagner. Il nous précédait, se balançant de branche en branche, devant la mère orang-outan. C'était lui qui nous montrait le chemin, et pas elle. Je m'étais trompé. Elle le suivait, et nous les suivions tous les deux. J'avais de plus en plus le sentiment, à présent, que L'Autre était notre ange gardien, qu'il l'avait peut-être été tout du long, depuis le début.

Il faisait presque nuit lorsque nous sortîmes enfin de la forêt, pour arriver dans un monde différent, me sembla-t-il, un monde plus clair, aussi. Les orangs-outans nous emmenèrent sur un sentier étroit et escarpé, qui serpentait de plus en plus haut, longeant la paroi d'une falaise verticale. Le sentier était juste assez large pour Oona. Elle avançait avec précaution, d'un pas aussi sûr et prudent que toujours, ce que j'appréciai d'autant plus qu'il y avait un précipice de l'autre côté du chemin, au fond duquel on apercevait, plusieurs centaines de mètres plus bas, un fleuve et la canopée de la forêt. En me retournant, je vis au loin, barrant l'horizon, le rougeoiement d'un grand feu, qui brûlait encore malgré l'orage, et au-dessus, un ciel noirci, apocalyptique, zébré d'éclairs.

Oona s'était figée sur place, et je compris bientôt pourquoi. La mère orang-outan s'était volatilisée, on aurait dit qu'elle avait disparu avec Charlie dans la falaise même. Mais elle réapparut quelques instants plus tard. Elle était dressée sur deux pattes, et semblait nous attendre. En approchant, je vis qu'elle se tenait devant l'entrée d'une caverne, et qu'elle montrait clairement que ce devait être notre refuge pour la nuit.

Oona était plus réticente. Elle se servit de sa trompe comme d'une antenne, s'assurant que tout était satisfaisant, avant de s'aventurer à l'intérieur. Elle prit son temps, et c'était aussi bien ainsi. Une nuée de chauves-souris sortit soudain de la caverne, et vint tourbillonner au-dessus de nos têtes, en un grand essaim bourdonnant. Cet exode massif sembla continuer encore et encore. Je fus très soulagé quand ce fut terminé. Même après avoir passé tant de temps dans la jungle, je ne pouvais pas regarder une chauve-souris sans penser aux vampires. J'avais beau savoir qu'elles ne se nourrissaient que de fruits, elles m'inquiétaient toujours, surtout quand elles remplissaient l'air comme ça, par milliers. À l'intérieur, l'odeur de caverne était si fétide, si nauséabonde, qu'au début, je n'arrivais pas du tout à respirer. Mais je m'y habituai.

La caverne se révéla quand même un bon endroit pour se reposer, et pas seulement pour moi. Je savais à quel point les orangs-outans détestaient être mouillés, et là au moins, ils seraient au sec. J'appréciais moi aussi d'être à l'abri de la pluie, malgré la puanteur. Oona sembla plutôt déçue de ne pas voir de nourriture à l'intérieur, mais elle ne s'arrêta pas d'en chercher pour autant. Comme toujours, elle finit par trouver quelque chose. Je l'entendais explorer les profondeurs de la grotte, dans l'obscurité. D'après le bruit qu'elle faisait, j'avais l'impression qu'elle frottait sa trompe contre la voûte de la caverne. Quoi qu'elle ait découvert – probablement des minéraux ou du sel dans la roche –, cela l'occupait et la réjouissait aussi. Les interminables grondements de satisfaction qui résonnèrent toute la nuit dans la caverne ne permettaient pas d'en douter.

Je m'éveillai au milieu de la nuit, en sentant Charlie ramper sur moi, son souffle sur mon visage, et la mère orang-outan assise à côté de moi, tenant ma main dans les siennes. Je repensai alors à maman, le soir où nous avions appris la nouvelle de la mort de papa, quand elle s'était allongée à côté de moi sur mon lit, et m'avait tenu la main jusqu'au lendemain matin. C'était la première fois que j'y repensais depuis longtemps. Je restai couché le reste de la nuit, en évoquant ces souvenirs mais sans pleurer. Curieusement, je ne me sentais pas affecté. Je me rappelais cet épisode comme s'il était arrivé à quelqu'un d'autre. C'est au cours de ces heures passées dans la caverne que je crois avoir finalement accepté l'idée que maman avait réellement disparu, que je ne la reverrais pas, que je sorte ou pas de la jungle, que je rentre ou pas chez moi. Il y avait autre chose, aussi : il m'apparut soudain que je n'étais pas sûr de jamais vouloir rentrer chez moi.

Aux premières lueurs de l'aube, la mère orang-outan sortit de la caverne, et nous précéda sur le sentier périlleux qui descendait sous la falaise, puis pénétrait de nouveau dans la forêt. Pour la première fois, je vis L'Autre sur le sol, qui marchait devant nous, assez loin en avant – il aimait garder ses distances, où qu'il se trouve. Il ne connaissait pas seulement le chemin, il semblait également savoir où poussaient tous les fruits mûrs. Au bout de deux heures, nous étions de nouveau en train de faire un festin de figues, mais cette fois, il n'y avait qu'un seul figuier. Aussi, à nous tous, nous l'eûmes bientôt dépouillé.

Nous étions sur le point de repartir, lorsque la mère orang-outan devint soudain agitée. Elle se balançait entre les arbres, criant, fouillant frénétiquement les feuillages. Je compris rapidement pourquoi. Charlie était introuvable. Elle jouait dans les branches les plus basses, avec Bart et Tonk, la dernière fois que je l'avais vue. Je n'étais pas trop inquiet, pas au début, en tout cas. Charlie s'égarait souvent – tous les trois, d'ailleurs. Mais en y réfléchissant, je me rendis compte que si sa mère était préoccupée, c'est qu'elle avait de bonnes raisons de l'être, et que je devrais me faire du souci, moi aussi. C'est pourquoi je fus très soulagé quand, quelques instants plus tard, Charlie réapparut, surgissant des broussailles… jusqu'à ce que je m'aperçoive qu'elle n'était pas seule.

Marchant d'un pas lourd entre les arbres, un ours la suivait, un ours différent de tous ceux que j'avais pu voir. Il était petit, avec un museau pâle et pointu, mais c'était quand même un ours, et Charlie courait à perdre haleine. Seul l'instinct put me faire faire ce que je fis. Je courus vers l'ours en agitant les bras, criant et hurlant à pleins poumons. Surpris, il se figea sur place, se dressa sur ses pattes de derrière, en haletant. Pendant quelques instants qui me parurent durer une éternité, nous restâmes face à face, tandis que Charlie se précipitait en poussant de petits cris dans les bras de sa mère. Je sentais les battements de mon cœur résonner dans mes oreilles. J'aurais voulu faire demi-tour et courir le plus loin possible. Ce n'était pas mon courage qui m'empêchait de le faire. Au contraire. J'étais tellement terrorisé que je ne pouvais plus bouger. Puis Oona fut là, à côté de moi, remuant la tête et barrissant. L'ours n'y pensa pas à deux fois. Il me tourna le dos et s'enfuit dans la jungle.

Après le traumatisme de sa rencontre avec l'ours, Charlie resta cramponnée à sa mère pendant plusieurs jours. Ce furent les jours les plus chauds et les plus humides que j'avais jamais connus, l'atmosphère étouffante sapait mes forces, absorbait toute mon énergie. Il y avait suffisamment de fruits, et un peu d'eau dans les feuilles. Mais je rêvais d'une rivière où me plonger. Je rêvais de fraîcheur. Un jour, en fin d'après-midi, nous émergeâmes de la pénombre de la forêt, où nous avions au moins été protégés de l'éclat aveuglant du soleil, pour nous retrouver au bord d'une vaste plantation de petits

palmiers, des dizaines de milliers, des millions peut-être, qui s'étendaient à perte de vue, des rangées et des rangées de palmiers, avec un peu de terre brune et nue entre eux.

Perché sur Oona, je regardai de haut ce paysage étrange et nouveau, en ayant l'impression d'être arrivé sur une autre planète. Au bout d'une heure environ dans cet endroit aride, je regrettai déjà la forêt humide que nous avions laissée derrière nous. Avec tous ses dangers et ses désagréments, elle était pleine de vie, d'odeurs, de couleurs et de sons. Seuls poussaient des palmiers, sur cette nouvelle planète, et rien d'autre. Il n'y avait pas de chants d'oiseau, pas de vacarme ni de tumulte, pas de papillons, pas d'abeilles, il n'y avait ni le bourdonnement, ni le tohu-bohu de ce monde de la jungle auquel je m'étais habitué. Comparé à la jungle, pour moi, c'était un endroit mort.

L'Autre et la mère orang-outan, cependant, semblaient connaître le chemin, même dans cette plantation monotone. Charlie toujours accrochée à son cou, la mère orang-outan suivait L'Autre, d'un pas aussi régulier que le sien, tous deux déterminés à aller de l'avant, infatigables. Oona s'arrêtait de temps en temps pour se nourrir de jeunes palmiers, arrachant leurs feuilles pour atteindre leur cœur tendre, qu'elle trouvait apparemment délicieux. Mais si jamais elle s'arrêtait trop longtemps pour manger, la mère orang-outan se retournait, nous lançant un de ses regards éloquents, et Oona se remettait rapidement en route. Sans arbres pour nous abriter, la chaleur du soleil était cruelle. Je demandai à Oona de me laisser descendre, et je me fabriquai un chapeau à l'aide d'une énorme feuille de palmier qu'Oona avait arrachée. C'était efficace.

Au bout d'un moment, j'eus mal au bras à force de le tenir sur ma tête, mais au moins, il me protégeait, ainsi que Bart et Tonk, des pires brûlures du soleil.

Il nous fallut plusieurs longues journées, plusieurs longues nuits, pour traverser ce désert de palmiers. J'en vins à détester de tout mon cœur cet endroit désolé, et pas seulement parce que la palmeraie paraissait interminable et monotone, pas seulement parce que j'avais toujours faim, toujours soif – comme les autres, à l'exception d'Oona. C'était déjà assez dur. Non, le pire, c'était l'inquiétude que je ressentais : si les chasseurs de M. Anthony nous rattrapaient maintenant, nous n'aurions aucun endroit où nous cacher, aucun endroit où fuir. La plantation semblait s'étendre indéfiniment de tous côtés. Je me demandais si nous arriverions seulement à en sortir, et pour la première fois, je commençai à me poser des questions sur le bon sens de nos guides, L'Autre et la mère orang-outan. Il me semblait qu'ils nous menaient inlassablement nulle part.

Je n'aurais jamais dû douter d'eux, cependant. Je me rappelle qu'un matin, je remarquai que notre marche s'accélérait, qu'Oona avançait de nouveau d'un pas décidé, qu'elle ne traînait pas comme elle l'avait fait jusqu'à présent. Je me demandais pourquoi, lorsque je vis de sous mon chapeau en feuille de palmier les grands arbres de la forêt tropicale se dresser devant nous, au loin. Mon cœur bondit. J'eus l'impression de rentrer à la maison, et ce fut ce que je ressentis aussi, dès que je pénétrai dans la jungle. J'étais ravi de retrouver son ombre, de chercher de nouveau des fruits, de me sentir à l'abri sous ses arbres. Mieux encore, peu après être retournés dans la forêt, nous nous retrouvâmes dans une clairière, une clairière qui se révéla être la berge d'un large fleuve, où l'eau coulait et dansait au soleil. Je me dis que c'était le paysage le plus agréable que j'avais jamais vu.

L'Autre conduisit tous les orangs-outans au bord de l'eau. J'imagine que, de même qu'Oona, il devait penser aux crocodiles car, comme elle, il était très prudent. Il prit son temps, inspectant le fleuve des deux côtés, avant de leur permettre de boire tout leur soûl. Je les rejoignis avec Oona, mais bien sûr, pour nous deux, l'eau n'était pas seulement une boisson, on se baignait dedans, on se lavait, on faisait les fous. C'est là que je perdis définitivement mon tee-shirt jaune. Je l'enlevai avant de plonger dans le fleuve, et quand je remontai à la surface, je vis que Bart et Tonk jouaient à se l'arracher dans une lutte acharnée. Je leur criai d'arrêter en vain. Quelques instants plus tard, il était en lambeaux. À présent, je devrai donc me promener tout nu, comme eux, comme tous les animaux de la jungle. Ça ne m'ennuyait pas du tout. Je me demandai même pourquoi j'avais continué de porter ce tee-shirt tout le temps. « Par habitude, pensai-je, rien que par habitude. »

Tandis que nous nous ébattions dans l'eau, Oona et moi, les orangs-outans nous regardaient depuis la rive, comme si nous étions complètement dingues. Nous y serions volontiers restés pour toujours, mais la mère orang-outan ne voulait rien savoir. Elle repartait déjà avec L'Autre et les petits. Elle se retournait sans cesse, en nous lançant son long regard éloquent : « Venez, les enfants, nous disait-elle, venez ! » Je ne sais pas pourquoi, mais je m'attendais à ce que nous longions la berge du fleuve, et c'est ce que nous fîmes pendant un certain temps. L'Autre s'arrêtait souvent, cependant, il regardait la rive opposée avant de se remettre en chemin d'un pas incertain. Il semblait soudain moins sûr de lui, comme s'il avait perdu la bonne direction, et essayait de la retrouver.

Je remarquai également que la mère orang-outan se conduisait à peu près de la même façon. Elle scrutait la forêt qui se trouvait de l'autre côté du fleuve. Puis, avec Charlie suspendue à son bras valide, elle allait et venait sur la berge. Tout comme L'Autre, elle paraissait chercher quelque chose. Je me dis qu'ils s'assuraient peut-être qu'il n'y avait pas de crocodiles. Tous deux paraissaient hésiter sur ce qu'il fallait faire, ou sur la direction à prendre. Et cela ne leur ressemblait pas du tout.

L'Autre resta dressé sur deux pattes pendant quelques instants, inspectant le fleuve de tous côtés, l'eau lui léchant les pieds, la mère orang-outan juste derrière lui. Je ne m'attendais vraiment pas à ce qui allait se produire. Mais Charlie avait clairement senti quelque chose que je ne percevais pas. Elle grimpait partout sur sa mère, poussant de petits cris d'inquiétude. Je vis qu'elle avait envie de sauter à terre, et de se sauver, mais qu'elle ne trouvait pas le courage de le faire. Sa mère passa un bras autour d'elle, et la tint fermement.

C'est alors que je compris avec stupéfaction que L'Autre et la mère orang-outan étaient en train de choisir l'endroit d'où il fallait partir pour traverser le fleuve. Ils descendaient dans l'eau. Ils s'apprêtaient à nager, mais pas pour s'amuser, pas pour se rafraîchir, uniquement pour rejoindre l'autre rive. Jusqu'à présent, je n'aurais pas imaginé que les orangs-outans savaient nager. Les petits n'avaient jamais montré la moindre envie de s'approcher de l'eau, si ce n'est pour boire, et même pour ça, il fallait les pousser un peu. L'Autre ouvrait la voie, et elle suivait. Ils étaient dans l'eau jusqu'au cou, maintenant, et ils nageaient. Charlie se cramponnait, terrifiée. Oona sembla vouloir les suivre à son tour. Je décidai alors, Bart et Tonk s'agrippant à moi et devenant de plus en plus agités, de grimper à sa trompe, et de me hisser jusqu'à son cou. Oona attendit que nous soyons installés avant de descendre lentement dans le fleuve. C'est à ce moment-là, je m'en souviens, que je commençai pour la première fois à me sentir bizarre. J'avais la tête qui tournait, et je crus que c'était à cause de l'eau qui tourbillonnait autour de nous.

Je ne comprenais pas ce qui m'arrivait. Tout ce que je savais, c'était que je me sentais soudain malade, et que j'avais toujours le tournis. J'essayais de ne pas regarder l'eau, d'oublier mes vertiges. J'espérais que ça passerait. Oona était dans l'eau profonde, à présent. Au début, elle pataugea, puis elle nagea en suivant le courant. J'enfonçai mes talons dans son cou, et restai assis là, les pieds, puis les jambes dans l'eau. Tonk et Bart avaient passé leurs mains autour de mon cou, et ils s'agrippaient à mes cheveux, à mes oreilles, en poussant de petits cris, et en me rappelant sans arrêt que je devais me concentrer. Il fallait que j'arrive à tenir bon, à garder l'équilibre.

Au milieu du fleuve, le courant faisait des remous, il était nettement plus turbulent qu'il ne le paraissait depuis la berge. Le fleuve tourbillonnait autour de nous, beaucoup trop rapide pour que je puisse nager si je tombais, surtout avec deux orangs-outans terrifiés qui se cramponnaient à moi, en m'étranglant à moitié. Mais je sentis bientôt les pattes d'Oona toucher le fond, et elle se mit de nouveau à marcher dans l'eau. Nous y arriverions. L'Autre et la mère orang-outan étaient déjà sortis, ils restaient sur la rive, épuisés, ruisselants. Charlie continuait de gémir dans les bras de sa mère. Peu après, nous avions traversé le fleuve nous aussi, nous nous hissions sur la berge, avant de pénétrer dans la forêt un peu plus loin.

Nous venions de rentrer sous les arbres, quand je me sentis de nouveau mal. Je me souviens des branches au-dessus de nous qui bruissaient et tremblaient, et de beaucoup de tapage. Alors que je levais les yeux vers les arbres pour voir ce qui s'y passait, je me rendis compte que ma vue se brouillait, que tout était flou. J'avais du mal à donner un sens à ce qui se passait autour de moi. Il y avait des orangs-outans là-haut, c'était tout ce que je comprenais, et pas seulement un ou deux. Ils semblaient se compter par dizaines, suspendus aux branches les plus basses pour nous observer. Rien ne me semblait réel, cependant. Je me sentais glisser dans un monde de rêves. Pourtant, en même temps, j'étais sûr d'être toujours sur Oona, j'avais conscience de l'agitation qui gagnait de plus en plus Bart et Tonk.

Ils m'étouffaient, et j'essayais de reprendre mon souffle. Une douleur soudaine me vrilla les tempes, des élancements qui ne voulurent pas disparaître, à mon grand désespoir. J'étais conscient, pendant tout ce temps, de continuer d'avancer dans la jungle sur le dos d'Oona, escorté par cette ribambelle d'orangs-outans bruyants et turbulents.

Il devait être tard dans l'après-midi quand je fus conduit sur le dos d'Oona hors de la forêt, dans une grande clairière ensoleillée, où l'herbe était tondue, exactement comme dans mon jardin chez moi en Angleterre, et où étaient regroupées plusieurs maisons en bois bien entretenues, avec une jetée et un fleuve derrière. Il y avait des plates-bandes soignées, et du linge accroché à un fil. Maintenant, je savais que je rêvais. Assise en haut des marches qui menaient à l'une de ces maisons en bois, la porte ouverte derrière elle, se trouvait une femme, vêtue de blanc.

Lorsqu'elle se leva, je vis qu'elle portait un large pantalon flottant, avec une ceinture aux couleurs vives, de toutes les couleurs de l'arc-en-ciel, attachée autour de sa taille. Elle avait un chapeau de paille défraîchi sur la tête. Elle descendit les marches, s'avança vers nous sur la pelouse, hâtant le pas. La mère orang-outan trottina droit vers elle, et la prit aussitôt par la main. L'Autre semblait avoir disparu. Je me dis que tout cela était impossible, bizarre, trop bizarre pour être réel. Si je rêvais, en revanche, pourquoi les choses ne seraient-elles pas bizarres ? Les rêves l'étaient souvent.

– Mani ? demanda la femme, en se penchant sur la mère orang-outan, si bas que leurs visages se touchaient presque. C'est toi, Mani, n'est-ce pas ? Tu es revenue. Et tu as un autre petit avec toi, je vois. Il ne doit pas avoir encore un an, à ce qu'il me semble. Je peux lui dire bonjour ?

Elle tendit la main vers Charlie, qui lui prit un doigt, le porta à ses lèvres, et le renifla. Puis la femme reporta son regard vers moi. Je ne savais pas si elle me souriait, ou si elle plissait les yeux à cause du soleil.

– Je crois que tu me dois quelques explications, Mani, reprit-elle. Tu te doutes bien que je suis toujours ravie de te voir. Je ne m'en plains pas, loin de là. Je sais que tu adores revenir de temps en temps, quand tu en ressens le besoin, comme beaucoup de mes autres filles. Et ça me fait vraiment plaisir. Mais voudrais-tu avoir l'obligeance de m'expliquer ce que tu m'as amené cette fois-ci ? Tu comprends, je suis tranquillement assise sur le perron, en train de faire un petit somme au soleil couchant, comme j'en ai l'habitude. J'ouvre les yeux, et qu'est-ce que je vois ? Ma vieille Mani de retour, et avec un bébé. Cette fois, cependant, elle m'a amené un éléphant aussi, deux autres petits orangs-outans et, si je ne me trompe pas, un garçon – un garçon qui paraît bien sauvage – et qui est nu comme un ver. C'est assez incroyable, non ? Tu ne trouves pas ?

Je vis qu'elle me souriait, et sentis aussitôt que ce n'était pas un simple sourire de politesse. C'était un sourire franc, chaleureux, presque comme si elle me connaissait, comme si elle m'avait attendu. Je l'aimai immédiatement. Je détestais les sourires de politesse, parce que je savais qu'ils étaient toujours creux. Et je l'aimai aussi parce qu'elle ressemblait beaucoup à maman, elle était un peu plus vieille, peut-être, mais elle souriait comme elle. Elle parlait comme elle. C'était elle. Ça ne pouvait être qu'elle. Elle était vivante ! Je l'avais retrouvée !

Je voulais lui poser un tas de questions, savoir comment elle avait échappé au *tsunami*, comment elle connaissait la mère orang-outan par son nom, comment il se faisait qu'elles s'étaient saluées comme de vieilles amies, toutes les deux. Mais je n'arrivais pas à parler. Je n'arrivais pas à articuler un seul mot, et ne comprenais pas pourquoi. Je me demandais aussi pourquoi, lorsqu'elle parlait, je l'entendais comme si elle était très loin. Je voyais ses lèvres remuer. Je saisis une expression d'inquiétude sur son visage, tandis qu'elle tendait les bras vers moi. Je savais qu'elle parlait, mais sa voix semblait faiblir et se dissiper au loin sans arrêt. La nausée montait dans mon estomac, et je sentais comme une étrange sensation de détachement me gagner, comme si je quittais entièrement mon corps. Je n'avais plus qu'une envie : m'endormir. J'essayais de toutes mes forces de résister, car je savais que si je me laissais aller, je perdrais mam et Oona pour toujours, que je serais mort.

Mais je ne pouvais rien y faire. Je sentais que j'allais tomber. Ma dernière pensée fut qu'à leur façon, Bart et Tonk devaient s'en rendre compte aussi, car ils s'accrochaient de plus en plus étroitement à moi, enfonçant si fort leurs ongles dans ma peau que ça me faisait mal. Je m'entendis crier, puis je tombai dans un tourbillon, je tournoyai dans le vide.

9
Refuge

Je n'avais plus aucune notion du temps qui passait, ni de grand-chose d'autre, je savais seulement que je devais être malade, parce que lorsque j'étais conscient, je me rendais compte que j'étais au lit, et incapable de bouger. Soit j'étais couvert de sueur, soit je frissonnais de froid. Il semblait y avoir plusieurs voix dans la pièce autour de moi, mais je ne comprenais rien à ce qui se disait. De toute façon, je ne savais même pas si ces voix étaient réelles, ou si elles n'existaient que dans ma tête. Je me demandais souvent si j'allais mourir, si c'était ce qu'on ressent quand on est en train de disparaître, mais je me sentais si malade et si faible que je n'y accordais pas beaucoup d'importance.

Je faisais tout ce que je pouvais pour essayer de me réveiller vraiment, de découvrir où j'étais et à qui les voix que j'entendais appartenaient, pour tenter de comprendre ce qu'elles disaient. Mais la plupart du temps, je restais allongé là, incapable d'échapper à ces espèces de limbes dans lesquelles je vivais, incapable d'atteindre le monde réel, qui se trouvait au-delà, ce monde dont je me souvenais, et dont j'espérais qu'il serait plein de visages et d'endroits que je connaissais. Je pense que j'ai toujours cru que j'y arriverais, mais je ne savais pas du tout si je me retrouverais dans le monde des vivants ou dans celui des morts.

Je m'éveillai un matin, et vis que la lumière du jour entrait à flots dans la pièce par une fenêtre ouverte à côté de mon lit. J'étais couché dans une petite chambre. Au-dessus de moi, il y avait un plafond en bois, et un lampion en papier en guise d'abat-jour, comme dans l'entrée de ma maison, en Angleterre. Il oscillait doucement. Je tournai la tête vers la fenêtre, sentant la brise rafraîchissante qui passait à travers. J'inspirai profondément, soulagé de m'être enfin réveillé, et ravi de me retrouver sur la terre des vivants.

Je ne commençai vraiment à redonner un sens aux choses qu'en voyant la trompe d'Oona apparaître à la fenêtre. Je n'avais pas la force de m'asseoir, ni de tendre le bras pour la toucher, ni de lui parler, mais j'étais sûr que j'y parviendrais bientôt. Au début, je ne restais jamais conscient très longtemps – le sommeil semblait toujours m'attendre, en embuscade. Mais dès que je me réveillais, Oona, ou une partie de son anatomie en tout cas, était toujours là, devant ma fenêtre. Chaque fois, ça me remontait le moral, ça me réchauffait le cœur. Je pouvais être certain, à présent, qu'à mon prochain réveil, Oona serait présente, montant la garde pour moi au-dehors, je savais qu'elle m'attendrait, et qu'elle serait toujours près de moi pendant que je dormais aussi. Ce serait peut-être sa trompe qui me chercherait, son œil larmoyant qui regarderait à l'intérieur si j'étais là, ou encore sa grosse masse gris-rose qui boucherait la fenêtre. Peu m'importait. Ce serait Oona.

Parfois, lorsque je me réveillais, je m'apercevais qu'on m'avait redressé et adossé à une pile d'oreillers. Je pouvais alors voir souvent Oona passer, et jeter un coup d'œil à la grande pelouse verte où se dressaient les cabanes basses en bois. Je me souvenais de cet endroit. Derrière il y avait la forêt et les bruits de la forêt. Il y avait des allées et venues dehors, dont je ne comprenais absolument pas le sens. Des jeux étranges se déroulaient sur la pelouse. À certains moments, elle était complètement vide, en dehors d'un paon qui se pavanait, ou peut-être une fois ou deux d'un orang-outan – je suis presque sûr d'avoir reconnu L'Autre, assis là, à l'orée de la forêt – et à d'autres moments, on aurait dit que la pelouse devenait une sorte de pouponnière ou de cour de récréation pour petits orangs-outans, tous gardés par des femmes, puéricultrices ou infirmières, toujours vêtues de blanc.

Les orangs-outans les plus jeunes, remarquai-je, et ça me faisait sourire chaque fois que je les voyais, portaient des couches. Certains étaient nourris au biberon, mais la plupart d'entre eux jouaient, faisaient des cabrioles et des galipettes, ou grimpaient sur les femmes qui s'occupaient d'eux. Bien sûr, je cherchais aussitôt des yeux Bart, Tonk et Charlie parmi eux, mais même s'ils étaient là, je ne parvenais pas à les reconnaître. Ils étaient trop nombreux, et se ressemblaient tous beaucoup.

J'apercevais aussi quelques orangs-outans plus vieux, qui traînaient par là, et la dame au chapeau de paille, accroupie au milieu des petits parfois, ou assise en tailleur sur la pelouse, jouant avec les plus vieux, leur parlant. Une fois ou deux, il me sembla reconnaître la femelle que je pensais être la mère de Charlie – la femme au chapeau de paille ne l'avait-elle pas appelée Mani ? Peu à peu ma mémoire devenait moins confuse, mais elle était toujours peu fiable et fragmentaire. Cette femelle orang-outan avait toujours un petit accroché à elle, qui était peut-être Charlie, mais je n'en étais pas sûr. Je n'étais sûr de rien. Cette pouponnière d'orangs-outans était si bizarre, si invraisemblable, qu'il m'arrivait de me demander si ce que je voyais était vraiment réel, ou si ça faisait partie de quelque rêve fantastique.

En revanche, je ne doutais pas un instant, alors que je restais couché là, qu'Oona était bien réelle, et qu'elle était devant la fenêtre. Même la nuit, quand je ne pouvais la voir, je l'entendais gronder un peu plus loin, grogner, mâcher bruyamment sa nourriture, et péter. Elle pétait beaucoup. C'était comme une berceuse fidèle, et j'adorais ça. Chaque fois qu'elle le faisait, j'avais la certitude qu'Oona n'appartenait pas à un rêve fou, car je pouvais sentir son odeur. Ce furent sa présence constante, son bruit rassurant, et son odeur familière, qui commencèrent peu à peu à me redonner la sensation de vivre, de faire de nouveau partie du monde réel – aussi improbable et étrange que ce nouveau monde ait pu me paraître.

Parfois, je sentais aussi un parfum de lavande. C'était le matin tôt, lorsque je m'éveillais pour voir la femme au chapeau de paille assise sur une chaise à côté de moi, en train de lire un livre, ou d'écrire. Il m'arrivait encore de croire qu'elle était ma mère, car maman aussi sentait souvent la lavande. Mais la femme se mettait à parler. Sa voix avait des inflexions toutes différentes de celles de maman, et je comprenais alors qu'elle ne pouvait absolument pas être ma mère. Je me rappelais que maman était morte dans le *tsunami*. Ça me faisait mal de m'en rendre compte, mais c'était vrai. Ce n'était pas maman.

J'avais hâte de parler à cette femme au chapeau de paille. Je ne savais toujours pas qui elle était. Elle me parlait, prenait ma température, me disait que j'avais bien meilleure mine. Elle me donnait à manger, faisait ma toilette, mais j'étais toujours trop faible pour articuler le moindre mot. Chaque jour qui passait, cependant, je faisais plus d'efforts pour communiquer avec elle. Elle le voyait, et m'encourageait. Ces efforts étaient encore trop épuisants, cependant, et je glissais de nouveau dans le sommeil. J'avais beau être furieux contre moi-même, exaspéré chaque fois que je m'assoupissais, je ne pouvais m'en empêcher. J'avais trop besoin de dormir.

J'avais besoin de sommeil, mais je le redoutais aussi, à cause du rêve. Ce n'était pas toujours exactement le même, mais une fois qu'il commençait, je savais comment il finirait, et c'était ce que j'appréhendais. Au début, ça allait à peu près. Je montais Oona et traversais la jungle sur son dos. Tout se passait bien. Je m'ébattais avec elle dans le fleuve. Et ça aussi, c'était bien. Puis je me retrouvais dans un nid tout en haut d'un arbre, avec Charlie, Bart et Tonk qui rampaient sur moi. Ils portaient des couches, et la dame au chapeau de paille était là-haut, elle aussi, dans le nid. Tout allait bien, c'était même amusant.

Soudain, sans aucun signe annonciateur, un incendie brûlait tout autour de nous, je ne pouvais plus respirer à cause de la fumée, et je cherchais papa partout, je titubais dans la fumée, sans jamais le trouver. Je me mettais alors à courir dans la jungle et la meute me poursuivait. Au bout d'un moment, je me retrouvais sur la plage, toujours en train de courir, et l'immense vague verte arrivait, je voyais maman qui essayait de lui échapper, mais la vague se cabrait au-dessus d'elle et maman disparaissait en elle, puis l'eau verte entrait dans ma bouche, et je savais que j'étais en train de me noyer moi aussi.

C'était toujours à ce moment-là que je me réveil-lais. Je suffoquais, et la femme était là, un bras passé autour de mes épaules, me donnant de l'eau à boire. Je ne pouvais pas le lui dire, mais la dernière chose que j'aurais voulue, c'était bien de l'eau. Je la goû-tais, m'apercevais qu'elle n'était pas salée, et seu-lement alors, je me rendais compte que tout cela n'avait été qu'un rêve. Mais en même temps, je me rappelais qu'il contenait beaucoup de choses qui étaient vraies.

Le jour vint où je m'éveillai, et sentis que je pour-rais m'asseoir tout seul si j'essayais. J'essayai, donc, et avec succès. Quelques instants plus tard, la femme au chapeau de paille entra en portant un plateau. Elle sembla très étonnée.

– Eh bien, on peut dire que tu as pris ton temps, n'est-ce pas ? Ça fait des semaines que tu es couché là, dit-elle. Est-ce que tu veux prendre un petit déjeuner ? Seras-tu capable de manger tout seul ?

– Je pense, répondis-je, surpris par le son de ma propre voix, surpris qu'elle fonctionne.

Elle posa le plateau sur la chaise, et s'assit sur le lit, à côté de moi.

– Tu nous as vraiment fait peur, tu sais. Heureuse-ment, le médecin avait raison. Il a dit que ça prendrait du temps, mais que tu étais fort comme un bœuf, que tu t'en sortirais, et c'est vrai. Ce qui est incroyable, c'est que tu aies survécu à tout, dans cette jungle. Et, maintenant, jeune homme, ce qu'il te faut, c'est du repos et de la bonne nourriture.

Elle tendit la main et écarta mes cheveux de mon front, un peu comme le faisait maman. C'est alors que le bout de la trompe d'Oona se glissa par la fenêtre.

— Bon sang de bon sang, tu vas sortir ce tire-bouchon d'ici ? Tu vas laisser ce garçon manger, oui ou non ? s'exclama-t-elle, en repoussant la trompe.

Puis, se tournant à nouveau vers moi :

— Sais-tu que cette éléphante n'a pratiquement pas bougé depuis votre arrivée ? Et quelle apparition spectaculaire ! Tu étais nu comme un nouveau-né, tu te rappelles ? Tu m'as lancé un coup d'œil du haut de ton éléphante, tu es devenu blanc comme du lait, et tu t'es écroulé. Tu m'as presque écrasée sous ton poids en tombant. Depuis ce jour-là, l'éléphante traîne près de ta fenêtre. Elle descend jusqu'au fleuve pour boire de temps en temps, mais elle ne fait rien d'autre, elle ne va pas plus loin. Nous avons dû lui apporter toute sa nourriture, parce qu'elle n'allait pas la chercher elle-même. Au début, j'ai cru que ce n'était qu'une vieille paresseuse.

— Oona, dis-je. Elle s'appelle Oona, et elle n'est pas paresseuse.

— Joli nom, répondit-elle. Et je sais maintenant

qu'Oona n'est pas paresseuse, pas paresseuse du tout. Je l'ai vite compris, bien sûr. Elle ne voulait pas te quitter, voilà la vérité. Elle aurait préféré mourir de faim plutôt que te quitter, j'y mettrais ma main au feu. Tout ça, c'est très noble, mais sais-tu, jeune homme, ce que mange un éléphant ? Des tonnes et des tonnes de nourriture, je te le dis, et nous avons dû aller chercher tout ça pour elle, jusqu'à la dernière feuille. On n'arrêtait pas ! Le pire, c'est qu'elle ne nous a jamais dit le moindre mot de remerciement !

Elle se leva, et posa le plateau sur mes genoux.

– Voilà. Petit déjeuner. Ces dames l'ont préparé exprès pour toi, alors tu dois le manger. Elles ont un petit faible pour toi. Tout le monde, ici, je dois dire. Nous sommes habituées aux orangs-outans, mais un garçon – eh bien, tu es le premier.

Elle repoussa de nouveau la trompe d'Oona.

– Sors ta trompe d'ici, tu m'entends ?

Puis elle agita son doigt vers moi.

– Et ne la laisse pas manger ton petit déjeuner, hein ? Promets-le-moi.

Mais je ne pensais pas du tout à manger. J'avais d'autres choses en tête.

– Où suis-je ? lui demandai-je. Cet endroit, qu'est-ce que c'est ? Tous ces orangs-outans, et vous…

– Des questions, Will, et encore des questions. Elles peuvent attendre un peu. Toi et moi, nous avons tout notre temps pour découvrir qui nous sommes, non ? Si tu veux aller mieux, et reprendre des forces, il faut que tu manges. Tu as été très malade, tu sais. Une de ces sales bestioles rampantes de la jungle, a dit le médecin. Tu t'en es sorti. Mais tu dois manger. (Elle m'ébouriffa de nouveau les cheveux.) Je suis contente que tu sois venu, Will. Nous ne recevons pas beaucoup de visites, par ici.

– Vous m'avez appelé Will, remarquai-je. Comment connaissez-vous mon prénom ?

– Disons simplement que c'est une longue histoire. Je te la raconterai bien assez vite, dès que tu iras mieux, que tu seras remis.

Elle ne voulut rien ajouter.

Je me forçai à manger, parce que je voulais guérir, parce que je savais qu'elle avait raison sur ce point. Mais pendant une longue période encore, je n'eus pas beaucoup d'appétit. Je ne tenais pas longtemps debout, et je commençais à m'ennuyer à force d'être couché là, à parler à Oona à travers la fenêtre. Je voulais me lever, et aller me promener. Aussi un matin, je m'aventurai en bas des marches, et me rendis sur la pelouse pour rejoindre les puéricultrices et leurs petits orangs-outans. En fait, on aurait plutôt dit des nourrices que des infirmières ou des puéricultrices. Les orangs-outans s'habituèrent très vite à ma présence.

Oona ne vint pas avec moi. Elle semblait savoir quand il valait mieux qu'elle garde ses distances. Je m'assis, et ils se précipitèrent aussitôt dans ma direction, une demi-douzaine de petits orangs-outans, grimpant partout sur moi. C'est alors que je les vis – Bart et Tonk – en train de courir dans l'herbe pour me rejoindre. Ils portaient des couches, à présent, et chacun d'eux avait une nourrice lancée à sa poursuite. Mieux encore, Charlie apparut sur la pelouse avec sa mère. Elle trottina immédiatement vers moi, poussa aussitôt les autres, et s'assit sur ma tête, où elle m'épouilla, comme autrefois. Mani ne parut pas s'en émouvoir. Elle resta simplement à côté de nous, nous surveillant du coin de l'œil. C'est alors que je remarquai L'Autre, à l'ombre des arbres qui bordaient la forêt. Il nous observait, mais se tenait à l'écart, comme à son habitude.

À partir de ce jour, je sortis sur la pelouse dès que je le pouvais. Si je n'y allais pas, j'avais l'impression de rater quelque chose. Charlie débordait toujours de vitalité, mais je vis que beaucoup d'autres bébés orangs-outans manquaient d'énergie, qu'ils restaient tristement repliés sur eux-mêmes, cramponnés à leurs nourrices comme s'ils voulaient ne jamais les lâcher. J'étais particulièrement attiré par ces pauvres petits êtres aux yeux farouches et effrayés. Lorsque Charlie, Tonk et Bart me laissaient seul suffisamment longtemps, j'allais m'asseoir un moment à côté de l'un d'eux et lui tendais la main. La plupart étaient trop inquiets pour la prendre, mais certains le faisaient, ils agrippaient un de mes doigts et s'y accrochaient. Je découvrais peu à peu que gagner la confiance, l'entière confiance de quelqu'un, était un sentiment merveilleux.

Parfois, Oona survenait pour me rappeler qu'elle était là, qu'il était peut-être temps de lui accorder un peu d'attention. Comme je ne pouvais pas encore aller loin, je m'asseyais sur les marches de la maison, la prenais par la trompe, et lui parlais. Elle reniflait mes cheveux, grognait et grondait. Elle était heureuse.

C'était donc une période paisible pour moi, des jours de convalescence. Mon appétit revenait, mes forces augmentaient progressivement. Je parlais avec plusieurs nourrices d'orangs-outans, qui savaient un peu d'anglais. Mais qu'on se comprenne ou pas, je sentais qu'elles m'avaient toutes « adopté ». Assis parmi elles sur la pelouse, je commençais à comprendre dans quel endroit extraordinaire je me trouvais. Je vivais sur une île refuge entourée par le fleuve, dans un orphelinat pour orangs-outans, fondé par la femme au chapeau de paille, celle que tout le monde appelait docteur Geraldine.

Comme je l'avais supposé, tous ces bébés avaient une nourrice, qui ne les quittait jamais. Elles leur donnaient à manger, jouaient avec eux, leur apprenaient à monter aux arbres, dormaient à côté d'eux la nuit, et les aimaient. Peu à peu, elles m'aidaient à reconstituer ce qui s'était passé, à comprendre comment Mani nous avait amenés là, par exemple, comment elle-même avait été l'un de leurs orangs-outans

240

orphelins. Elles me racontèrent que docteur Geraldine l'avait sauvée plusieurs années auparavant
– après que Mani eut été découverte enfermée dans
une cage au fond d'un garage –, qu'elle avait ensuite
grandi dans l'orphelinat, et vécu comme tous les
autres auprès d'une mère adoptive humaine. Puis,
lorsque Mani avait appris à grimper aux arbres, à
se nourrir et à se défendre toute seule, elle avait été
relâchée dans la jungle, mais au début, uniquement
dans les limites de la petite île, là où les orangs-outans
étaient en sécurité, où docteur Geraldine pouvait
encore les surveiller et voir comment ils se débrouil-
laient.

Après avoir passé un certain temps dans cette
« université de la jungle », comme l'appelait docteur
Geraldine, les orangs-outans étaient emmenés dans
une immense réserve – une sorte de parc national, à
plusieurs kilomètres vers l'intérieur de la forêt, où ils
pouvaient vivre leur vie dans la vraie jungle, comme
des orangs-outans sauvages. Parfois, quelques-uns
d'entre eux, telle Mani, retrouvaient leur chemin
jusqu'à l'orphelinat et y retournaient, mais la plupart
s'installaient dans la réserve, où ils étaient plutôt en
sécurité, à condition qu'ils ne s'égarent pas hors de
ses limites, et à condition que les chasseurs n'y entrent
pas en fraude, pour les tuer, les capturer, ou les forcer
à sortir de leur territoire en y mettant le feu. Malheureusement, cela arrivait tout le temps, me dirent-
elles. Je ne le savais que trop bien.

J'appris que docteur Geraldine avait construit l'orphelinat pratiquement sans aide. Elle avait sauvé des centaines, peut-être même des milliers d'orangs-outans, depuis une bonne vingtaine d'années, risquant parfois sa vie en venant à leur secours. Au début, elle avait essayé de s'occuper d'eux toute seule, mais ils étaient bientôt devenus beaucoup trop nombreux. Elle s'était donc rendue dans les villages le long du fleuve pour recruter des femmes qui viennent l'aider à s'occuper des petits orangs-outans, et essaient de leur apprendre ce que leur mère leur aurait appris, jusqu'à ce qu'ils soient prêts à être relâchés dans la nature.

Docteur Geraldine ne m'avait rien dit de tout cela. Elle avait été gentille, la gentillesse même, mais parfois elle partait un jour ou deux – je ne savais pas où, et elle ne le révélait jamais. Lorsqu'elle était là, elle semblait toujours occupée et préoccupée, fatiguée aussi, de sorte qu'il ne m'était pas facile du tout de lui parler, au début, en tout cas. Elle était habituée au silence chez elle, je m'en étais aperçu, je n'osais donc pas le rompre par mes questions – alors que j'en avais un tas à lui poser. Tout ce que je savais sur elle, sur cet endroit, je l'avais appris par les nourrices qui, de même que les orangs-outans eux-mêmes, lui faisaient entièrement confiance, et l'adoraient.

Un soir, sur la pelouse, l'une d'elles chantait ses louanges une fois de plus.

– Sans docteur Geraldine, disait-elle, sans elle, ces

pauvres créatures n'auraient pas eu de vie, pas de lendemain, pas d'espoir.

— Et sans docteur Geraldine, nous n'aurions pas de travail non plus, ajouta une autre nourrice. Nous aimons ce travail autant que nous l'aimons elle. C'est un ange pour les orangs-outans, et pour nous aussi.

— Assez de commérages ! intervint soudain une voix au-dessus de moi. Si une chose est certaine, c'est que je ne suis pas un ange.

Je levai les yeux et découvris docteur Geraldine qui se tenait là, sous son chapeau. Je pensai alors que je ne l'avais jamais vue sans son chapeau, aussi bien à l'extérieur qu'à l'intérieur de la maison, et je me demandai comment elle pouvait être tête nue.

Elle me tendit la main pour m'aider à me relever.

— Je me disais que si tu te sentais assez fort pour ça, Will, si tu te sentais d'attaque, tu pourrais peut-être venir te promener avec moi. Pas très loin, simplement jusqu'au fleuve, et retour à la maison. C'est mon petit tour du soir. Je serais contente d'avoir de la compagnie.

Je marchai un moment en silence avec elle sur le chemin, Oona nous suivant à une certaine distance, L'Autre à ses côtés. Je remarquai que ces deux-là étaient souvent ensemble, ces derniers temps. Je posai alors des questions sur L'Autre, je voulais savoir s'il avait été, comme Mani, un de ses orphelins.

— Non, répondit-elle. Il est assez étrange, c'est un

solitaire, mais qui aime bien se mêler des affaires des autres, d'une certaine façon. Il va et vient à sa guise. Parfois, j'ai l'impression qu'il nous contrôle, qu'il vérifie si nous faisons bien les choses. Je crois qu'il nous approuve. Je l'espère, en tout cas.

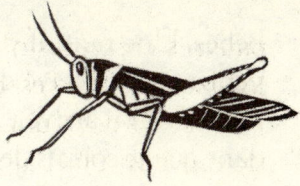

La promenade était beaucoup plus longue que celles que j'avais faites avant, et je me fatiguai rapidement. Je fus donc heureux d'arriver au bout de la jetée, et de pouvoir enfin m'asseoir. Les jambes ballantes, nous échangeâmes un sourire. Elle enleva alors son chapeau, et secoua ses cheveux.

– J'aime cet endroit, Will, dit-elle. Je viens ici presque tous les soirs si je peux, au moment où le soleil se couche. C'est un bon endroit pour réfléchir, l'endroit le plus paisible au monde, pour moi. C'est là que me viennent de grandes idées, et un tas de petites aussi, d'ailleurs.

Je n'écoutais pas vraiment. Je regardais fixement sa tête. Elle avait une grande plaque chauve, du front jusqu'au sommet du crâne. Je voyais sa peau plissée et sillonnée de cicatrices.

– Ah, ça, dit-elle, en se touchant la tête. Ce n'est pas joli à voir. On se fait des ennemis dans ce genre de travail, Will. Tu sais ce qui est drôle ? C'est que c'est un cadeau de quelqu'un que je ne connais même pas, un de ces caïds de Jakarta qui brûlent les forêts, tuent les orangs-outans dont ils vendent les bébés. Une nuit, il y a une dizaine d'années, ils sont venus et ont essayé de nous faire griller. Ils ont vraiment failli y arriver. Mes cheveux ont pris feu pendant que je sortais de la maison en courant. C'est un secret que je préfère garder sous mon chapeau, si tu vois ce que je veux dire.

Elle rit un peu, mais je restai pétrifié.

— Il y a pire que perdre ses cheveux, Will, reprit-elle. Tu sais quoi ? Ça n'a servi qu'à me mettre encore plus en colère, qu'à me renforcer dans mes idées. Ils n'ont pas pu nous arrêter à l'époque, ils ne nous arrêteront pas maintenant, ni jamais, tant que je serai en vie et que j'aurai de l'énergie. Nous avons sauvé quelques orangs-outans – pas assez, jamais assez. Mais nous allons en sauver davantage, parce qu'il le faut. Tu veux que je te dise quelque chose, Will ? Si nous ne les sauvons pas, et si nous ne sauvons pas les forêts tropicales qui les abritent, dans cinq ans il n'y aura plus un orang-outan vivant dans la nature. Voilà la vérité.

— Est-ce que ça fait mal ? demandai-je, incapable de détourner les yeux de ses cicatrices.

— Pas du tout, répondit-elle. Plus maintenant – ou peut-être simplement quand j'y pense. Mais ce n'est pas pour te parler de ça que je t'ai emmené ici. J'ai une autre vérité à t'apprendre. Il y a longtemps que je veux t'en parler, et maintenant, c'est possible.

Elle prit alors ma main entre les siennes.

— Tu te rappelles que tu m'as demandé un jour,

quand tu as repris connaissance, comment il se faisait que je connaisse ton prénom ? La vérité est que je ne connaissais pas seulement ton nom, Will. Je sais comment tu es arrivé ici – je ne connais pas toute l'histoire, bien sûr, mais une partie. Je l'ai su dès le premier instant où j'ai posé les yeux sur toi.

– Je ne comprends pas, dis-je.

Elle inspira profondément, avant de poursuivre :

– C'était il y a un certain temps, en avril 2005, quelques mois après le *tsunami*. Je connais la date exacte, parce que j'ai tout écrit dans mon journal. Je marchais le long du fleuve, lors de ma promenade du soir, quand j'ai vu un bateau arriver, et se diriger vers la jetée. Un couple âgé est descendu du bateau. Il était tard, ils étaient tous deux fatigués, je leur ai donc proposé un lit pour la nuit. Ils ne voulaient pas s'arrêter, m'ont-ils dit. Ils étaient uniquement descendus là pour me donner quelques prospectus – des avis de recherche – que je distribuerais à mon tour là où je le pourrais, et ensuite, ils repartiraient. Je parvins quand même à les persuader d'entrer, de dîner au moins avec moi, et je suis contente de l'avoir fait. Ils m'ont alors mieux expliqué les raisons de leur venue, ce qu'il y avait dans leurs avis de recherche et pourquoi ils les distribuaient. Ils étaient les grands-parents, me dirent-ils, d'un garçon de neuf ans qui avait disparu au moment du *tsunami*. Il s'appelait Will, et était leur petit-fils.

– Grand-mère ? Grand-père ? balbutiai-je.

Elle hocha la tête, et reprit :

– La mère de Will, me dirent-ils, s'était noyée le 26 décembre 2004, et son père, leur fils unique, avait été tué en Irak, peu auparavant. On ne l'oublie pas, quand des gens vous racontent des choses aussi terribles. Ils m'ont montré l'avis de recherche avec ta photo, Will. Quand je t'ai vu pour la première fois, tu étais un peu différent, bien sûr – tu avais les cheveux plus courts, tu avais l'air plus jeune peut-être, mais tu étais tout à fait reconnaissable. Sans compter qu'il n'y a pas beaucoup de garçons comme toi, qui errent dans la jungle avec un éléphant. J'étais au courant pour l'éléphant, aussi. Ils gardaient l'espoir que tu sois encore vivant à cause d'une histoire qu'ils avaient entendue plus d'une fois, alors qu'ils te cherchaient, celle d'un éléphant, un éléphant de plage, qui avait été vu alors qu'il fonçait dans la jungle au moment où la vague arrivait, avec un garçon sur le dos, un garçon aux cheveux blonds. Ces deux personnes merveilleuses t'ont cherché pendant des mois, tout le long de la côte, puis à l'intérieur des terres, distribuant leurs avis de recherche partout où ils allaient, demandant si quelqu'un t'avait vu ou avait entendu parler de toi. Après leur départ, je n'arrêtais pas de penser à eux, à leur détermination à te retrouver. Ils avaient tant d'amour pour toi, tant de foi et d'espérance. Ils n'ont jamais abandonné leurs investigations. Ils voulaient que tu sois vivant. Et tu l'étais, n'est-ce pas ?

– Ils sont vraiment venus ici ? demandai-je.

C'était tellement difficile à imaginer pour moi.

Docteur Geraldine hocha la tête.

– Oui, je te le promets. J'ai encore un de leurs prospectus sur mon bureau. Je te le montrerai. Alors maintenant, tu sais, maintenant tu comprends, Will. Il y a quand même un tas de choses qui restent obscures pour moi. Le *tsunami* a eu lieu il y a un an. Vous avez disparu pendant tout ce temps, cette éléphante et toi. Comment donc as-tu pu survivre dans la jungle ? Voilà ce que j'aimerais savoir. Mais tu n'as peut-être pas envie d'en parler. Ça ne fait rien. Tu n'es pas obligé, si tu ne veux pas.

Je voulais. Je ne sais pas pourquoi, mais soudain, j'avais envie de tout lui raconter. C'est donc ce que je fis, et pendant mon récit, j'eus l'impression de tout revivre, depuis cette première fuite éperdue sur la plage, puis dans la forêt, jusqu'au jour où nous avions traversé le fleuve à la nage, et étions arrivés dans son orphelinat pour orangs-outans. Docteur Geraldine écouta tout sans jamais m'interrompre, tandis que la nuit tombait autour de nous. Les souvenirs étaient si vivants dans ma mémoire, et souvent si douloureux que, parfois, j'avais du mal à continuer. À ces moments-là, elle serrait étroitement ma main dans les siennes. Chaque fois qu'elle le faisait, ça me rappelait qu'il y avait longtemps, une éternité, me semblait-il, maman aussi avait pris ma main entre les siennes, et plus ou moins pour la même raison.

Lorsque j'eus fini, docteur Geraldine ne me posa pas de questions, et je lui en fus reconnaissant. Nous restâmes tous deux assis là pendant un moment, écoutant l'eau du fleuve s'écouler, l'orchestre de la jungle retentir autour de nous, Oona grogner, gronder, et frapper le fleuve de sa trompe.

— Will ? reprit docteur Geraldine, en passant son bras autour de mes épaules. J'ai encore quelque chose à te dire. Sur l'avis de recherche que tes grands-parents m'ont laissé, sous ta photo avec ton nom et ta description, il y avait un numéro de téléphone à appeler au cas où quelqu'un t'aurait retrouvé. J'ai essayé dès le premier jour où tu es arrivé, mais soit je n'arrivais pas à avoir la ligne, soit personne ne répondait. Je ne sais pas. J'ai mis longtemps à les joindre. Finalement, j'ai retrouvé leur trace par l'intermédiaire de la Croix-Rouge. J'ai enfin parlé à ta grand-mère et à ton grand-père, il y a quelques jours seulement, Will. Ils avaient continué de te chercher et avaient été absents de chez eux. Ils venaient de rentrer. Si tu avais pu les entendre, Will, le soulagement et la joie qui étaient dans leur voix ! C'est le meilleur coup de téléphone que j'ai jamais eu à donner de toute ma vie. Ils sont déjà en route, Will. Ils viennent ici, pour te ramener à la maison.

10
L'enfant d'éléphant

Je passai les jours suivants à essayer de ne pas penser à mes grands-parents, à essayer d'oublier qu'ils allaient venir, et à me sentir coupable à cause de ça. Je savais que j'avais tort de ressentir ce que je ressentais à leur égard. D'un côté, j'étais vraiment impatient de les revoir. Mais en même temps, je ne pouvais m'empêcher de constater qu'ils appartenaient à un monde que j'avais laissé derrière moi, que je voulais oublier, et dont je m'étais peu à peu persuadé que je ne le reverrais plus jamais. Le pire, c'est que je savais bien qu'ils ne venaient pas simplement me rendre visite. Comme l'avait dit docteur Geraldine, ils venaient me chercher pour me ramener à la maison, m'emmener loin d'Oona, loin de tous les orangs-outans, loin de la jungle. C'était cette idée que je ne pouvais pas supporter.

Le matin, quand je me réveillais, au lieu de me sentir fou de joie à la pensée de revoir bientôt mes grands-parents, comme j'aurais dû l'être, j'espérais qu'ils n'arriveraient pas le jour même. Je décidai qu'il ne me restait plus qu'une chose à faire : vivre pleinement chaque jour qui me restait, comme si c'était le dernier. Je me sentais de mieux en mieux, et je pouvais donc me rendre utile : remplir les biberons, éplucher et couper les fruits dans la cuisine pour les orangs-outans, aider à la blanchisserie, aller chercher les provisions à la jetée, jouer avec Charlie, Tonk, Bart, et les autres sur la pelouse, et parfois dormir la nuit avec les petits orangs-outans et leurs nourrices sur le sol du dortoir. Je me réveillais souvent pour m'apercevoir que Charlie, Tonk ou Bart, parfois tous les trois avaient rampé jusqu'à moi dans l'obscurité, et étaient couchés tantôt sur moi, tantôt à côté, pelotonnés contre mon corps.

Mais ce que je préférais à présent, c'étaient les jours où docteur Geraldine m'emmenait avec elle dans ses expéditions au plus profond de la forêt sur l'île, pour voir comment les orangs-outans qui n'étaient plus des bébés et avaient atteint une maturité suffisante s'en sortaient dans la jungle. Oona et L'Autre nous accompagnaient toujours au cours de ces longues marches, nous suivant tout le temps. Oona n'aimait pas être laissée à l'écart, et là où elle allait, L'Autre allait aussi. Lorsque Geraldine annonça qu'elle allait attraper un torticolis à force d'avoir Oona et L'Autre sans cesse derrière nous, je suggérai qu'on monte tous les deux sur son dos. Je savais qu'Oona serait plus que ravie de nous rendre ce service.

Docteur Geraldine avait déjà monté un éléphant, me dit-elle, mais longtemps auparavant, elle mit donc un certain temps à se détendre une fois assise sur le dos d'Oona. Plus nous avancions, cependant, plus elle se sentait bien. Après ce jour-là, l'envie d'aller à pied nous quitta tous les deux. L'Autre nous précédait comme éclaireur, ou nous suivait comme une ombre, parfois en marchant, parfois en se balançant de branche en branche au-dessus de nous.

Ces longues promenades à dos d'éléphant dans la jungle étaient toujours silencieuses. Docteur Geraldine était très stricte là-dessus. Nous parlions rarement, tout juste un mot quand c'était indispensable. Comme elle me l'avait expliqué, il fallait éviter au maximum de perturber la vie des orangs-outans. Le temps qu'ils passaient à l'université de la jungle servait surtout à leur faire comprendre qu'ils ne devaient plus compter sur aucune relation avec des êtres humains. C'est pourquoi moins ils nous voyaient, moins ils nous entendaient, mieux c'était. Ils devaient apprendre à garder leurs distances par rapport aux hommes pour leur propre sécurité, et à redevenir sauvages.

Docteur Geraldine devait garder un œil sur eux, mais en même temps, rester aussi discrète que possible. Le plus difficile, m'expliqua-t-elle, était de savoir quand il fallait prendre la décision d'enlever un orang-outan de l'université et de le relâcher dans la réserve. Le faire trop tôt, quand ils n'étaient pas encore prêts, quand ils ne pouvaient pas vraiment se débrouiller seuls, pouvait les condamner à mort. Une fois dans la réserve, ils ne pouvaient plus compter que sur eux-mêmes.

Le soir après le dîner, je m'asseyais souvent à côté de docteur Geraldine sur les marches de la maison, et nous parlions. Nous parlions de plus en plus ces derniers jours. L'Autre devait alors être quelque part dans la jungle, dans son nid pour dormir. Mais Oona n'était jamais loin, bien sûr.

– Tu sais, Will, me dit Geraldine un soir. Il se pourrait que je change d'avis au sujet de ton éléphante. Je dois dire que quand elle est arrivée, au début, j'ai pensé qu'elle n'était bonne à rien, sinon à manger jusqu'à en devenir idiote. Mais as-tu remarqué que les orangs-outans, là-bas dans la jungle, ne font pratiquement pas attention à elle ? Bien sûr, au premier abord ils sont un peu curieux, c'est naturel. Elle représente quelque chose de nouveau pour eux et, il faut le dire, quelque chose de volumineux. Je ne sais pas ce qu'elle a, mais où qu'elle aille, cette éléphante donne toujours une impression de calme et de paix étonnante. Ce n'est pas moi qui m'imagine ça, non ?

Non, dis-je. C'est vrai.

Le lendemain même nous en eûmes amplement la preuve. Nous étions montés sur le dos d'Oona, dans la forêt, L'Autre se balançant entre les branches au-dessus de nous, quand nous vîmes un énorme orang-outan mâle venir dans notre direction à quatre pattes. À sa façon de marcher, à sa façon directe de nous regarder, en roulant ses grosses épaules, on voyait clairement qu'il ne plaisantait pas. Il n'avait pas l'air content de notre intrusion dans son territoire. J'avais déjà dû apercevoir un grand mâle de ce genre, un certain temps auparavant, qui se déplaçait bruyamment au-dessus de nous dans la canopée, son grondement retentissant dans la jungle. Mais c'était la première fois que je me trouvais face à face avec un orang-outan aussi grand, si près de nous, et qui marchait sur le sol de la forêt. Docteur Geraldine posa la main sur mon épaule.

– C'est Ol, me chuchota-t-elle à l'oreille. Il est gentil, quand il décide de l'être. Il ne faut surtout pas bouger, si on veut qu'il reste tranquille.

Cela me rappela notre rencontre avec le tigre, bien longtemps auparavant. Oona resta parfaitement immobile, et pendant un moment, l'orang-outan l'imita. Il avait d'énormes bajoues noires, des yeux enfoncés et perçants, une barbe dorée, comme la barbe d'un Viking, pensai-je. Oona baissa les yeux vers lui, absolument imperturbable, puis, comme s'il n'était pas là, elle se mit à brouter. Pendant ce temps, l'orang-outan ne montrait pas de signe d'agressivité ouverte, mais il ne montrait pas non plus la moindre intention de bouger. Il semblait vouloir affirmer qu'il s'en irait quand il en aurait envie et pas avant, aussi imposante que soit cette nouvelle géante. Il s'assit pendant un moment, se grattant l'oreille, puis il détourna les yeux, nous ignorant délibérément, exprimant clairement qu'il se fichait complètement de nous.

Au bout de quelques minutes de cette comédie, une fois qu'il eut l'assurance que les choses étaient telles qu'elles devaient être, j'imagine, qu'Oona n'était ni une menace ni un défi, qu'il était resté suffisamment longtemps pour ne pas perdre la face, il repartit simplement sous les arbres, et disparut.

– Oona, murmura docteur Geraldine, tu es une artiste. Tu as fait ça magnifiquement, magnifiquement !

Le soir, nous étions assis tous deux au bout de la jetée, quand docteur Geraldine me raconta comment elle avait découvert Ol plusieurs années auparavant, alors qu'il n'avait qu'un mois ou deux, à côté du cadavre calciné de sa mère après un feu de jungle, lui-même brûlé, à moitié mort de faim et couvert de plaies. Je me rappelai alors cette photo dans un magazine, chez moi, et je revis dans ma tête le petit orang-outan cramponné à la cime d'un arbre carbonisé. Cela aurait pu être Ol.

– Il n'a plus jamais voulu repartir dans la jungle, poursuivit-elle, tandis que sa voix se brisait. Il est trop traumatisé, même maintenant. Il le restera toujours.

Elle détournait son visage pour que je ne voie pas qu'elle pleurait.

– Non, mais tu m'as regardée ? reprit-elle, en essuyant ses yeux. Je pleure à chaudes larmes ! Je te le demande, Will, qui ça peut bien aider de pleurer comme ça ? Ce n'est pas que je m'apitoie sur moi-même, je te le promets. C'est simplement que je suis en colère. J'ai besoin d'yeux et d'oreilles dans la jungle. J'ai besoin d'y être, de me trouver sur place pour empêcher ceux qui incendient et qui tuent de passer à l'acte. Et si le pire arrivait, au moins je pourrais y être rapidement. Je pourrais aller chercher les petits. Je pourrais les sauver avant qu'il ne soit trop tard. Il y en a tellement qui meurent, Will, et il n'y a personne pour les aider. Mais je ne peux pas être là-bas dans la jungle, et ici en même temps. Ça me rend malade de pouvoir faire si peu.

– Ce n'est pas si peu, lui dis-je. Chaque fois que vous sauvez une vie, je pense que c'est comme sauver un monde entier.

Je sentis sa main chercher la mienne, et la serrer fort.

– On fait une fine équipe, toi et moi, dit-elle. Tu vas me manquer quand tu partiras. À nous tous, d'ailleurs, et surtout à cette éléphante.

– Vous savez que je ne veux pas partir, n'est-ce pas ?

– Je sais. J'ai des yeux. J'ai un cerveau aussi. Je sais à quoi tu penses, Will.

– Et si je leur demandais de rester ?

– Tu pourrais le leur demander, mais tu leur brise-
rais le cœur, répondit-elle. Je ne peux pas te donner
de conseil sur ce que tu dois faire, Will. Tu devras
prendre ta décision tout seul. Mais je vais te dire une
chose à laquelle tu devrais peut-être réfléchir. Rien
au monde ne compte plus que toi pour tes grands-
parents. Ils ont perdu leur fils à la guerre, et leur
belle-fille, ta maman, dans le *tsunami*. Ils croyaient
t'avoir perdu, toi aussi. Tout leur monde, leur raison
de vivre, disparus. Je n'ai pas besoin de t'expliquer
ce qu'ils ont dû éprouver, n'est-ce pas ? Et puis, ils
reçoivent un coup de fil de ma part, leur annonçant
que finalement tu es vivant. Tu as raison, quand tu
dis que chacun de ces petits orangs-outans est un
monde entier à lui tout seul. Et c'est ce que tu repré-
sentes toi aussi pour tes grands-parents, Will. Tu es
tout leur monde. Quoi que tu fasses, tu ne dois pas
oublier ça.

Pendant la nuit, je restai couché là, à essayer de
me faire à l'idée que docteur Geraldine avait raison
à propos de mes grands-parents, et que je n'avais pas
d'autre choix que repartir avec eux lorsqu'ils vien-
draient me chercher. Après tous leurs efforts pour
me retrouver, je ne pouvais pas les décevoir. Il fallait
que je rentre en Angleterre, que je reprenne mon
ancienne vie. Mais essayer de me convaincre que
j'étais impatient que ça arrive, c'était une autre histoire. Ce n'est pas que je ne voulais pas les voir. J'en

avais envie, bien sûr, même si cette perspective me rendait de plus en plus nerveux. Et ce n'était certainement pas l'idée de m'installer avec eux dans leur ferme du Devon – solution la plus probable – qui me déplaisait. Il n'y avait pas de meilleur endroit. C'était simplement que je ne voulais pas partir d'ici. Je ne voulais quitter ni Oona, ni docteur Geraldine, ni les orangs-outans, ni la jungle.

Ce qui n'arrangeait pas les choses, tandis que j'étais là, allongé sur mon lit, c'est que la musique de la jungle semblait être particulièrement forte et insistante, ce soir-là, comme si toutes les créatures qui l'habitaient m'appelaient, m'implorant de rester. Et ce qui n'aidait pas non plus, c'est que toute la nuit durant, j'entendis Oona grogner devant ma fenêtre. Elle n'arrêtait pas de tendre sa trompe vers moi pour me toucher – c'était pour me rappeler qu'elle était là, j'en étais sûr. Je ne doutai pas un instant que c'était sa façon de me demander de ne pas la quitter.

Incapable de dormir, je sortis et allai m'asseoir sur les marches pour m'éclaircir les idées. Lorsque Oona s'approcha de moi, et resta là, ses yeux aux reflets de lune baissés vers moi, sa trompe explorant mes cheveux, je sus que je ne pouvais pas garder le silence, que je devais tout lui raconter, lui parler de grand-père et de grand-mère, des efforts qu'ils avaient faits pour me retrouver pendant tout ce temps, de leur arrivée imminente, et de mon départ pour l'Angleterre avec eux.

– Je ne veux pas m'en aller, Oona, tu le sais, murmurai-je. Mais il le faut. Comme l'a dit docteur Geraldine, je suis tout ce qu'ils ont. Tu comprends ça, non ? Je ne t'oublierai pas, Oona, je te le promets. Et je sais que tu ne m'oublieras jamais, parce que les éléphants n'oublient jamais rien, pas vrai ?

Je dus m'interrompre. Les larmes m'empêchaient d'en dire davantage.

J'appuyai ma tête contre sa trompe et la serrai contre moi, je serrai Oona contre moi.

– Parfois, repris-je, parfois, Oona, j'ai vraiment l'impression d'être ton enfant, comme si j'étais un enfant d'éléphant.

Je restai avec elle jusqu'à l'aube, jusqu'à ce que j'entende docteur Geraldine chantonner en se levant. Oona s'éloigna alors, paraissant résignée et inconsolable, aussi malheureuse à l'idée de notre prochaine séparation que je l'étais moi-même.

Le petit déjeuner, ce matin-là, se passa en silence. Je pense que nous avions dit tout ce qu'il y avait à dire la veille au soir, et que chacun de nous savait ce que pensait l'autre, ce n'était donc pas la peine d'en parler. Je lisais et relisais l'affiche sur le mur. Je l'avais déjà fait auparavant, mais sans y prêter réellement attention. Jusqu'à présent, je m'étais intéressé davantage au collage de photos d'orangs-outans qui l'entourait.

Quand tous les arbres
ont été abattus,

quand tous les animaux
ont été chassés,

quand toutes les eaux
sont polluées,

quand tout l'air est
dangereux à respirer,

alors seulement
tu découvres que tu ne peux pas
manger l'argent.
(Prophétie cree, Amérique du Nord)

Je continuais d'y penser, plus tard dans la matinée. J'étais avec docteur Geraldine, nous étions allés dans la jungle sur le dos d'Oona pour jeter un coup d'œil aux orangs-outans, accompagnés comme d'habitude par L'Autre, mais également par Mani et Charlie, cette fois. Oona, cependant, n'était pas elle-même, je le sentis immédiatement. Elle paraissait agitée, plus irritée que d'habitude par les mouches, moins disposée à répondre à ce que je lui demandais de faire. Elle ne prêtait pratiquement aucune attention ni à ma voix, ni à la pression de mes talons sur son cou. Elle allait où elle voulait, choisissant elle-même

son pas, accélérant ou ralentissant à sa guise, et je ne pouvais rien y faire.

Elle ne cessait de secouer la tête, signe qu'elle n'était pas contente. De temps en temps, elle s'arrêtait brusquement, sans qu'on s'y attende, et ce n'était pas pour manger non plus. Elle restait simplement là, l'oreille tendue. Je pensai qu'Ol était peut-être sur nos traces, qu'il nous suivait, ou qu'il se balançait de branche en branche, et que son invisibilité l'énervait. Je le cherchai des yeux, guettai ses

bruits. L'Autre était là, marchant avec Mani et Charlie, tous trois plutôt calmes. Rien n'indiquait la présence d'Ol dans les parages. Je ne voyais pas pourquoi Oona se comportait ainsi.

Lorsque le tonnerre gronda et retentit dans le ciel, lorsque l'éclair crépita, que la pluie se mit à tomber, je crus que cela pouvait expliquer l'étrange conduite d'Oona, qu'elle devait avoir senti l'orage approcher. Pourtant, même après qu'il se fut éloigné, elle continua d'être aussi difficile, aussi imprévisible, tirant sur les branches, les cassant impatiemment, mais sans jamais s'arrêter pour se nourrir réellement au passage, comme elle le faisait d'habitude. J'en arrivai à la conclusion qu'elle n'était pas effrayée, qu'il n'y avait rien qui puisse l'effrayer. Mais elle était perturbée, je ne l'avais jamais vue ainsi. Docteur Geraldine m'interrogeait sans cesse pour savoir ce qu'elle avait, et j'étais incapable de lui répondre.

– Peut-être qu'elle ne se sent pas bien, me dit-elle. Peut-être qu'elle a mangé quelque chose qui ne lui convient pas.

J'en étais encore à me demander si elle avait vu juste, quand nous arrivâmes au fleuve, tout au bout de l'île. J'eus l'impression qu'Oona n'allait pas s'arrêter du tout, qu'elle allait entrer directement dans l'eau. Mais elle s'arrêta au dernier moment, et resta un instant sur la rive, regardant de l'autre côté du fleuve, vers la jungle. Puis elle fit demi-tour, et se mit à marcher très lentement, à contrecœur, reprenant le chemin par lequel nous étions venus. Elle prenait son temps, flânait plus qu'elle ne marchait, si bien que lorsqu'on sortit de la forêt pour rentrer à l'orphelinat, la lumière du jour déclinait déjà. C'est alors que je les vis.

Sur les marches de la maison de docteur Geraldine, grand-père et grand-mère étaient assis, une valise posée à côté d'eux. Grand-père portait le même genre de veste en tweed et de casquette que d'habitude, et grand-mère, vêtue de l'une de ses robes à fleurs, s'éventait avec son chapeau. Ils paraissaient plus âgés, plus ratatinés que dans mes souvenirs, et plus gris aussi. Oona s'arrêta net en les voyant. Elle leva sa trompe en l'air, et secoua la tête. Je crus pendant un instant qu'elle allait barrir contre eux, mais elle n'en fit rien. Il me fallut un bon moment pour la persuader de nous laisser descendre. Ils venaient vers nous, à présent, traversant la pelouse.

– Will ? C'est vraiment toi ? murmura grand-mère – elle arrivait à peine à parler.

– Bien sûr que c'est lui, dit grand-père, en marchant droit vers moi. Qui veux-tu que ce soit ?

Il m'entoura alors de ses bras et me tint contre lui. Nous ravalions tous deux nos larmes.

– J'ai toujours su que tu étais vivant, Will, reprit-il. Je l'ai toujours su.

Puis il recula et me regarda des pieds à la tête.

– Ça me réchauffe le cœur de te voir, Will, dit-il. Tu as grandi. Presque un jeune homme. Tu es quasiment aussi grand que moi. Pas vrai, grand-mère ?

Mais grand-mère sanglotait, les mains devant son visage. J'allai aussitôt vers elle et l'embrassai. Elle me parut plus frêle que dans mon souvenir.

– Qu'est-ce que je t'ai fait, Will ? s'écria-t-elle. Qu'est-ce que j'ai fait ? (Je sentis sa tête peser sur mon épaule.) Si je ne vous avais pas envoyés là, prendre ces vacances stupides, tellement stupides ! Si seulement je ne l'avais pas fait, elle serait toujours avec nous. Tu aurais toujours une mère.

– Elle s'en veut, Will, dit grand-père. Depuis que c'est arrivé, elle ne cesse de s'en vouloir.

Jusqu'alors, je crois que j'avais toujours eu un peu peur de grand-mère. Mais je comprenais à présent qu'elle avait besoin de réconfort, que j'étais le seul à pouvoir le lui apporter. Je choisis soigneusement mes mots :

– Tu te trompes, grand-mère, lui dis-je. C'est le raz de marée qui a tué maman, ce n'est pas toi. Je ne sais pas qui a permis que ça arrive, grand-mère, mais ce n'est pas toi.

Docteur Geraldine attendit un moment avant de nous rejoindre, puis elle leur serra la main à tous les deux.

– C'est moi qui vous ai téléphoné. Je ne sais pas si vous vous souvenez de moi, mais je suis Geraldine. Soyez les bienvenus. Je suis ravie de vous revoir.

– Bien sûr que nous nous souvenons de vous. Et nous nous rappelons cet endroit, aussi, murmura grand-mère, en essayant de se reprendre. Nous nous souvenons des petits orangs-outans. Nous sommes allés dans beaucoup beaucoup d'endroits pour distribuer ces avis de recherche. Mais celui-ci, nous ne l'avons jamais oublié. Nous en avons souvent parlé depuis, n'est-ce pas, grand-père ?

Grand-père n'écoutait pas. Il regardait Oona, qui s'était approchée de nous.

– Alors, c'est donc elle, c'est elle qui t'a sauvé la vie. Comment est-ce qu'on remercie une éléphante, Will ?

– Il suffit de lui dire merci, elle comprendra, lui répondis-je.

C'est ce que fit grand-père. Il leva la main, et la posa doucement sur la trompe d'Oona.

– Merci. Merci, dit-il doucement, en la regardant dans les yeux.

Puis il se tourna vers moi.

– Tu n'as plus besoin de tracteur, hein ? Quand on a une géante comme ça pour amie !

Et il se mit à rire. J'avais beau savoir qu'il riait pour masquer son émotion, je n'arrivais pas à rire avec lui. Je n'arrivais même pas à sourire, et cela m'inquiéta.

Je ressentis cette inquiétude toute la soirée, tandis que nous étions assis tous les quatre à table pour dîner dans la maison de docteur Geraldine.

– Nous vous avons cherchée sur Google, Geraldine, disait grand-père. C'est Will qui nous a appris à nous servir de ce genre de chose. Tu t'en souviens, Will ? C'est comme ça que nous avons tout trouvé sur les orangs-outans et sur l'orphelinat. Pour être sincère, la dernière fois que nous sommes venus, je crois que nous n'avons pas compris grand-chose à ce qui se passait ici. Nous avions la tête ailleurs, je pense. C'est une sacrée organisation que vous avez là, Geraldine. Cela a dû vous demander beaucoup de travail et… disons, de dévouement. Oui, c'est le mot que je cherchais, dévouement. C'est merveilleux ce que vous avez fait, merveilleux.

Grand-mère paraissait avoir entièrement repris ses

esprits, à présent, elle redevenait fidèle à elle-même à mesure que la soirée avançait, ressemblait de plus en plus à la grand-mère dont je me souvenais. Elle monopolisait la conversation, interrompait grand-père, le contredisait. Tout cela m'était très familier. Seulement maintenant, je n'avais plus maman pour me faire un clin d'œil complice de l'autre côté de la table. Elle me manqua soudain douloureusement, et j'avais beaucoup de mal à me concentrer sur ce que grand-mère était en train de me dire.

– Will ? poursuivait-elle. Will, tu m'écoutes ? Nous avons tellement de choses à te dire, à propos de la ferme, de ta nouvelle école. Je ne sais pas par où commencer. Mais tout se passera bien, tu verras. J'ai tout arrangé. Ton ancienne chambre t'attend, elle est restée exactement telle que tu l'avais laissée.

J'entendais Oona grogner et gronder au-dehors, me faisant savoir qu'elle était là, me rappelant sa présence, m'interdisant de l'oublier. J'espérais qu'elle allait péter. Ce serait le moment idéal, pensai-je. Chose étonnante, juste au moment où j'y pensais, elle lâcha un pet, l'un des plus longs et des plus sonores qu'elle eût jamais faits. Docteur Geraldine me lança un coup d'œil, m'implorant de ne pas rire, et je compris pourquoi – elle non plus n'aurait pu s'empêcher d'éclater de rire si je m'étais laissé aller. Je parvins tout juste à me retenir.

– Mais qu'est-ce que c'est que ça ? demanda grand-mère, écarquillant les yeux d'un air inquiet.

– Oona, répondis-je. C'est Oona, grand-mère. C'est comme ça qu'elle parle.

– Oh, mon Dieu, mon Dieu ! Ça m'a fait un coup, un sacré coup ! Donc, comme je disais avant d'être interrompue par l'éléphante, reprit-elle, tout sera exactement comme tu voudras, Will. Tu sais ce que j'ai fait avant de partir ? J'ai appelé l'école la plus proche de la ferme, et j'ai raconté ton histoire à la directrice. Elle m'a paru très gentille. Elle est impatiente de t'avoir là-bas. Ils sont tous ravis à l'idée de te voir. L'uniforme est joli aussi – blazer rayé, marron et noir. Très élégant, hein, grand-père ? Il te plaira, Will. Avant même de t'en apercevoir, tu auras un tas de nouveaux amis. Tu es une vraie célébrité, en Angleterre, tu sais. En fait, tu es une célébrité dans le monde entier, quand on y pense.

– Qu'est-ce que tu veux dire ? demandai-je.

Je ne comprenais pas de quoi elle parlait.

– Eh bien, on a parlé de toi dans tous les journaux, mon cher, le *Sun*, le *Mirror*, et même le *Times*. Nous avons gardé toutes les coupures de presse, absolument toutes. Ça a fait beaucoup de bruit. C'est une histoire incroyable, cette éléphante qui s'est enfuie avec toi quand le *tsunami* est arrivé, ton errance dans la jungle pendant si longtemps. « Petit Tarzan », on t'a surnommé. Et quand tu arriveras à l'aéroport demain, il y aura des photographes, Will, des dizaines et des dizaines de journalistes. C'est excitant, non ? Tu sais, je voulais les amener là pour qu'ils vous voient, toi, les orangs-outans et l'éléphante. Mais grand-père a refusé, il a dit que tu aurais besoin d'un peu de temps pour t'habituer à tout ça. Je ne suis toujours pas convaincue qu'il ait eu raison. Mais de toute façon, nous devons être de retour demain soir à six heures pour une conférence de presse à l'aéroport. L'ambassade de Jakarta a arrangé ça. Un homme très bien, cet ambassadeur, n'est-ce pas, grand-père ?

– Demain ? demandai-je. Nous partons demain ?

– Oui, mon chéri, il le faut, répondit-elle, en tendant la main vers moi et en me caressant les cheveux. Tes cheveux, ils sont de la même couleur que ceux de ton père, Will – un peu plus clairs, peut-être, mais c'est à cause du soleil. Il les avait longs comme toi – non, peut-être pas aussi longs – avant de s'engager dans l'armée. Mais là-bas, on ne lui a pas permis de les garder comme ça, hein, grand-père ? Il était furieux d'avoir dû les couper, il détestait les cheveux courts. Nos soldats sont toujours en Irak, tu sais. C'est de la folie. Ces jeunes qui meurent, et tout ça pour rien.

Sa voix s'était mise à trembler.

– Et chaque soldat est le fils, le frère, la fille, le mari de quelqu'un, oui, chacun d'eux. Ne faites pas attention à moi, dit-elle, en s'essuyant les yeux. Ça ira mieux dans quelques instants.

Grand-père posa sa main sur son épaule pour la réconforter. Elle mit un moment à se reprendre.

– Où en étais-je ? Ah, oui. Tes cheveux, Will. Je veux dire qu'il faudra les faire couper, tu sais, avant de retourner à l'école.

– Pourquoi ? demandai-je, sur un ton brusque, plus brusque que je ne l'aurais voulu. Je n'ai pas besoin de me faire couper les cheveux, grand-mère.

Tout le monde me regarda. Je savais que je l'avais vexée. Je ne dis plus rien de toute la soirée, parce que je me méfiais de moi.

Cette dernière nuit, j'allai m'asseoir dehors sur les marches près d'Oona. Je ne pouvais pas dormir – je ne le voulais pas. Je crois que je lui parlai jusqu'à l'aube, lui confiant les pensées, les sentiments qui se bousculaient dans ma tête, comme je l'avais toujours fait. Je ne connaissais personne avec qui je puisse parler ainsi, et je savais que je n'en connaîtrais jamais plus. J'aurais voulu que cette nuit dure toujours, que le matin ne vienne jamais. Mais il ne vint que trop vite.

Nous prîmes rapidement un petit déjeuner tous ensemble, mais je n'avais pas le moindre appétit. Oona m'attendait dehors pendant tout ce temps. Lorsque vint le moment de se dire au revoir, j'eus l'impression de la trahir, de l'abandonner. Je n'avais plus qu'une envie : en finir rapidement. Je ne pouvais pas la regarder. Je fermai simplement les yeux et étreignis sa trompe.

– Je veux que tu restes là, Oona, murmurai-je. Si tu m'accompagnes jusqu'au bateau, je me mettrai à pleurer. Et je ne veux pas pleurer.

Lorsque je rouvris les yeux, je vis L'Autre, à l'orée de la forêt, qui m'observait.

Je quittai Oona et m'éloignai vers la jetée. Tout le monde était là, tous ceux qui travaillaient à l'orphelinat. Les nourrices étaient alignées, portant les petits orangs-outans dans leurs bras. Je m'aperçus que Mani marchait à côté de moi, puis Charlie arriva, elle aussi, tenant ma main pendant tout le trajet, la serrant fort. J'aurais voulu m'arrêter pour dire au revoir à Bart et à Tonk, mais je n'osai pas, car je savais que je n'arriverais pas à me maîtriser plus longtemps. Tonk tendit la main quand je passai devant lui, cependant, et agrippa mon bras. Il fallut un moment à sa nourrice pour le persuader de me lâcher.

Je crois que c'est à ce moment-là, tandis que Tonk essayait de se cramponner à moi, que je changeai d'avis. Lorsque docteur Geraldine vint me dire au revoir, je montai sur la pointe des pieds et lui chuchotai :

– Je suis un enfant d'éléphant. J'appartiens à cet endroit, je veux être avec Oona, avec les orangs-outans, avec vous. Je reste. Je serai vos yeux et vos oreilles dans la jungle.

Je me tournai ensuite vers mes grands-parents. Je vis aussitôt sur leur visage qu'ils avaient compris ce que j'avais en tête, ce que j'allais faire.

– Je suis désolé, grand-père, désolé, grand-mère.
Mais c'est ici que je suis chez moi, à présent, leur dis-
je.

Grand-mère tendit la main vers moi, pour m'implorer. Mais grand-père l'entoura de ses bras, la rete-
nant contre lui.

– Reste, Will, dit-il, le regard chargé de tristesse.
Si c'est ici que tu veux être, alors reste. Sois heureux.
Grand-mère et moi, nous serons heureux, si nous
savons que tu l'es.

Je fis demi-tour et m'éloignai d'eux en courant,
parcourant la jetée dans l'autre sens. Oona m'attendait là où je l'avais laissée, devant la maison de docteur Geraldine. Elle me vit venir, et s'agenouilla aussitôt pour que je puisse monter. Je grimpai sur son
cou en un clin d'œil, elle traversa rapidement la
pelouse, et quelques instants plus tard nous étions
déjà dans la jungle, L'Autre se balançant de branche
en branche au-dessus de nous, tandis que nous nous
lancions dans une course effrénée, dans une course
sauvage.

Post-scriptum

Écrit par le grand-père de Will
1er janvier 2009

J'aurais souhaité de tout mon cœur que cette histoire ne soit jamais arrivée. Mais elle est arrivée. Et en fin de compte, bien qu'elle ait commencé par une tragédie, elle a été de bien des manières l'événement le plus joyeux, et certainement le plus important de toute ma vie, une vie de plus de soixante-cinq ans, maintenant. Nous avons perdu un fils bien-aimé, puis une merveilleuse belle-fille, et nous avons vraiment failli perdre Will aussi, notre petit-fils. Par miracle, il a survécu, et nous nous sommes retrouvés. Du chagrin peut naître la douceur.

Puis, presque aussitôt après l'avoir retrouvé, nous avons cru l'avoir reperdu, pour toujours, cette fois. Lorsqu'il a disparu dans la jungle avec Oona, ce jour-là, nous n'avons pu nous résoudre à partir, sa grand-mère et moi. Nous avons alors pris une décision qui, à notre avis, se révéla la meilleure de notre vie. Pour dire les choses brièvement, nous sommes retournés deux mois en Angleterre, dans le Devon, afin de vendre notre ferme. Ensuite, nous sommes revenus ici vivre avec Geraldine et son orphelinat d'orangs-outans. Nous voulions rester le plus près possible de Will.

Geraldine disait toujours qu'elle était sûre qu'il reviendrait, et elle avait raison. Il est revenu, et il revient, rapportant de la jungle des orangs-outans ayant perdu leur mère, pour qu'on s'en occupe dans l'orphelinat. Sa grand-mère est devenue une nourrice – elle en a adopté trois, les a habitués de nouveau à la jungle, à redevenir sauvages. Elle en est à son quatrième. Elle adore ça, et elle fait du bon travail – elle avait toujours su s'y prendre avec les veaux orphelins, à la ferme. Quant à moi, je me plonge dans tout ce qui est administratif, et financement de l'orphelinat, aux côtés de Geraldine. C'est notre maison, désormais.

Will revient quand il en a envie ou besoin. Il a plus de quinze ans, maintenant, ce n'est plus un petit garçon. Chaque fois qu'il vient, il reste quelques jours, et nous parle un peu plus de la façon dont il a échappé au *tsunami*, et des mois qu'il a passés dans la jungle avec Oona. De certaines choses, je voyais bien qu'il n'avait pas vraiment envie de parler. C'est sans doute encore trop douloureux pour lui. Mais peu à peu, il a commencé à se livrer davantage.

Ce n'est pas Will qui a eu l'idée de raconter son histoire, c'est Geraldine. Nous étions tous là, assis autour de la table, un soir, en train de bavarder après le dîner et un Scrabble, Will appuyé contre les genoux de sa grand-mère, Oona regardant vers nous par la fenêtre, comme d'habitude.

– J'ai pensé à quelque chose, Will, commença Geraldine. Je crois qu'il faudrait raconter ton histoire. L'écrire, je veux dire. Il faudrait la mettre dans un livre, pour que les gens puissent la lire. C'est une histoire importante, Will, une histoire que tout le monde devrait connaître, parce qu'elle est pleine d'espoir et de ténacité. Or nous avons besoin de ça. Quelqu'un devrait l'écrire. Ce serait un genre de livre différent, parce que la fin n'en est toujours pas écrite, et que c'est une histoire vivante, qui continue. Le livre ferait partie de sa propre histoire, pourrait-on dire, il pourrait changer la façon dont les choses tournent, dont l'histoire finit.

– Je pense que c'est toi qui devrais l'écrire, grand-père, dit Will. Tu écrivais à un certain moment, non ?

– Juste une rubrique hebdomadaire dans le journal local, répondis-je. Je ne sais pas écrire un livre.

– Bien sûr que si, répliqua grand-mère, tu es un bon écrivain, et en plus, tu es le seul à pouvoir le faire. Moi, je ne suis pas fichue d'aligner trois mots, et comme Will va et vient sans arrêt sur son éléphante, je ne vois pas comment il pourrait s'y mettre, n'est-ce pas ? Tu connais Will mieux que personne, à l'exception de son éléphante, peut-être. Tu connais les deux mondes dans lesquels il a vécu, tous les gens qui ont compté et qui comptent dans sa vie. Vas-y, grand-père, tu en es tout à fait capable. Pendant ce temps-là, tu ne feras pas de bêtises !

Cette idée me plaisait de plus en plus à mesure qu'on en parlait, mais je n'étais pas sûr de moi.

– Qu'est-ce que tu en penses, sincèrement, Will ? lui demandai-je. C'est ton histoire.

– Vas-y, répondit Will en me souriant. Je n'accepterais pas que quelqu'un d'autre que toi le fasse. Je te raconterai tout ce que tu auras besoin de savoir, grand-père, absolument tout. Geraldine a raison, les gens doivent savoir ce qui se passe dans la jungle, avant qu'il soit trop tard. Raconte-leur, grand-père. Mais quand tu l'écriras, je veux que tu sois moi, que tu racontes mon histoire telle que je l'ai vécue, comme si tu étais moi. Est-ce que tu peux faire ça ?

– Je peux essayer, dis-je.

Will leva les yeux vers Oona, à la fenêtre.

– Elle parle avec les yeux, grand-père. Elle dit : « Écris le livre. Raconte-leur comment c'était, comment c'est. » Elle est d'accord. Et moi aussi.

Je commençai à écrire le lendemain matin.

Post-scriptum

Il semble que plusieurs événements se soient conjugués, et imposés à moi, pour que j'écrive ce livre. Il y a longtemps, ma mère, assise sur mon lit, m'a d'abord lu « L'Enfant d'éléphant » du recueil *Histoires comme ça* de Rudyard Kipling.

J'aimais passionnément cette histoire, je l'aime toujours, et par conséquent, j'ai adoré les éléphants toute ma vie. Plus tard, j'ai lu tout seul *Le Livre de la jungle* de Kipling. Je n'étais pas un grand lecteur, mais ce fut l'une des rares histoires que j'avais vraiment l'impression de vivre pendant que je la lisais. Aussi, au fond de ma tête, depuis que j'ai commencé à écrire des livres, ai-je toujours gardé l'idée qu'un jour je pourrais écrire une histoire sur un garçon perdu dans la jungle et vivant dans la nature sauvage, peut-être avec un éléphant pour compagnon. Mais je ne trouvais jamais le moyen d'en faire ma propre histoire, il me semblait toujours que ce ne serait qu'un vague écho des deux grands livres de Kipling. Je crois que la vérité était que je ne me sentais jamais poussé à l'écrire.

C'est alors qu'une série d'événements historiques tragiques se sont combinés pour me persuader que c'était le livre que je devais et que je pourrais écrire. J'ai découvert qu'au rythme où ils disparaissent actuellement, les orangs-outans ne survivront pas dans la nature pendant plus de cinq ans, la destruction de leur habitat étant la cause principale de leur extinction. J'ai également découvert l'existence d'une femme extraordinaire, qui a passé toute sa vie dans la forêt tropicale à essayer de sauver les orangs-outans orphelins, et de les réintégrer dans leur milieu naturel.

Puis, le 26 décembre 2004, le *tsunami* asiatique a frappé les côtes de l'Indonésie et du Sri Lanka, tuant des centaines de milliers de personnes. J'ai appris que les éléphants et d'autres animaux avaient senti l'arrivée du *tsunami* longtemps avant les hommes, que beaucoup d'entre eux s'étaient réfugiés dans la jungle, sur les hauteurs. J'ai entendu alors l'histoire vraie d'un garçon anglais, parti en vacances avec sa famille. Il se trouvait sur le dos d'un éléphant le long de la plage au moment du *tsunami*, lorsque cet éléphant a pris peur, s'est enfui dans la jungle, lui sauvant ainsi la vie. C'était une histoire de survie absolument incroyable, une histoire d'espoir au milieu de l'horreur d'une catastrophe qui a eu des conséquences si cruelles pour les victimes et leurs familles, pour les pays et les peuples qu'elle a frappés.

Tout cela se passait en même temps que la sixième année de guerre en Irak. Le nombre de pertes civiles de la guerre est toujours farouchement débattu, certaines études estimant les morts à plus d'un demi-million, d'autres réfutant des statistiques aussi choquantes. Quoi qu'il en soit, il semble certain qu'au moins cent mille Irakiens ordinaires – civils – aient été tués entre 2003 et 2006. Nous savons beaucoup plus précisément combien de soldats sont morts : à la date d'aujourd'hui, trois mille Américains et deux cents Britanniques, auxquels il faut ajouter plusieurs milliers de blessés et de mutilés.

D'une certaine façon, ces terribles événements d'une part, et les histoires préférées de mon enfance de l'autre se sont réunis pour inspirer *Enfant de la jungle*. À présent, je sentais que j'avais une véritable raison d'écrire ce livre, et même besoin de le faire.

Il se pourrait, cependant, que la véritable semence de cette histoire ne soit pas là. Elle vient peut-être d'une affiche accrochée au mur de ma classe quand j'avais dix ans, une affiche du poème *Le Tigre*, écrit et illustré par William Blake. Je la regardais beaucoup lorsque les leçons devenaient ennuyeuses, ce qui arrivait souvent. Je pense que c'est le seul poème que j'aie appris par cœur quand j'étais jeune, et c'est l'un des plus puissants que j'aie jamais lus.

Michael Morpurgo, mai 2009

Post post-scriptum

Beaucoup d'entre vous pourraient vouloir en savoir plus sur les événements réels qui constituent la toile de fond d'*Enfant de la jungle*. Voici donc quelques éléments, en bref :

La guerre en Irak

L'Irak est une république arabe située au sud-ouest de l'Asie, bordée au nord par la Turquie, à l'ouest par la Syrie et la Jordanie, au sud par l'Arabie saoudite, le Koweït et le golfe Persique, enfin à l'est par l'Iran. L'Irak est un pays assez jeune, qui n'a été créé qu'en 1921 par le gouvernement britannique. Pendant des siècles, l'Irak avait fait partie d'une région beaucoup plus vaste, dominée par les Turcs, et qu'on appelait l'Empire ottoman. À la chute de l'Empire ottoman, la domination britannique a pris le relais, jusqu'à ce que l'Irak devienne indépendant en 1932. Par la suite, un certain nombre de gouvernements différents ont contrôlé le pays, Saddam Hussein s'emparant du pouvoir en 1979. La Grande-Bretagne et les États-Unis l'ont soutenu parce qu'il les aidait à combattre un pays voisin, l'Iran. Mais il est très vite apparu que Saddam Hussein était un tyran impitoyable, utilisant la terreur pour étouffer toute opposition. Lorsque l'Irak a envahi le Koweït pour s'emparer de son pétrole en 1991, de nombreux pays – y compris les États-Unis et la Grande-Bretagne – se sont alliés pour expulser l'armée de Saddam Hussein du Koweït, lors de ce que l'on a appelé la guerre du Golfe.

Après la guerre du Golfe, une décennie a passé. Puis, vers 2002, les États-Unis ont commencé à se concentrer de nouveau sur Saddam Hussein. On craignait qu'il puisse utiliser des armes de destruction massive (ADM) pour attaquer des pays occidentaux – des missiles qui pourraient, pensait-on, porter des ogives contenant des gaz toxiques ou même des bombes nucléaires. Saddam Hussein avait déjà utilisé des gaz contre les Kurdes d'Irak. Les États-Unis et la Grande-Bretagne ont appelé à envahir l'Irak pour détruire ces armes et empêcher leur utilisation. La guerre a commencé le 20 mars 2003, avec l'invasion de l'Irak par une force multinationale menée par les États-Unis et la Grande-Bretagne, qui se composait presque entièrement de troupes appartenant à ces deux pays. Cette invasion n'avait pas eu l'aval des Nations Unies.

Saddam Hussein a été rapidement évincé du pouvoir. Il a été capturé, passé en jugement, déclaré coupable d'assassinat, et condamné à mort par pendaison le 30 décembre 2006 à Bagdad, la capitale irakienne. Mais aucune arme de destruction massive n'a jamais été découverte. Au moment où ces lignes sont écrites, l'armée britannique commence le retrait de ses troupes après six années passées en Irak. Les gouvernements américain et britannique espèrent que lorsque l'armée irakienne sera en mesure d'assurer la sécurité du pays, les forces de la coalition pourront s'en aller.

Les Irakiens ont voté en 2005 pour un nouveau gouvernement. Mais certains d'entre eux veulent que tous les étrangers, notamment les soldats, quittent le pays immédiatement, et pensent qu'en les attaquant, ils les forceront à partir. Le conflit n'est toujours pas terminé, loin de là.

Déforestation

L'Indonésie est un pays qui abrite de nombreuses espèces animales menacées telles que les orangs-outans, les éléphants, et les rhinocéros. D'autres espèces menacées qui vivent également là sont relativement mal connues, comme le léopard tacheté, l'ours malais et le gibbon de Bornéo, endémique à cette région. Bornéo est la troisième île la plus grande du monde et était autrefois (vers 1950) largement recouverte de forêt tropicale. Le taux de déforestation, cependant, en forte augmentation au cours des quinze dernières années, a rapidement réduit la surface occupée par les forêts séculaires de Bornéo. Les forêts abritent différentes espèces de plantes et d'animaux, mais les arbres sont brûlés, exploités, abattus, pour laisser la place à des terres agricoles. La raison principale de cette déforestation est la production d'huile de palme. Les plantations de palmiers ont désormais remplacé de nombreuses zones forestières. La moitié des ventes mondiales annuelles de bois tropicaux vient de cette région. De gigantesques incendies en 1997 et 1998 ont également provoqué des destructions significatives de forêt tropicale.

Si le taux actuel de déforestation se poursuit, de nombreuses espèces périront, certaines avant même que nous ayons eu la possibilité de les étudier. Les forêts ne sont pas seulement importantes à cause des différentes espèces dont elles constituent l'habitat, mais aussi parce que leurs arbres absorbent le dioxyde de carbone, ce qui est vital contre le réchauffement planétaire. Malheureusement, les experts ne pensent pas que le taux actuel de déforestation diminuera, alors que la population mondiale, en constante augmentation, aura des besoins de plus en plus importants en terres agricoles. Dans le monde, la demande d'huile de palme augmente chaque année. Cette huile est présente dans des centaines d'aliments, de produits domestiques, et peut potentiellement remplacer les combustibles fossiles – notamment pour le chauffage des maisons, ou le carburant automobile.

Orangs-outans

Originaires d'Indonésie et de Malaisie, on ne trouve plus aujourd'hui les orangs-outans que dans les forêts tropicales des îles de Bornéo et de Sumatra. C'est une espèce de grands singes connus pour leur intelligence, qui vivent principalement dans les arbres et constituent les plus grands animaux arboricoles vivants. Ils ont les bras plus longs que les autres grands singes, et leur pelage est d'un brun roux. Ce sont des grands singes, qu'on oppose aux petits singes (ces derniers ayant généralement une queue). Ils sont étroitement liés aux humains, puisqu'ils partagent 97 % de notre ADN. Le mot orang-outan est dérivé de mots malais et indonésiens : *orang* signifiant une personne, et *hutan* la forêt, l'ensemble signifiant donc : personne de la forêt.

Ils sont plus solitaires que les autres grands singes,

les mâles et les femelles ne se rencontrant généralement que pour s'accoupler. Les mères restent avec leurs bébés jusqu'à ce que les petits atteignent l'âge de six ou sept ans. Bien que les orangs-outans soient généralement placides, les agressions envers d'autres orangs-outans sont très répandues, et ils peuvent défendre leur territoire avec férocité. À la différence des gorilles et des chimpanzés, les orangs-outans ne marchent pas sur les phalanges, ils se déplacent sur le sol en s'appuyant sur leurs paumes, les doigts repliés vers l'intérieur.

L'espèce de Sumatra est très gravement menacée, avec seulement 7 300 individus vivant dans la forêt, tandis que les orangs-outans de Bornéo appartiennent à une espèce menacée, avec une population qui compte environ entre 45 000 et 69 000 individus dans leur environnement naturel. La destruction de leur habitat par le commerce du bois, l'exploitation minière, les incendies, la fragmentation de la forêt par des routes, a augmenté rapidement au cours des dernières décennies. Les orangs-outans sont chassés pour leur viande et pour servir d'animaux de compagnie.

On estime qu'au rythme actuel où cette espèce diminue, il se pourrait que les orangs-outans vivant dans la nature aient disparu vers 2015.

Tsunami

Le *tsunami* consiste en une série de vagues produites par le mouvement rapide d'un immense volume d'eau, tel qu'un océan. C'est un mot japonais, que l'on peut traduire littéralement par « vague portuaire ». Les tremblements de terre, les éruptions volcaniques, et d'autres explosions sous-marines – telles que des détonations d'engins nucléaires dans les océans, des glissements de terrain, et autres déplacements de masses au-dessous du niveau de la mer – peuvent tous potentiellement provoquer un *tsunami*. Un *tsunami* produit des vagues qui se déplacent vers la terre, en donnant l'impression d'une marée extraordinairement haute. Les *tsunami* sont parfois appelés raz de marée, mais le terme n'est pas techniquement approprié, car les *tsunami* n'ont rien à voir avec les marées.

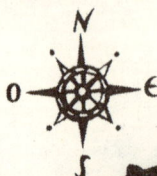

ZONES TOUCHÉES PAR LE TSUNAMI DU 26 DÉCEMBRE 2004

- TERRES
- FRONTIÈRES
- MER
- ZONES LES PLUS TOUCHÉES
- 500 km... DISTANCES DE L'ÉPICENTRE

BAN

INDE

GOLFE DU BENGALE

SRI LANKA

OCÉAN INDIEN

MALDIVES

1000 km

1500 km

2500 km   2000 km

Étant donné les volumes d'eau et d'énergie considérables qui sont à l'œuvre, les effets des *tsunami* peuvent être dévastateurs. Bien qu'il n'existe souvent aucun signe avant-coureur de l'approche d'un *tsunami*, certains animaux semblent avoir la capacité de détecter de tels phénomènes naturels.

Le tremblement de terre de l'océan Indien de 2004 est un séisme sous-marin qui s'est produit le 26 décembre, et dont l'épicentre se trouvait au large de la côte ouest de Sumatra en Indonésie. Des médias sri-lankais affirment que des éléphants ont entendu le son produit par le *tsunami*, tandis qu'il approchait de la côte, et que leur réaction a été de se réfugier à l'intérieur des terres pour s'éloigner de ce bruit. Un grand nombre d'enfants appartenant à des communautés de pêcheurs ont été noyés, car lorsque la mer s'est retirée avant que n'arrive la vague, ils ont aperçu des milliers de poissons échoués sur les fonds marins soudain à découvert. Ils se sont alors précipités pour les attraper, et ont été ensuite submergés par la vague immense.

Les *tsunami* ne sont pas rares. Il y en a eu au moins vingt-cinq au cours du siècle dernier. Beaucoup d'entre eux ont été enregistrés dans la région asiatique de l'océan Pacifique. Le bilan du *tsunami* du 26 décembre a été d'environ 350 000 morts, et d'un nombre de blessés plus élevé encore. Il n'est pas possible d'empêcher un *tsunami*. Cependant, dans certains pays exposés à ce phénomène, des instruments de mesure détectant les secousses sismiques ont pu réduire les dégâts causés à terre, grâce à l'utilisation de vannes, de canaux et de murs. La présence d'un système d'alerte rapide est la seule protection dont on dispose actuellement.

Et pour finir, voici *Le Tigre* de William Blake, le poème qui a inspiré cette histoire au commencement

Tigre, tigre, ta brûlante étincelle
Brille dans les forêts de la nuit,
Quelle main ou quel œil immortel
A pu façonner ta terrible symétrie ?

En quelles profondeurs, en quels cieux retirés
S'est ainsi embrasée la flamme de tes yeux ?
Sur quelles ailes a-t-il fallu s'élever ?
Quelle main a osé se saisir de ce feu ?

Et quel art et quel bras
A pu tresser les fibres de ton cœur ?
Quand ton cœur s'anima,
De quels doigts terrifiants étais-tu le labeur ?

Quel était le marteau ? Et la chaîne implacable ?
En quelle forge est né ton cerveau autrefois ?
Sur quelle enclume ? Et quel fut le poing redoutable
Qui a osé étreindre ses mortels effrois ?

Quand les astres jetèrent leurs flèches en pluie,
Et qu'ils inondèrent tout le ciel de leurs pleurs,
Lorsqu'il vit son ouvrage, a-t-il alors souri ?
Celui qui fit l'agneau fut-il ton créateur ?

Tigre, tigre, ta brûlante étincelle
Brille dans les forêts de la nuit,
Quelle main ou quel œil immortel
A pu façonner ta terrible symétrie ?

Table des matières

Michael Morpurgo

L'auteur

Michael Morpurgo est né en 1943 à St Albans, en Angleterre. À dix-huit ans, il entre à la Sandhurst Military Academy puis abandonne l'armée, épouse Clare, fille d'Allen Lane, fondateur des éditions Penguin, à l'âge de vingt ans, et devient professeur. En 1982, il écrit son premier livre, *Cheval de guerre*, qui lance sa carrière d'écrivain. Devenu un classique, l'ouvrage a été depuis adapté au cinéma par Steven Spielberg. Michael Morpurgo a signé plus de cent livres, couronnés de nombreux prix littéraires dont les prix français Sorcières et Tam-Tam. Depuis 1976, dans le Devon, lui et Clare ont ouvert trois fermes à des groupes scolaires de quartiers défavorisés pour leur faire découvrir la campagne. Ils y reçoivent chaque année plusieurs centaines d'enfants, et ont été décorés de l'ordre du British Empire pour leurs actions destinées à l'enfance. En 2006, Michael Morpurgo est devenu officier du même ordre pour services rendus à la littérature. Il est l'un des rares auteurs anglais à avoir été fait chevalier des Arts et des Lettres en France. Il a créé le poste de Children's Laureate, une mission honorifique dédiée à la promotion du livre pour enfants, que Quentin Blake, Jacqueline Wilson et lui-même ont déjà occupé. Michael Morpurgo défend la littérature pour la jeunesse sans relâche à travers tous les médias, mais aussi dans les écoles et les bibliothèques qu'il visite en Grande-Bretagne et dans le monde entier, dont la France, qu'il apprécie particulièrement. Père de trois enfants, il a sept petits-enfants.

Du même auteur chez Gallimard Jeunesse

GRAND FORMAT LITTÉRATURE

Au pays de mes histoires
Cheval de guerre
Enfant de la jungle
Le Roi de la forêt des brumes
Le Royaume de Kensuké
Loin de la ville en flammes
Seul sur la mer immense
Soldat Peaceful

ALBUMS JUNIOR

Beowulf
Kaspar
Le Prince amoureux
Plus jamais Mozart
Sire Gauvain et le chevalier vert

ALBUMS

La Nuit du berger
Les Fables d'Ésope

ÉCOUTEZ LIRE

Cheval de guerre
Le Roi Arthur
Le Royaume de Kensuké

Découvre d'autres livres
de **Michael Morpurgo**

dans la collection

**folio
junior**

CHEVAL DE GUERRE

n° 347

Joey, le cheval de ferme, devient cheval de guerre en 1914.
Il va alors vivre l'horreur des combats auprès des Britanniques, des Français, ou du côté des Allemands. Pour lui,
les soldats, les paysans ou les vétérinaires ne sont pas des
ennemis mais des hommes, chez qui il rencontre la bonté
comme la méchanceté. Joey partage leurs souffrances et
leurs peurs et sait leur redonner de l'espoir.

LE JOUR DES BALEINES

n° 599

Pour tous les habitants de Bryher, une des îles Scilly, au large de l'Angleterre, Zacharie Pétrel, surnommé l'Homme-Oiseau, est un vieux fou un peu sorcier. Pour tous, sauf pour Gracie et Daniel qui, devenus ses amis, découvrent un vieil homme solitaire, entouré d'animaux. Mais les deux enfants restent intrigués par le lien mystérieux qui unit l'Homme-Oiseau à l'île Samson, sur laquelle plane l'ombre d'une ancienne malédiction. Une malédiction qui se réveillera si quiconque pose le pied sur Samson.

LE ROI DE LA FORÊT DES BRUMES

n° 777

Ashley Anderson vit en Chine où son père a fondé une mission et un hôpital. Mais la guerre entre la Chine et le Japon fait rage, et le jeune garçon doit fuir. En compagnie d'Oncle Sung, un moine tibétain, il entreprend un long et périlleux voyage qui le mène au Tibet. Alors qu'il se retrouve seul, perdu dans les neiges de l'Himalaya, Ashley va être recueilli par des êtres de légendes, les mystérieux yétis.

LE MEILLEUR CHIEN DU MONDE

n° 1548

Les chats ne sont pas les seuls à avoir plusieurs vies… Tout juste sauvé de la noyade, Copain, le lévrier, est aussitôt adopté par le jeune Patrick. Hélas, le voici bientôt kidnappé par un cruel éleveur qui fait de lui un champion de course. Mais là ne s'arrêtent pas ses aventures : confié au vieux Joe, le chien pourrait bien devenir la mascotte d'une ville entière !

SEUL SUR LA MER IMMENSE

n° 1607

En 1947, le tout jeune arthur, séparé de sa sœur Kitty, est embarqué comme des milliers d'autres orphelins sur un bateau pour l'Australie. Sa vie est désormais là-bas, jalonnée d'épreuves, de rencontres extraordinaires et illuminée par sa passion de la mer. Des années plus tard, Allie, la fille d'Arthur, s'apprête à accomplir une traversée en solitaire. Son but : franchir les océans pour gagner l'Angleterre et retrouver sa tante Kitty.

Le papier de cet ouvrage est composé de fibres naturelles, renouvelables,
recyclables et fabriquées à partir de bois provenant de forêts plantées
et cultivées expressément pour la fabrication de la pâte à papier.

Mise en pages : Maryline Gatepaille

Loi n° 49-956 du 16 juillet 1949
sur les publications destinées à la jeunesse
ISBN : 978-2-07-062874-2
Numéro d'édition : 272411
Premier dépôt légal : août 2012
Dépôt légal : août 2014

Imprimé en Espagne chez Novoprint (Barcelone)